自然如何治愈了我

心向原野

Nature
Cure
—
Richard Mabey

[英] 理查德·梅比 著

张翎 译

人民文学出版社
PEOPLE'S LITERATURE PUBLISHING HOUSE

著作权合同登记号　图字 01-2022-3844

NATURE CURE by RICHARD MABEY
Copyright © RICHARD MABEY 2005
This edition arranged with SHEIL LAND ASSOCIATES
through BIG APPLE AGENCY, LABUAN, MALAYSIA.
Simplified Chinese edition copyright © 2022 PEOPLE'S LITERATURE
PUBLISHING HOUSE CO., LTD
All rights reserved.

图书在版编目（CIP）数据

心向原野：自然如何治愈了我／（英）理查德·梅比著；张翎译 . —北京：
人民文学出版社，2022（2024.12重印）
　　ISBN 978-7-02-017520-8

　　Ⅰ . ①心… 　Ⅱ . ①理…②张… 　Ⅲ . ①散文集—英国—现代 　Ⅳ . ① I561.65

中国版本图书馆 CIP 数据核字（2022）第 185308 号

责任编辑　王烨炜
责任校对　杨益民
责任印制　王重艺

出版发行　人民文学出版社
社　　址　北京市朝内大街166号
邮政编码　100705

印　　刷　侨友印刷（河北）有限公司
经　　销　全国新华书店等

字　　数　197千字
开　　本　880毫米×1230毫米　1/32
印　　张　10.25
印　　数　28001—31000
版　　次　2022年11月北京第1版
印　　次　2024年12月第8次印刷

书　　号　978-7-02-017520-8
定　　价　65.00元

如有印装质量问题，请与本社图书销售中心调换。电话：010-65233595

序言 ｜ "我"与大自然的具体关系不可替代

熟悉鸟类和植物的英国自然作家理查德·梅比，竟然抑郁过？没错。《心向原野：自然如何治愈了我》(*Nature Cure: A Story of Depression and Healing*，最早的英文版于 2005 年面世，多数版本无副标题) 这部作品讲的就是他个人抑郁以及在自然中最终康复的过程。

1. 世事难料

一位撰写过《免费食物》《描绘自然》《不列颠植物志》《吉尔伯特·怀特传》《杂草的故事》的博物学家，给人留下的是快乐的印象，怎么还会抑郁？这是个问题。我也曾在讲座中吹嘘过：真正的博物者 (naturalist) 不会抑郁，因为没时间抑郁，没有精力抑郁！

现在我不得不承认，我还是太天真了。抑郁是一种病，科学上至今也没能完全说清其病理。古人言："生老病死，时至则行。"从动力系统 (dynamical system) 的角度看，健康好比真理，谁都有机会撞上真理，却不代表可以时时拥有真理、占据真理。现代科技发达，人均寿命显著提高，但是没有说可以万寿无疆，没有说可以压根不得病，更没有保证活着就快活。人的健康由内外两方面因素决定，有些东西个体无法左右。坦率说，人不可能不生病。即使躯体上没啥大毛病，精神、心情上也不可能总是抖擞、舒畅。

世事难料，人体这架"机器"（虽是机械论的糟糕比喻，但也很能说明问题）尽管非常完善，也随时可能出故障。本书中，梅比坦诚讲述了自己在完成人生最困难的作品《不列颠植物志》、迎来事业巅峰之际，突然患上抑郁症的经历。面对疾病，人到中年、历尽世事的他，还是陷入了惊慌失措。对此我深有同感。早在二十年前，我就写过《人死观：必然与自由》的杂文，但轮到自己生病，还是放不下，思维混乱。前段时间，我突然发现脖子上长了一个瘤子，越长越大，初期检查怀疑是淋巴瘤，建议尽快手术切掉。如果是那样，死期迫近。再细查，确认不是肿瘤，而是一种尚未有中文名的罕见病，病因科学上尚不清楚，治疗上也没什么好办法，要一直吃激素。激素药很管用，副作用却十分明显；激素药也很便宜，控制副作用的药却不便宜。这恐怕是现代社会的惯常模式：手法管用，但有副作用而且很大很持久。瘤子变小的过程中我迅速发福！稍正规的说法是向心性肥胖（concentric obesity），还伴随着气喘、心率加速、骨质疏松。我的一切博物计划都泡了汤，心情不佳，凡事易从负面猜想、臆测。

梅比是自然写作的旗手之一，他的健康状况某种程度上影响人们对公众博物的看法。他恢复了，我也走过最艰难时刻。我如期完成了《崇礼博物散记》一书的收尾工作。在凤凰卫视的一个专题片中，我坐在张家口"汉诺坝玄武岩"的石垄上大致述说了自己生病以及尝试重新链接大自然的过程，还曾开玩笑说："我不能死得太早，那会令我鼓吹的博物事业减少信用！"复兴公众博物学，动机之一便是应对现代性危机：个体通过更多地接触大自然、了解大自然而解放自己，身心健康地过普通生活。如果我早早over或者抑郁了，岂不是反证博物之路不靠谱？

我用了什么办法？和梅比一样的办法：再入大自然，与大自然重新对话。如今我还在吃药，但药量已降下来，化验指标接近正常。最重要的是，我看世界的眼光、态度又回到从前。我还发展出一个新爱好：看虫子，即开始努力了解有数百万之种的昆虫。我有许多虫界好友，家里也有一些虫子书，但一直没敢涉足。一场大病改变了我的想法，如果真的马上"走人"，竟然只认识太少的虫子，岂不遗憾！于是我重读法布尔和纳博科夫，利用一切可能的机会对照图书密集地到野外观虫。我的思路很明确，不贪多，目前只在北京境内观察。白天顶着三十几度高温在山上游逛，"夜探"则经常半夜才回家。为此也新添了一些"装备"：昆虫图鉴、耐用的电筒、标本盒、展翅台等。我感受着无穷的乐趣，有着强大的自我推动力。看虫子，我甚至忘了自己还是个病人（早晚按时吃药提醒着自己有病）。我不在乎生命何时终结，要过好现在的每一天。

2. 人以类聚

我与梅比有类似的博物体验，有诸多共同的"纸上朋友"，如吉尔伯特·怀特、华兹华斯、克莱尔、梭罗、缪尔、迪拉德、斯奈德、大卫·阿布拉姆、爱德华·威尔逊。理念上颇多共识，也都曾大病一场。但也如梅比所言，不是"认同"，而是"领悟"。他的经历和书写，令我进一步觉悟。

《心向原野》所涉人物和故事众多。这其中要特别指出诗人约翰·克莱尔，梅比的作品反复提及他。他是英国农民诗人，地道的乡村博物者。他有厚重的博物经验，受吉尔伯特·怀特《塞尔伯恩博物志》的启发，想撰写赫普斯顿（Helpston）博物志，但没有做成（1990 年奈杰尔·雷门特[Nigel Rayment]分析了他为何没做成）。他的诗作基于细致观察描写了一个更大共同体（天人系统）中的许多成员（如人、鸟、植物），把它们作为有机的生态整体来看待。克莱尔是非常特别的一种博物学家类型，博物学史极少提到他，文学史、诗歌史通常不提其博物者身份。我最早是通过王佐良先生的《英国浪漫主义诗歌史》(先生把他的名字译作"克莱") 认识了他，之后看了乔纳森·贝特的《克莱尔传》，也在网上读了一些他的诗作，与同学们讨论过几首诗作及他的博物学观点（他竟然鄙视正规的博物学大师）。但梅比的反复引述，特别是他们竟然同在一所医院接受治疗，还是增加了我的好奇，读后也颇有收获。

克莱尔与梅比有何共同之处？都是英国人，都写作，都生了病，还住进了同一家精神病院。这些可能不重要，重要的是，他们都用行动体证了"我与地方"的关系。其中，"我"指第一人称的有生有死的有限个体，"地方"不是指纯粹空间，而是指具体的、感性的、物质的、杂多的、万物交联的处所（place）。人生（虫生也一样）在世，必须了解自己的周围，熟悉"地方"。但是，现代社会鼓励人们走出闭塞丑陋的"地方"，奔向全球化四通八达的"他乡"，使自己漂浮在人工世界（包括人工自然）的不确定"空间"中。现代人并非真的不食人间烟火，而是间接地进行，比如电话点餐、超市购物、虚拟旅行、在写字楼工作、在高级厕所解手等，每一项都实质性地牵涉真实的大地、河流、天空，只是中间隔了许多"膜"。物质的"膜"和心理的"膜"，后者更关键。没有膜，不成为文明（梅比有"半透膜"的说法），但是膜多了膜厚了，文化就出问题了。此时的高雅文化声称摆脱兽性、动物性，上层次、上档次，其实违背达尔文演化论，是故作清高。"人类已经不把自己当作动物世界的一员了"，现代世界的"规划师"笛卡儿虽没有直接否定人是动物，却强调了其间的严格划界。这种划界有益也有害，现在看来害处甚大。人要习惯做好自己的动物身份，不多也不少。人是两脚直立的理性动物，并非一直理性着；人直立，也坐着躺着，无论怎样，必须有所凭借，最终支撑是大地而非真空。

人来自大地（地球盖亚），而非火星。作为智人（Homo sapiens）这个物种的一员，"我"与世界是什么关系，应当是什么关系？梅比的书给出了一种可能性。难以证明它最好，特别是考虑到个体的差异性以及我们这个时代的多样性原则。这类作品并非强制读者接受也非强烈暗示这般生存（我称之"博物生存"，我编了个英文词组living as a naturalist）独好，但无疑它靠谱地指出：这样也行。这种古老的生存方式或许对我们有启发。

我可以负责任地讲，观察大自然，心情会变好，从而也有利于健康。

3. 何以疗愈

梅比的书提出一个医学问题：现代人重访大自然，身心为何变得更健康？当然，与其他医疗实践一样，这是概率意义上的，不保证每一个体都奏效。许多学校还开设了相关课程，为什么？梅比不是医生，我也不是大夫。我愿意尝试解释一下，未必正确，梅比也可能不认可。

当今文明，可以做到让人类免于饥饿，却没有让人放松神经。自然疗愈治疗的不是一般的穷困病，而是现代社会中人与自然"失配"的富贵病，是"节律失配"的新病、心病。回归自然，能让人经常回忆自己是谁，如何看待生死。

人类社会迅猛发展，人类在生命界各物种中变得非常特别。人有理性（哲学家经常用"理性"来区分人与其他动物），人会计算（听起来高大上），即会"算计"。人能幻想、预测、构想、制造、毁灭某些东西，但是，人类的理性也时常表现出反面（通常不自觉）：非理性，比如严重破坏自己的生存环境，小到一山一水、一村一寨，大至整个流域和全球生态系统。在此"发展"过程中，人类欲求的改变速率远远大于环境的变化率。这似乎很平常，我们常说的"发展"基本上就是这个意思，在平衡之上追求额外的增量。但是，从全球生命演化、物质演化的角度看，人类此种想法、做法非常可疑。此种作为必然导致"环境摩擦"，人与自然的矛盾由此而生。此矛盾是差异演化的结果：系统中绝大部分组分正常演化（自然演化），只有自以为是的人类在其中非正常演化。当人类作为一个整体其力量较小时，此种差异演化影响不大。但是近一百多年来，情况变了，人类的影响不可忽视，甚至可用"人类世"这一地质学名词来形容，即人类的影响堪比火山、地震、海啸等地质作用。

如今，我们都乘坐在高速奔驰的现代化列车上，列车在不断尝试加速。有些人异常兴奋，陶醉并适应此番高速竞争场面，认为此过程能够实现自我价值。但是，也有一些人，不是个别人，其实是大多数，不容易适应或者非常不适应此番场景。

人生竞争大潮中，一些人生病了。生病不等于竞争失败。生病有轻有重，原因多样，其中有相当一部分与失调、失配有关。先是精神层面的不适，然后出现器质性的病变。医学治疗可能管用，回到大自然中，与大自然同呼吸，让个体的节奏服从于大自然的节拍，也可能起到治疗作用。我们要做出一些改变，比如思想上认同大自然的神圣地位（这很难，近代以来大自然已经被祛魅），遵从大自然的节律(用自然科学的术语讲包括强度、功率、振幅、相位等,其实可以不用这些词语),即让自己"锁相""入列""共振"(借用振动力学的术语)于大自然的模式。小系统融入大系统,个体内外一致,才有治愈效果。

这算不算一种医学?理论上算,但现实中还不算,现在的主流医学不大承认这些,顺势疗法、另类医学倒是不断讨论这些,但经常夹杂着一些神秘的东西。附魅本身并不解决问题,正如祛魅本身不解决问题一样。但承认人体的复杂性、生命的复杂性、大自然的复杂性以及与之相关的因为我们暂时不了解而展示出的神秘性,我们可能变得谦虚一些。

4. 如何融入

怎样融入大自然?首先要能识别自己感兴趣的对象,尽可能知道一些名字(知道名字不是目的,但极有用处),就像与人交朋友,总得认出对方。辨识,难易不好一概而论。但下功夫,加以训练,必有所得。

本书的第四章是"命名之道",梅比熟知英格兰东安格利亚的生物多样性,表现之一便是能够轻松叫出他遇见的各种"朋友"的名字。能叫出名字,代表着尊敬、了解和亲密。有了名字,才能描绘得地道、精准。名字未必只指拉丁学名,实际上包括各种名字,地方名、土名同样重要。比如,克莱尔把沫蝉称作"树先知"。再比如,在中国东北,人们把虎斑颈槽蛇叫作"野鸡脖子"。

梅比列举了他在 4 月 15 日至 18 日每天看到了什么。注意，他用的多是具体的名字，如红隼、雀鹰、赤杨、旋木雀、野啤酒花、红醋栗、荨麻、白英、红尾鸲、毛脚燕、秃鼻乌鸦等。万物皆有名字，名字包含着巨量信息，亦是开门的钥匙。名字背后有故事。梅比与一些"中年老学究"能够把玩名字，欣赏并丰富命名之文化。热爱自然、理解自然，首先表现于能叫出几种鸟、虫子、野花的名字，进而品味各式各样的野趣。多少算够？每一类五十种或一百种起步吧！这有多难或多容易？只要开始尝试，一点都不难，停留在口头和书本，永远都是难题。

梅比寻找虎眼万年青而不得的经历，我相信每个博物者都有切身体会，但更多时候大家都能释然，随遇而安，遇到什么欣赏什么。那么，会不会失望？答案是：几乎从不失望。每一次，大自然都以我们未曾预期的方式，让我们养眼、获得超额满足。于是，出门时，经常不想太多，只想走进野地。实现期许了好久的某个愿望，可能没啥意思，好似完成任务一般；突如其来的邂逅，更令人激动、感恩。

克莱尔在《大自然的宠儿》(*Nature's Darling*) 中写道："清晨，盛装的大自然飘出一股香甜，明亮的光线照射在枝头的嫩芽上。此时玛丽·安漫步在李子树和黑莓丛中。她比清早绽放的野花还甜美；她是露珠中映照的一朵玫瑰；她纯洁，她活灵活现。她像生长在庄稼地里的罂粟花一般带劲儿。"他用散发着泥土芬芳的词汇刻画自己的心境和心上人。他在《我是》(*I Am*) 中写道:"我渴望这样的场景:一个没人践踏过也没人吵闹的地方。我和造物主上帝在一起。我像小时候一样,不打扰别人也不被打扰,香甜地躺着,上有苍穹,下有草地。"不信奉上帝,我们也能有相似的体验。这里有否定也有肯定,有逃避也有追求。说到底是一种选择,选择不同的价值观,选择过不一样的生活。

2022 年 8 月 17 日我在北京昌平响潭水库西侧看到了斗毛眼蝶、猫蛱蝶、东方艳灰蝶、花椒凤蝶、琉璃灰蝶,还有被满白粉的榆凤蛾幼虫;19 日在延庆松山见到一个巨大的黑盾胡蜂蜂巢,拍摄了一种未定名的山蝉;20 日在昌平狼儿峪看到了柳紫闪蛱蝶、大红蛱蝶、弯斑姬蜂虻和金毛长腹土蜂;27 日在延庆养蜂场山道捡了一大袋子麻核桃,用牙咬开了大叶朴(通常是小叶朴,即黑弹树)嫩枝上的一只棕色的虫瘿,确认赵氏瘿孔象(一种很小的象甲虫子)已经长成。

这些活动有什么意义?可能没什么特别的意义,好玩呗!那些虫子帮助我进一步认识了虫生、人生。我在哲学系谋生。学哲学,不能只看书,还要阅读大地。

梅比终于康复了,我也快好了,活着真好!

刘华杰

北京大学哲学系教授,博物学文化倡导者

2022 年 8 月 27 日

满怀爱意献给波莉

Contents 目 录

第一章

·
·
·

逃之夭夭

Chapter 1

Flitting

John Clare, The Flitting

·
·
·

我醉心于万物的纤毫细微之处

宛若一名孩童

长大成人令我倍感苦恼

我的思想如杂草般狂野

所到之处尽情蔓延滋长。

——约翰·克莱尔,《逃之夭夭》

　　十月了，秋老虎还不走。我站在老宅门前，像个即将生平第一次搬家的懵懂少年。我住在这里，一晃已半个多世纪。老宅位于奇尔特恩丘陵（Chiltern Hills）边缘的小镇上，看着不起眼，住着却舒服得很。一想到老宅，我便回想起从前我们一家人惬意的生活。在这英格兰东南部的自然乡村，门阶上堆满现代化生活设施的画面，多少有些违和。不过，对于深居简出的作家生活而言，倒也算得上相称。老宅只是我的一个落脚之地，而我，实则栖息在林地和思考之中。我时常劝慰自己，是奇尔特恩连绵的丘陵和自由的天际线，源源不断地带给我惊喜和灵感。这里的一切造就了我的文章，或许也造就了我。然而此刻，我要逃离这里，奔向东安格利亚的广阔平原。

　　我的过去，或者说我聊胜于无的过去，将我深深囚禁其中，无法自拔。过去的习惯与记忆，使我困在同一个地方已太久太久。我就像扎下了根，寸步难行。最终，我病了，再也写不出一个字。我的祖父是爱尔兰人，平日里打点零工，从未在同一个地方住满一个租期。感到困扰时，他非常清楚自己应该做什么。有

2   一个词恰如其分地概括了各种逃离：鸟儿翅膀硬了会飞离巢穴；
人遇到麻烦了会换个地方躲躲；而祖父感到困扰了，自然是"逃
之夭夭"了。

迟来的新生就在眼前，而我却感到迟疑。唯一能做的，就是
再次回顾往日痛苦的记忆。那是几年前的一个夏天，我刚开始陷
入抑郁，对一切都漠不关心，连自己都觉得莫名其妙。我本该同
几位老友去法国的塞文山脉（Cevennes）度假，在石灰岩遍布的
山间住上几个星期，这是我们多年来的传统。可我却怎么都提不
起精神，不愿意出门。不过，最后我还是去了。同往常一样，塞
文山脉的短暂休憩让我倍感治愈。那是一段充满着阳光、享受和
陪伴的时光。

旅行快结束时，发生了一件难忘的事。无意间，我目睹了一
个物种的成年礼。当时，我们去南部的埃罗省（Herault）玩了
几天。我和朋友在奥克通镇（Octon）找了一间石屋过夜，屋子
的墙壁用不规则的石块镶砌而成。清晨，我们在阁楼上发现了一
只雏燕。它从窝里掉了下来，在地板上挣扎，无法起飞。我们凑
近看了看，雏燕的翅膀僵硬地伸展着，好似一弯新月。它的羽毛
掺杂着炭灰色、棕色和粉白色，宛如大理石，与仲夏时节成年雨
燕划过天际的那一抹神秘的黑色截然不同。看得出来，雨燕之所
以能够一生在天空优雅地飞行，也是付出了代价。其双足位于身
体中部，四趾均向前，利于抓附，不过足杆实在是太短了，短到

与腹部的羽毛直接相连。我们将雏燕拾了起来，带到窗前放生。雏燕虽然才六个星期大，却已开始了自己的第一次飞行；不仅如此，它还拥有了与其他物种亲密接触的经历。

　　不论小雨燕有什么情绪，此刻都已被求生的本能和天生的勇气所占据。它一边坠落，一边奋力滑行，幼小的身体晃得厉害，以惊险的高度掠过地面，吓得众人屏住了呼吸。好在最后，它终于飞了起来，用力地拍打翅膀，朝着东南方向飞走了。经此一别，怕是要等到后年夏天的繁殖季节，才能重见它的身影。而它将飞行多远的路程？这一路上将有多少次振翅？又能休息多长时间呢？

　　难以想象，未来它经历的旅途，将是怎样的茫然未知又危机四伏。它将飞过战乱连年的地中海，飞过一排排荷枪实弹的士兵，还将遭遇恶劣天气和地貌剧变。它的父母兄弟恐怕早已飞走了，留它独自完成上万公里的飞行。在雨燕的中枢神经系统中，就算没有印刻着详细的飞行路线，起码也大致规划好了。遵循基因中携带的记忆，它的每一种感官都在帮它追随这条迁徙的路线。无人知晓，雨燕一路上将会经受多少超乎想象的困难和遭遇。当它飞过无边的大海、芳香的灌木丛和非洲小镇上空夹杂着尘埃的暖流时，或许，它也能像其他海鸟一样，辨别出空气颗粒的微妙变化。或许，雨燕富含铁元素的前脑细胞，已经探测到了某条具有磁性的路线，指引着它一路向南。途经一些地标建筑时，那些形状恰好与基因记忆中的图形碎片相吻合，便可视作飞行途中的参照物。此外，白天的太阳和夜空的星辰，也都可以用来导航。只不过，当雨燕飞行过半、抵达南半球之时，星空又会变幻成另外一副模样。再过三四个星期，它就抵达南非了。在那里，老天会奖励它九个月的轻松时光，可以自由自在地翱翔与嬉戏。次年五月，它将与其他刚满一岁的雨燕一起飞回欧洲，一路上你追我赶，乐此不疲。这就是雨燕的生活。除繁殖季之外，飞行就是它们的生活，自古如此，从未改变。不过，恐怕只有那些怀着矫情又复杂的享乐观的人，才会觉得雨燕并未从中获得"享受"。

那年五月，我头一回对雨燕视而不见。燕子们在屋外啁啾欢闹着，而我却躺在床上，转过身去不看窗外，也毫不在意它们是否会在春天归来。这冷漠、可笑的转身，让我化身为一种不可理喻的生物，悬浮于某种虚无之中，与其他物种格格不入。或许，这正是人类向前发展的方式，只是当时的我并未意识到这一点。

*   *   *

因此，当我自己即将第一次出远门时，那只羽翼未丰的雏燕，一直萦绕在我心头。这次，我决定离开家乡，奔向东安格利亚的广阔天地。此番决定其实挺突然的，并没有事先规划好。或许，我是受到了某个成长阶段的驱使，尽管它姗姗来迟。不过，迁居的决定更像是一连串随机事件的结果。简而言之，此时此刻，我的工作已经陷入了"停滞"（生活的其他部分当然还是正常的）。我因为长期以来的深度抑郁，已经无心工作很久了，钱也快花光了。我和室友——我的姐姐闹翻了。如今，还不得不将老宅卖掉。能支撑到现在，实属不易。多亏朋友们出手相助，我的情况才得以好转，就像一台古董打字机得到了翻新。我又有了心动的感觉，因此才能再次提笔写作，虽然我并未想好该写点什么。后来，一个好机会竟不期而至，犹如春风拂面。在东安格利亚，朋友的农场恰好有几间屋子闲置出来。十几岁时，我就把那里当作自己的第二故乡。现在，我卖了房子，也没了工作，正好去那里从头来过。

将行李装上车时，我觉得自己像变成了一张白纸，赤裸裸的，等待接受命运的安排。就连行李我都没有多带，物质上和精神上皆是如此。我连一口锅都没拿，心想新家就算没准备好，至少也有办法对付。我只带上了一些写作需要的东西，两台打字机和一抽屉的办公用品，尽管这些东西对于生存来说价值几何还有待商榷。剩下的行李，全都是些难以割舍的小物件：一块赞比亚的球形紫水晶摆件，是我的朋友波比送给我的幸运礼物；一台100 倍左右的维多利亚时代的黄铜显微镜；一个装满唯美的茶盘和茶杯的野餐篮，这些餐具上还印着柳树的图案，精致极了，我一次都没舍得用过；一块印着"爱猫人士反对炸弹"[1]的徽章；一

1　"爱猫人士反对炸弹"（Cat Lovers Against The Bomb），简称CLAB，是1984年英国民间成立的爱猫组织，由爱猫人士组成，旨在关爱猫咪及呼吁世界和平与正义，该组织目前仍活跃，并影响了其他国家成立类似的组织。——编者注

大段约有 1500 岁高龄的紫杉木，自从 1990 年塞尔伯恩村的那棵紫杉树被风刮倒之后，我就一直保存着它，并不断告诉自己，我会等到一位"合适的雕刻师"；一本母亲最喜欢的书，英国气象学家约翰·摩尔（John Moore）的《地下水系》（*The Waters Under the Earth*），书里夹的书签是奥森戴尔服装店的邮购订货卡，倘若我对东安格利亚的景色还算满意的话，这本书很快就会成为我的最爱；此外，我还带了一些徽章和化石。只可惜我的车里装不下一人高的新月形翅膀，否则我一定会带上，好好布置这些浪漫的小摆设。至于书，经过一番精挑细选，我只带上了几百本重要的（包括 19 世纪浪漫主义诗人约翰·克莱尔的大部分作品）；至于剩下的，全都送到了大北路（Great North Road）附近的某处工业仓库保存。

这倒不失为一种开启新生活的好方式。我并不觉得自己是不肯接受现实，或是被迫断舍离。几大箱行李都已放进了吉普车的后备厢。这些，就是我想带走的全部。说实话，我即将入住的新家什么都放得下。但最难放下的，是翻天覆地的改变。远走他乡，应该是我这辈子最害怕做的事情。这是一次剪断绳索、远离家乡、展翅高飞的成人礼。这种成长的过程司空见惯，庸常到以至于无人提及，只有在某些关于自然的比喻中才会用到。然而，唯一的问题在于，我的成人礼来得太晚了，晚到令人觉得荒唐，难以置信。

现在，分别的时刻终于来了。我感到出奇地兴奋，鼓足勇气，开车回老宅看了看。这里已经有了新的主人，这家的祖母和几个孙辈正在花园里玩耍，欣赏我留给他们的玫瑰花丛。目睹别人做着自己从小到大做过无数次的事情，然而内心知道，这一切再也不属于我了，真是一种异常奇妙的感受。我没有觉得不真实，也毫无灵魂出窍的恍如隔世之感。相反，这一幕看起来很温馨，倒像是对我的一种馈赠。

这是十月的一天，天气和煦而明媚，似乎不像是走向成熟人生的新起点，倒像是暑假的开端。骤然霜降过后，原野又恢复了生机，在阳光下熠熠生辉。我开车来到了罗伊斯顿小镇（Royston）附近，一群南飞的凤头麦鸡恰好从公路上方经过。记得上次我遭逢人生变故时，也看见过它们的身影；那次的一瞥，同样是稍纵即逝。当时，我和摄影师托尼·埃文斯（Tony Evans）一起爬上了沙普山丘（Shap Fell），寻找粉报春花。一群凤头麦鸡刚好从我们头顶掠过，队形松散，忽上忽下，像是被大风卷起的纸片，在蜂蜜色金黄澄亮的牧场上纷飞，而我们也恰好在此处找到了寻觅良久的花朵。这是季节更迭的信号，而我与埃文斯合作了六年的一本书，也已经到了收尾阶段。

那天，发生了一件美中不足的事情。在我的故乡，老宅里的旧家具被一把火烧了，场面好似一场葬礼。那些家具实则已无多大用处，但毕竟难以割舍，每一件都是父母为他们拥有的第一座房子亲手置办的。我的父母本身也是移民。他们在伦敦出生、成长，后来因预感要打仗了，才搬到了英格兰西部的奇尔特恩丘陵，在伯克姆斯特德小镇（Berkhamsted）安了家。60 年后，他

们一手经营的小家，那个我们曾经共度幸福时光的老宅，却变成
了一堆废柴。房屋清理公司拒绝回收这些旧家具，倒贴钱都不肯
来搬。公益家具回收中心的态度也甚是傲慢，语音客服的答复
是："抱歉，留言服务暂停使用。"于是乎，我只得匆忙找了些朋
友，搬走了老宅里的大部分家具，找个地方一烧了事。烧家具的
那天晚上，我和姐姐头一次，也是唯一一次崩溃了。110 年的老
宅，最后只剩下餐厅的一把椅子，房中空旷到能听见回声。我俩
坐在一起，像两个被遗弃的孤儿，怅然若失。能够承载记忆的，
并不是一间空空的老宅，而是里面的家具和平凡的生活：餐柜的
台面已被两代人的手摸出了凹痕；那把破柳凳是母亲给四个孩子
喂奶时坐的；还有那些用猫头鹰存钱罐做成的铁皮门挡, 50 年来,
每一个经过客厅的人都曾被它绊倒。家人们每次都会相互提醒，
"小心猫头鹰"。老物件是记忆的有形载体，只消一眼便能让人想
起当年的故事和心情。

此次搬到东安格利亚，颇有几分既定的宿命感。这条东行之
路，我从十几岁起就经常走。该在哪里转弯，走哪条岔路，我已
熟稔于心。记得 20 世纪 60 年代初，我和一帮朋友第一次踏上这
段旅程。当时我们都相信，东安格利亚一定有个确切的起点。离
开鲍尔多克（Baldock）不久，在奇尔特恩丘陵东北约 50 公里处，
我们拐上了自新石器时代就存在的艾克尼尔德古道（Icknield
Way）。沿途曾经有一座漂亮的维多利亚时代的麦芽厂，可惜早

已被拆除。我们眼前是一大片白垩沙地，头顶是满天云雀。在伦敦周边虚度一生的想法，此刻似乎已一去不返。它就像是一道界线，一旦跨过去，你就知道自己终于"离开了"。东安格利亚在我们眼前一览无余，就像是屋子里无人问津的杂乱角落，终于重见天日了。我们都亲切地称其为"安哥"。

　　沿着艾克尼尔德古道继续前行，经过了纽马基特（Newmarket），便来到了这片沙地的中心地带——布雷克兰（Breckland）。此处的地形像是一个1000多平方公里的白垩质沙碗。这里的土壤层太浅了，地表的天然林地很容易被风吹倒。在史前的英国，这里一度是人口居住最密集的地区。古代的农人在这里刀耕火种，种了好几季庄稼，后来土地贫瘠，这里便被抛荒了二十多年，等待土地自我修复。短暂的农耕之后，"支离破碎"的农田变成了一方方沙地，此地也因此而得名"布雷克兰"（意为"沙漠地带"）。

　　沙质土壤，连这种轻度耕作都无法承受。当兔子和羊群被引入布雷克兰之后，大部分地区的植被变得更加稀少。到了19世纪，这里的景观基本只剩下碗形的荒野和漫天的风沙。由于此地过于荒凉，赶路的人为了不让马儿感到烦躁，往往会趁天蒙蒙亮时穿过这片"辽阔的阿拉伯沙漠"。这里还曾建起过一座陆地灯塔，专为迷路的旅人指引方向。日记作家约翰·伊夫林[1] 曾经写

1　约翰·伊夫林（John Evelyn, 1620—1706），英国作家、园艺家、日记作家，英国皇家学会创始人之一。他的作品记述了当时的文化、艺术和政治情况，是研究当时英格兰社会的重要资料。——译者注

道，"流沙对乡野造成了严重破坏，沙子四处流动，让绅士的庄园不胜其烦"，他还提出应该大面积种植丛生植物，防风固沙。好在东安格利亚的绅士们也无须费力劝说。18、19世纪，人们治理、开垦了布雷克兰，随后圈为己用。现在，尚能勾起人们对往昔荒野回忆的，只剩下胡萝卜地和养鸭场里偶尔刮起的沙尘暴，以及一片片防风固沙的松树林了。（当地人经常拿流沙开玩笑。"你的农场在哪个郡？""那得看风向了。有时在诺福克郡，有时在萨福克郡。"这就是东安格利亚的创世神话：在流沙上建起的一方天地。）

布雷克兰的其他土地，就是人们通常说的荒地，其实也都派上了用场，规划了一些适宜远离居民区的用途，比如核部队的空军基地，以及占地约65平方公里的国防部斯坦福实践训练区（Ministry of Defence's Stanford Practical Training Area）。林业委员会还在这里种植了最早一批新型针叶"防风林"。开车穿过这片沙地的中心地带，不仅能领略东安格利亚外在风光的变化，更能体会到人们对于土地的文化态度的整体变迁。布雷克兰的荒凉和与世隔绝，使它成为边疆地带，虽然已列入国有荒野名单，实际却被圈作私人游乐之用。在贝里市（Bury）以北，昔日的大庄园如今已变成了养马场和养鸡场。人工密集饲养的雉鸡，其实没有一点儿野外生存的能力。每逢秋冬，公路上全是被压扁的雉鸡尸体。开车时，你只能无可奈何地从雉鸡的尸体上碾过去。

只有燧石无处不在。它们跟随着白垩母体，贯穿了整条东行之路，一直延伸至诺福克郡的北部海岸。不计其数的燧石散落在旷野上，也融进了英格兰这一带的建筑纹理之中：在平房、古老的墙壁和教堂里，都能看到露在外面的燧石，有些地方的燧石是圆的，有些地方是扁的。田野中有大量用燧石磨制的工具：箭头、斧头、磨盘，还有原始的梨形多功能粉碎机和切割机（法语为"coups de poings"）。在已开采的燧石矿中，最好的当数塞特福德镇（Thetford）附近的格莱姆斯墓矿（Grime's Graves），距离我的目的地只有 30 多公里。

小时候，我们时常会为了证明自己的胆量而赤脚踩燧石。此次的东行之路，沿途也遍布燧石，一直绵延至海岸，像是童年游戏的自然延伸。不过今天，我没有照例开车去海边，而是走了另一条陌生的路线，来到了这一带的中心地区。在诺里奇市（Norwich）以南和以东，分布着韦弗尼河（Waveney）、比尔河（Bure）和耶尔河（Yare）。数千年来，随着北海水位的涨落，这里会定期发生汛情，绝大多数地区都变成了沼泽。三条河交汇于大雅茅斯镇（Yarmouth）。咸水沼泽自此地发源，向内陆漫延 64 公里，形成了一个巨大的沼泽，与布雷克兰的沙地相连。沼泽里有芦苇荡、潟湖和赤杨林。还有各种动物：琵鹭、鱼鹰、鹤和水獭，以及现今早已绝迹的鹈鹕和河狸。就连这里的居民，都必须适应"两栖"生活。在最容易积水的地区，人们将房屋建在高台上，在沼泽里行走全靠"爪鞋"（pawts），类似于过雪地时穿的那种踏雪板。在东边，当海水水位还相对较低时，当地人会在河谷里大量开采泥炭；而当水位回升时，这里又会被海水淹没，形成了布罗兹湿地（Broads）。西边是三条河流的发源地，人们也会从此处的沼泽与河谷中挖泥炭，只是开采规模相对小一些，也相对分散一些。而其中的韦弗尼河上流河谷（Upper Waveney Valley），就是我这次的安家之地。

＊　　　　＊　　　　＊

　　拐上了一条陌生的道路，我再也无法回避内心的那个问题。它已经困扰了我好几个月，或许可以说是困扰了我大半辈子。我的归宿在哪儿？我的角色是什么？从社会、情感和生态的角度，我应该怎么活才是对的？

　　想当年，我在奇尔特恩老家时，只是把家当成我的一个落脚点和情感的避风港。它就像一件旧外套，想穿时就穿穿。而外面的世界，才是我真正的重点，不论是外面的自然风光，还是书中的相关隐喻。作家的生活最是无拘无束。我时常去乡间漫步，想去哪儿就去哪儿，想出发就出发：有时，我只是随便走走；有时，我会专程去一些鲜为人知的地方。天气不好时，我就蛰伏在家，或者出门见见朋友。我从不去那些过度开发的农村，就像躲瘟疫一样，避之不及。我像是游牧民族中的一员，也像是四处漂泊的浮萍。虽然我在这片土地上生活，但它是它，我是我；房子的事情，我全部交给旁人来打理。和浮萍一样，当我的根基开始动摇时，我自己也就迷失了。说白了，我太沉溺于同一种生活了。我不善变通，没有信心在跳出舒适圈之后，坦然面对生活的改变。

我知道，在东安格利亚的边境，我将不得不以一种未知的方式，去面对乡野生活的日常。首当其冲的就是天气。在诺福克郡，风是从乌拉尔山脉（Urals）径直刮过来的，沿着公路，涌入老房子里，从每一道门窗的缝隙挤进来。对此我毫不怀疑。而且我猜，大农场上的房子也一样漏风。本身，河谷就是一条狭长的天然风道。不过，我对未来已有清晰的认识。东安格利亚是欧洲农耕最为集中的区域，农家院的三面都是农田。方圆8公里之内，都没有一片能称其为森林的植被区，只有种着油菜和甜菜的菜地、养殖场、谷仓，还有用来狩猎的雉鸡和空气中弥漫着的农药味。

除了寻找田园生活方式之外，我还好奇，自己将如何在这片典型而荒芜的湿地上生活。大半辈子了，我的生活一直与树木为伴。林间的四季充满节奏感：春日明媚，生机盎然；夏日漫长，华英成秀；秋日丰收，繁华渐褪；冬日肃杀，万物凋零，伐木的季节再次到来。我觉得，只要置身于树林之中，自己就会很放松。让我沉醉的不仅是林地的空间，还有其骨子里的历史脉络，以及光与影的纵横交错和缓慢交替。林地的历史气息，不仅可以追溯几代人在其中的活动痕迹，还可以拓展至整个文明历程。森林是野生的林地，是人类自以为拥有的大自然，我们"来自于"自然，却也"脱离了"自然。在林间徜徉，我们总会有一种"回到过去"的感觉。这里有我们往昔的记忆，是让我们返璞归真的地方。

11

　　新的环境将带给我怎样野性的感觉，还有待我未来慢慢发掘。从前，我已领略过多处湿地，因此很清楚，那里的环境可能会多么反复无常、难以预测。与林地中隐秘而缓慢的节奏相比，湿地的节奏更鲜明，更直接，随时可能变幻成意想不到的另一番景象。这种事经常发生。尽管湿地的历史比林地更久远，但湿地给人的感觉却是当下的主宰，有时甚至可以预测和感知未来。

12

　　林地和湿地，一个古老沉稳，一个瞬息万变，我猜它们俩刚好是自然韵律的两种极端。生命起源于水中，在林地中发展成熟，之后进入下一个轮回，周而复始。我贪心地希望，能够同时体验这两件事，成为某种两栖动物，看看林地中最美好的春天会在湿地中如何上演。只是不知道，我的肠胃能否经受得住零距离的野外生活。当陌生物种大量涌入我的新领地（或者当我成为它们的不速之客）时，当我试图去理解实用性与产量等冷冰冰的概念时，我理解的大自然的价值与意义又会受到何种影响呢？此时的我渴望一种超越功利的关系，是否属于不切实际？事实上，关于"关系"的想法或许只是说说而已，因为大自然似乎根本无意与我产生任何关系。我是不是反而应该脚踏实地，当好一名受人尊敬的当地博物学家，在花园中观察鸟儿吃食，尝试帮郡里引进一些新的花花草草，有志于当好一名博物记录员？

　　我说过，这种貌似真正浸没在水中的前卫的洗礼方式，是为了帮我找到自己的位置。但是，融入其中、分享领地、找到恰当的生存位置、有幸做出贡献的整个过程，以及其中的从容不迫和点滴创意，看上去像极了人类在大自然中寻找居所时所面临的各种挑战。不同的是，全球的人类定居，往往是以无情破坏生态环境的方式进行的。常常有人告诫我们，在当今这个时代，环境危机之所以严重，明显是由于家庭管理不善造成的。如果我们不那么贪婪，少生点孩子，节约使用能源，加强资源循环利用，用废料制作堆肥，那么一切就会好起来。这是多么美好的愿望啊！然而，如果我们只能粗暴地用家庭来打比方的话，一家人的品位、习惯、需求和动机全都难以量化，谁又能够在忽视这些因素的前提下，去经营好这个家呢？从森林砍伐到海洋污染，人类已经犯下了诸多毁灭性的错误。物种灭绝率之所以增加了上千倍，都是拜人类所赐。这一切表明，人类已经不把自己当作动物世界的一员了。人类自以为拥有了科技，就能够从大自然的统治中解放出来；人类有了自我意识，就可以脱离大自然的感知和直接影响。人类在地球上的角色，与其说受制于其自身能力，不如说受累于这种傲慢态度和迷之自信，自以为有了意识的加持，人类就成了至高无上的物种，就有权凭着自己的好恶，去评价和主宰一切物种。

13

　　我亲眼见过这种不可一世，实在无法苟同。如前所述，我是在林地中长大的。不仅如此，我还曾经拥有过一片林地，并且拥有了整整 20 年。当时，政府允许任何人购买野生林地，完完整整的一片。那段时间，我体验了各种各样与财产所有权相关的程序，从不折不扣的闯入者，变成了一丝不苟的守林人和研究员，再到最后失去了它。这也是每个财产所有者的终极结局。突发的病情，让我与这片林地的关系出现了危机。我不想当一个不能随叫随到的主人。而且，坦白讲，我需要困在其中的资金。我不得不卖掉它，即使我深感痛苦和内疚，满心不舍。

20世纪80年代初，我买下了古老的哈丁斯林地（Hardings Wood），整片区域占地约640亩，位于奇尔特恩丘陵的威金顿村（Wigginton）附近，海拔约240米。20多年来，它一直是我心中的挚爱。当时，我打算做一个社区林地保护项目，把这片原来归黑心伐木老板的林地解救出来，造福周围的居民和林地里的物种。从这个意义上讲，我取得了巨大成功。半个村子的村民都曾来这片林地里劳作或散步。阳光下，恣意盎然的林间花海和我亲手栽种的苗木交相辉映；獾在一座座地下墓穴间挖出了自己的王国。一种新的观念——将这片森林作为一个地标，一处既有丰富而悠久的历史又有巨大存在感的地方，开始从这里生根发芽。可现如今，一想到将会"失去它"，我就头皮发麻，我不再允许人们在林地里进行过多的私人活动。对我来说，它曾是一片可以自在玩耍之地，也是一个舞台。我写过关于蓝铃花的文章，其中提到了在蓝铃花盛开的时节，林地里曾举办的升天节庆祝活动。还有人拍下了我挥舞着链锯，与违法活动做斗争的样子。总而言之，我把林地当成一座巨大的私人图书馆，将各种各样的经历和际遇收藏在此。

林地也给我上了一堂社会关系课。生平第一次，我真切地感受到财产权是如何渗透到人类与自然的关系之中的。我拆掉一段围栏，好让人们进入林地；但我也不得不立起另一段，好将邻居家的动物挡在外面。为了获得政府拨款，我昧着良心签署了"控制"灰松鼠计划。在猎人自以为是地骑马穿越这片林地、猎杀了我视作好友的狐狸之后，我便从此禁止他们来这里打猎。每当有人将这片林地或居住在里面的动物视为自己的私产，我都会站出来反驳他，告知对方林地是我的，虽然这样做收效甚微。

有一次，就连热情慷慨的我也大方不起来了。政府打算修一条新公路，贯穿我从小玩耍的长满树木的山谷。公路的一段也将穿过我的哈丁斯林地，大概有 500 多米的长度。我在公开民意调查时提供了证据，证明修路可能会毁掉林地中的银莲花。公路管理局的律师立刻反唇相讥。我之前提到过林地里的银莲花海，那是一片怒放而绚烂的花海。"在我看来，这些路边的野花在附近随处可见，能有什么价值呢？"律师直言不讳道。他的理由与那些自然保护主义者认定的理所当然的道理如出一辙：植物本身并不重要，不过是代表一个物种而已。只有在即将灭绝时，其重要性才会凸显。假如我关心某一片花花草草，关心它们与周遭环境及与当地生态系统之间的复杂关系（毕竟这才是对野生植物自身来说唯一重要的关系），他们就指责我太过主观，甚至是多愁善感。

听到这话，也只能道不同不相为谋了。我对大自然的感情，与这套庸俗的价值体系格格不入。怎么能够将大自然当成商品，像商人那样，仅凭实用性和稀缺性来判断其价值呢？我喜欢寻常

15

的东西，提倡"众生平等"的观念。我无法将大自然纯粹视作人类的资源，尽管我很清楚，在物质上我也依赖于它。我更无法客观地将没有人类的自然界当成一个"东西"，因为我知道，大自然有其自身的任务和目标，独立同时又贯穿于人类的任务和目标。更何况，人类与大自然的关系如此紧密，又如此积极地投身其中，为何还要装作事不关己呢？

　　更糟的是，我就是多愁善感。我与鸟儿交谈，用自然界中一些奇奇怪怪的时刻和片段来标记我对时间和地点的认知。我会为盼来了第一只归来的燕子而举杯庆祝，也会录下夜莺在浓雾中的歌唱，保存在磁带里，在与远方的女友打电话时播放给她听。这些季节性的邂逅年复一年，让我感动；而大自然打破规律、脱离人类刻板的分类和时间表，变得独立、难以捉摸、轻狂唐突却又令人耳目一新的那些瞬间，更加令我感动不已。在我看来，这两种表现都是大自然"野性"的体现，与人类主宰世界的可预测性截然不同。前一种表现是深刻的、与生俱来的、可感知的演变；而后一种则是更颠覆的，更有创意也更有个性的，是再生的春天，是尽情的撒野，也是猝不及防的痛苦与灾难。

*　　　　*　　　　*

16　　　此刻，我不禁想起了那只搁浅的小雨燕。它是从哪儿飞来的？我不吃燕子，也不想把它们当成宠物来养。我不认为它们需要我的保护，它们在这颗星球上已经独立生存了数百万年，一直活得好好的。而且，如果从"资源保护"的角度出发，雨燕几乎必定是无足轻重的。它们还没有到濒危的地步，也没有什么重要天敌（倘若有，我们就得问问，天敌起了什么作用）。假如雨燕灭绝了，与之相关的地球生态系统，也就是詹姆斯·洛夫洛克[1]笔下的"盖亚"，或许最多不过叹息一声罢了。要是有一天，人类可以从雨燕强大的平衡器官中提取某种物质制作良药，例如晕机药，又或者，雨燕（用飞行时衔来的零碎杂物）筑巢可以为低成本住宅设计提供灵感，只怕结局会更让人难以置信。雨燕是不可能经受住此类危险而致命的考验的。

而雨燕却以深刻而微妙的方式，触动并联结着我们。倘若一整个夏天都不见雨燕，不知道日子会变成什么样。雨燕是人类关于春天和南方传说的一部分，也是大自然对温带地区的恩赐，是夏鸟的迁徙和定居活动中的关键主角。奥尔多·利奥波德[2]是这样描写美国的候鸟迁徙的："这是一年一度的食物与光明的交换，天上黑压压的全是候鸟，像一首野性的诗，从天而降，笼罩着整片大陆。"候鸟对飞行做出了最纯粹的诠释。在我们神经系统的

1　詹姆斯·洛夫洛克（James E. Lovelock, 1919—　），英国科学家和环保主义者，以提出"盖亚假说"（Gaia hypothesis）而闻名，该假说认为生命有机体与地球上的无机环境相互作用，形成一个协同和自我调节的复杂系统，帮助维持和延续地球上的生命条件。——译者注

2　奥尔多·利奥波德（Aldo Leopold, 1887—1948），美国生态学家和环境保护主义者，代表作有《沙乡年鉴》（*A Sand County Almanac*）。——编者注

深处，在某个角落，这种飞行能力并没有被遗忘。我感觉，雨燕已经取代了夜莺，成为 21 世纪浪漫主义者的最爱。它们神秘、狂热、令人兴奋，愿意成为城市风景中的一抹掠影，成为这一切的化身。犹如夜莺在黑夜中不知疲倦的歌唱，雨燕永不停歇的飞翔着的黑色身影，也不乏一股坚韧不拔的意味。

上学时，我总盼着雨燕归来。每逢五一节前后，我总要四处转转，紧紧抓着自己的衣领，祈盼好运快点降临[1]。后来，到我 17 岁时，雨燕在我眼中成为盛夏的浪漫象征。那段日子，我参加了一个早期的唱诗班。六月的夜晚，我们在教区教堂里排练，对面是当地的一所女子中学。雨燕的叫声在高楼四周久久环绕，它们的身影掠过夕阳照射下的有色玻璃窗，比我们合唱的声音更响亮更尖锐。这画面恰似是一种不求回报的克制的表白，在我心头挥之不去。此刻我身边尽管没有雨燕，然而当年它们的叫声，与看到女生穿着的绿格子短裙后不该有的悸动心情，依然让我记忆犹新。

成年之后，雨燕对我来说变得更加神秘。它们不再是什么东西的象征，而是和我一样，拥有相同血肉的另一种生物，生活在另一个几乎不可知的平行空间中。它们生活在天空之中，有时甚至似乎是在天空之上，比无数生活在水中、离不开水的生物更加神秘。不论进食、睡觉还是交配，雨燕都是飞着进行的。它们收集风中的残枝碎片筑巢，在大雨中洗澡，在威廉·费因斯

1　摸衣领来祈求好运最早是水手之间的一种迷信，相传水手出海时摸一摸自己的衣领，能获得好运气和航运平安。——编者注

（William Fiennes）的笔下，"它们会洗澡"。欧洲有一个特别的小镇，名叫特鲁希略（Trujillo），也叫飞鸟镇。有一次，我在蒙彼利埃（Montpellier）郊外的一条公路上迷路了。成群的鸟儿以齐腰的高度从我身旁飞过，我置身其中，很好奇它们把我当成什么。它们究竟知不知道，这个站在地上一动不动的男人其实是活的。

在奇尔特恩老家时，大部分时间我都在运河边观察雨燕。每天日落时分，我都会提前一两个钟头，去一家小酒馆，一边放松自己，一边欣赏雨燕的"晚祷仪式"。这里有一排维多利亚式平房和一间废弃的杀虫剂工厂。房檐下，十几对雨燕在此筑巢。温暖而静谧的夜晚，正是附近的小燕子出来觅食的时候。小燕子排成松散的队形，在小镇中心上百米的高空捕食飞虫。它们飞得杂乱无章，仿佛篝火里迸出的火星，横冲直撞，纵横交错，却丝毫不影响它们每一次振翅。接下来，某种散漫的远古冲动占了上风。除非你愿意赋予雨燕感知能力，相信它们能够体会到飞翔带来的纯粹生理快感，否则，实在难以理解燕子为何要这样乱飞。燕群边缘的小燕子开始盘旋，绷紧翅膀，一只接一只地向下俯冲，低空飞行，你追我赶。起初只是一两对，随后越聚越多，直到30多只燕子飞得越来越紧凑，形成了一颗不规则的黑色"彗星"。为了避免相互碰撞，鸟儿时而减速滑翔，时而向左或向右倾斜，发出嗖嗖的响声，令人叹为观止。这颗"彗星"在厂房间穿行，呼唤着留在巢里的雨燕。那身形仿佛一帮摩托车手，侧着身扎进新建的码头公寓。小燕子似乎正沿着只有它们自己才能看见的隐形路

18

线飞行，接着又一窝蜂地偏离了路线，消失不见，好像成心要突然出现在我身后，让我大吃一惊。然后，它们会在毫无征兆的情况下，突然四散开来，朝着不同方向的高空飞去。

雨燕总在不停地飞翔，我从未亲眼见过它们消失不见、归巢休息的片刻。我怀疑，雨燕在高空飞行的方式，或许与飞机颇为相似。随着飞行高度的逐渐攀升，它们就这样飞出了这个小镇。我曾经看过一段影片。那是英格兰西南地区的空管雷达录像，捕捉到了雨燕一边飞翔、一边睡觉的影像。随着暮色降临，所有飞行体都变成了雷达屏幕上由光点聚集而成的一个朦胧光圈，而每个光圈，都是一群独立飞行的雨燕。它们正处在一种神奇的飞行睡眠状态中，从外表上，根本看不出来。

我和雨燕的关系，全然是我自己的一厢情愿。甚至于，我们之间压根儿算不上有什么"关系"。雨燕毫不在乎我，也不在乎任何人类。不过，雨燕与人类之间，是存在着间接羁绊的。就算我们没有意识到这一点，但这种关联，依然会通过我们共有的生存环境和感知力产生影响。风和日丽的春日，渴望嬉戏的生理冲动，都让我们的内心蠢蠢欲动。泰德·休斯[1]在他的诗歌《雨燕》（*Swifts*）中，描写了自己看到鸟儿归来时的心情，感叹"它们又一次做到了"，他觉得雨燕的归来不仅代表着夏天的伊始，更代

1　泰德·休斯（Ted Hughes, 1930—1998），即埃德华·詹姆斯·休斯（Edward James Hughes），英国诗人和儿童文学作家，1984年被授予英国桂冠诗人称号。妻子是美国天才诗人西尔维娅·普拉斯。——编者注

表着"我们的地球还在正常运转"。这种反应很常见。有一次，我突然收到了玛格丽特·汤姆森[1]寄给我的一首很棒的小诗，她用潇洒的笔迹写在一张便笺纸上：

耶稣升天节

五月，成双成对的季节

满目新绿，顾盼生辉

久违的风轻日暖

光脚感受鞋子的柔软

接着，你高呼道

"雨燕回来了！你听！快看！"

你听！快看！像雨燕这样的候鸟，总会神奇地在春天的某个清晨如约归来。复活神话的产生，是否也有着它们的功劳？它们是否依然占据着我们眼中和心中的某个角落，挥之不去？人类虽崇尚科学和人文主义，但是，在人类的整体文化中，总是充斥着关于自然现象、四季更迭、蜕变与重生、野性与驯化、迁徙与轮回、隐身怪物与失落大地的神话和传说。

人类在试图发现和认知自我时，常常会借鉴自然现象。自

1　玛格丽特·汤姆森（Margaret Thomson，1910—2005），知名的纪录片制作人，二战期间在英国制作了一系列园艺、农业和医学方面的电影，引起了广泛的影响。——编者注

然界中蕴藏着丰富的隐喻，可以用来描述和解释人类的行为和
感受。自然是人类大部分语言的起源和分支。我们像鸟儿一样
歌唱，像花朵一样绽放，像橡树一样伫立。又或者，我们像饕
餮一样暴食，像兔子一样繁殖，像动物一样行事。而"动物"
（animal）一词起源于梵文词根"anila"，意为"风"，后来演化
为拉丁语中的"*animalis*"，意为"一切有生命的东西"，并派生
出"*animus*"一词，原意为"心灵"，后引申为"心理上的冲动、
倾向与激愤"。它提醒着我们，曾几何时，心灵与自然并非对立。
善用语言，是人类区别于动物的最显著特征。然而在使用语言的
过程中，人类在不断地探寻语言的起源，以及我们的自身起源。
如此看来，所有的自然隐喻都仿佛是缩小版的创世神话，不仅描
绘了万物的起源，也证明了生命的统一。

　　爱德华·威尔逊[1]普及了"亲生命性"（biophilia）这个词，
因为人类这个物种，似乎对许多其他物种都普遍存在亲近感。在
他的定义中，这属于人类"关注生命和相似生命过程的一种先天
倾向"。在东安格利亚，兔子是古代最受重视的野生动物，它们
神秘而顽皮，是"麦茬地里的奔跑者和田野边上的旁观者"。一
直以来，兔子都是女巫家的常客，是春天和生育的象征，是月之
精灵，是喷火恶魔，是诡计多端的捣蛋鬼。也许，正是因为兔子

1　爱德华·威尔逊（Edward O. Wilson，1929—2021），美国昆虫学家、博物学家和
生物学家，尤其以对生态学、演化生物学和社会生物学的研究而著名，被誉为"社会
生物学之父"和"生物多样性之父"。——编者注

在野外的各种滑稽动作，才使它成为全世界神话中，最古老且最常见的动物之一。东安格利亚的人们过去认为，假如兔子从你面前经过，则预示着有不好的事情将要发生。然而，诗人威廉·柯珀（William Cowper）在1786年写的日记中，记录了他和兔子普斯（Puss）之间的故事，证明了人类与动物之间的关系正日趋融洽。美国民间童话中的布雷尔兔（Brer Rabbit）也是一只野兔。从班图语到藏语，几乎每一种语言里，都有不同版本的龟兔寓言。在北美神话中，大野兔也是核心角色。在公元前2000年的古埃及象形文字中，水波纹上的兔子意味着"存在"。中国流传着一个感人的民间传说，与生态环境息息相关，其中也包含了许多象征性的角色。在佛祖的圣林中，一只兔子因其美德脱颖而出。一天晚上，佛祖化身为婆罗门，上门乞食。兔子想帮助他，便道："师父，我在圣林中长大，以草为食，我没有什么可以供奉给您，除了我自己的肉。请用我的肉来充饥。"接着，兔子跳上了一团炭火，此前还不忘先停下来轻轻掸去兔毛里的跳蚤，"我可以将自己的肉体献给圣人，但我无权剥夺你们的生命。"作为回报，佛祖决定用兔子的形象来装饰月球的表面。

21

　　然而，对自然的想象和神化是一个矛盾的过程。自然的"真相"与坚不可摧的科学"事实"，也可能是相悖的。自然的隐喻、图像和符号，映射着现实世界，有时候，这种映射是永久性的，例如人们常说的"像渡渡鸟一样死了"（英文是dead as a dodo，即"完蛋了"的意思）。而兔子，至今仍是人类在狩猎比赛中射杀的对象，其栖息地也仍在遭受现代农业的破坏。更根本的问题在于，人类借助于语言，才有能力进行这样的思考，可语言本身，恰恰是人类与自然之间不可逾越的鸿沟。语言使人类与自然日渐疏远，阻止了二者的和谐共生。

不过，这一点我并不是很确定。有一次，我在林地中遇到了一头母麂鹿。这不是意外的邂逅，也不是在树丛转角撞了个满怀，并没有令彼此产生片刻的不安。我们小心翼翼地走向对方，都稍微歪着头，以这个全宇宙通用的姿势，表达着内心的好奇、谨慎和对将发生什么情况的不确定，既不想挑衅对方，也不愿被对方挑衅。我们走到相距约 3 米的地方，四目相对。她生着一双大眼睛，背部向上隆起，尾巴向下低垂，说明她此刻并没有感到惊慌。我想，她的故乡应该在中国，不知道她对在中国的同伴是否还保存着些许种族记忆，对英国的山毛榉树又有什么不同的看法，这是不是她第一次见到人类的脸。她一边盯着我的眼睛，一边用舌头不断舔舐自己的脸，心里大概是在猜，我危不危险，有没有发霉或发臭。我觉得她又漂亮，又勇敢。而她或许觉得眼前的这个人怪难闻的，不过很有意思，体型也很特别。当然，也许还有我永远猜不到的其他想法。我们像两个既好奇又胆小的陌生人，以这样的方式彼此交流，随后又各奔东西。到家后，我把与她的邂逅写了下来。而她离开之后，或许会有意识地"忘记这件事"，但是我的气味、体型以及呼吸的声音，想必也会在她心里留下深刻的印象。

　　作家伊恩·辛克莱（Iain Sinclair）将麂鹿[1]称作"monkjack"（字面意为"僧侣杰克"），不知是突发奇想，还是听错了。然而，这个名字不仅完美地抓住了麂鹿神圣的孤独感，听起来又很俏皮。这让我理清了我们这次邂逅的意义。我不想对发生的事情做任何价值判断，而只想说，她用了麂鹿的沟通技巧，我用了人类的沟通技巧。但是，这次相遇的每个细节于我而言都特别"自然"，就仿佛我一直在追踪她，或是想分享她的食物似的。

　　我愿意像从前了解我的林地那样，了解这片河谷；希望这里的生活能同样惬意放松；我愿意像了解林间的那只麂鹿那样，了解这里的每位居民。本书将记录我在河谷第一年的生活见闻。当然，其中必然会涉及我得了抑郁症之后的康复生活，以及终于迈出了成熟独立这一步之后的所思所感。在大西洋东岸地区，人们习惯于将此种个人叙事严格排除在自然写作之外，仿佛对大自然的感悟并不属于现实生活的一部分，而是一种另类体验，一种爱好，只能用客观、割裂的科学棱镜才能评价似的。但我从不这样认为。自从康复之后，我对生命的慈悲有了新的领悟。我觉得，那些所谓的"关于自然的写作"应该孤立于其他文学类型，或是与人类的存在完全割裂开，其实是很荒谬的。

1　麂鹿的英文是muntjac。——编者注

　　我正是通过重新写作，才最终得以康复。这个故事我在后文会展开讲。我相信，语言和想象力绝不是让人类远离自然的原因，而是人类再次亲近自然时最有效、最自然的工具。我希望，在我的新居即将发生的故事，能够佐证这一信念。文化并非自然的对立面或相反面，而是人类与自然的交界，是人类这个物种所特有的"半透膜"。

＊　　　　＊　　　　＊

　　只剩不到 2 公里的路程了。那间粉红色的农舍在路边旷野的树丛中若隐若现。零星的荆豆花仍在盛放，石南花正逐渐凋谢，落下的花瓣将大地染成了红褐色。继续向前，是逐渐茂密驳杂的柳树林和白桦林，预示着我即将抵达一片沼泽与河流。虽然这条路我从前只走过一次，可这里的一切都让我倍感亲切。我就是在旷野和山林中长大的，那里也有相同的灌木丛和桦树林。我记得小路的布局，在哪里分叉，变窄，而后再次汇聚。小路的痕迹暗示着独居动物的一些根深蒂固的习惯，标记着它们彼此相遇的瞬间，以及不同物种的不同轨迹的交点。在地球上每一片自然荒野之中，都无一例外地存在着这样的标记。

　　我听人说过，此地曾是 19 世纪诗人约翰·克莱尔生活、工作和写作的地方。克莱尔的难得之处在于，他找到了文化与自然的共通之处，创造了自己的语言，将文化与自然进行了融合，而非分离。他曾说过，"在田野中找到了自己的诗歌"。在开阔、交错、平平无奇的荒原和野地之间，他感到无比自在。他将周遭的生存环境视作一整片旷野，而他自己，不过是旷野中的普通一员而已。"曾经，无尽的自由统治着这片随心所欲的乐土"，当家乡的旷野被圈占之后，他写下了这段哀歌：

> 旷野与沼泽，辽阔而遥远，平坦而荒凉
> 自由飞翔的鹆鸟，而今已杳无踪迹
> 一同消失的，是充满野性和乐趣的原野
> 还有诗人对生命之初的祈愿。

我与克莱尔之间似乎生出了一种惺惺相惜的羁绊。可以说，他是一个了不起的东安格利亚人，虽身患抑郁症，却从未放弃与命运抗争。150 年前他住过的医院，如今我也曾住过，还好这段糟糕的经历并未持续太久。他住进去之后，就再没出来过，而我最终回到了正常的生活。但是，他依然是我的同类，是焦躁不安、心事重重时的我，是在树丛背后躲躲闪闪的我。而我，也要循着他的脚步，走上那条不屈之路。

第二章 ——————————

·
·
·

藏身之所

Chapter 2

Lair

LAIR：

1. 可数名词，动物睡觉的地方。

2. 形容土地休养生息的状态。

———《牛津英语词典》

Oxford English Dictionary

　　我这一辈子，大部分时间都在躲藏。大概六岁时，我就开始 25
在花园里挖坑，挖得很大，像藏宝箱一样。挖好了，自己再蜷缩
着藏进去。几年后，我又开始挖树洞。只要不怕被刮伤，且挖得
足够深，在纵横交错的树根枝丫中，总能挖出静谧的大树洞。有
一次，一棵甜栗树被风刮倒了。我们一帮小孩子便在它的树根里
挖出了一个大洞。里面的空间十分宽敞，弥漫着一股泥土的潮湿
味道，树根断裂处还散发着辛烈的香气。一天，在众人的怂恿
下，我们的小伙伴安钻了进去。我们拿着冬青枝条，紧张地戳她
的胸部，想让她怀孕。家里的长辈就是这样哄我的。他们觉得我
还太小，不该打听这些异教徒干的事情。

　　而当真正的性爱来临之时，这种躲藏就变得更有必要了。从
伯克姆斯特德小镇到波特恩德村（Potten End）的小路上，会
经过巴尔博格格林地（Bulbeggar's Wood），林地中有一个泥灰坑
洞。这是我最喜欢的秘密基地，我曾躲在其中尝试过各种私密体
验。之所以胆子这么大，是因为从这里到大路，尽是茂密丰满的
树<u>丛</u>。很快，我和初恋女友就在小镇中心路旁的一处昏暗而隐蔽

的掩体中，有了一次惊险的遭遇。当她妈妈发现我们时，还在喊
她"镇花"。大学毕业后，我在伦敦生活了一年。我没办法拥有
26   一个属于自己的体面房间，只得在一位朋友的杂物间里凑合了三
个月。即使到了三十多岁，我拥有了一整片私有林地可以尽情玩
耍时，我依然在冬青树和蓝铃花海中，寻找着往日可以藏身的
"圣地"。究竟在躲避什么，我自己也说不清楚；我只知道，那种
躲藏的、未知的、无迹可寻的感觉，实在让人兴奋不已。

种种藏身之所，从天然洞穴到建筑物的回廊，它们之间有
什么共同点呢？我认为，这些地方一眼便可看出，是集安全性和
冒险性于一身，既能向外眺望，又能躲避其中，特别适合自我休
整、幽会或短暂休息。从景观艺术理论的角度来看，这叫作景观
的"瞭望与庇护"特征。不过，有个地方尚不算作藏身之所，因
为那里只有庇护，全无瞭望。它就是我的奇尔特恩老家。那里是
孕育我的摇篮，是我的隐居之所，是我用来逃避外面世界风浪的
港湾。而从老家出走，拥抱成长，则是我迟迟未能完成的重要任
务。

不过，在了解动物的藏身行为之后，我对自己的躲藏习惯也
就释然了。艺术家大卫·纳什（David Nash）曾画过"羊群空间"
（sheep spaces）系列作品，画的皆是羊群在休憩或藏匿时的栖身
之所，比如树根下，或乱石边的一些隐蔽角落。早春时节，雄鹪
鹩也有类似的躲藏行为。在求偶大戏上演之前，雄鹪鹩会先制作
五六个精致的游戏巢。它们以精湛的技巧，乐此不疲地穿插、编

织着苔藓和羽毛，只留一个小孔作为出入口，约翰·克莱尔将其比喻为"酒桶上的木塞孔"。不过这都是些单身汉的活计，雄鸟做这么多巢，只是为了练习、找乐子和相互炫耀而已。

$$*\qquad\qquad*\qquad\qquad*$$

　　我此次东行的目的地，多少也算是一处藏身之所，是我偶然觅得的短暂隐居之地。当下我的境况尚不足以构建一个正儿八经、完完整整的家。我需要的，只是个方便的、能凑合住的地方，隐蔽点儿就更好了。我与女房东凯特在谈租房条件时，也全是出于这种考虑。我不会一直租住在这里，没有带大件行李，也没有任何精神上和情感上的包袱。我们甚至连租房合同都没签，因为那样有点太正式了，甚至带着些许殖民色彩。大致情况就是这样。当凯特去伦敦出差时，我要帮忙照顾她的三只猫，还要关照立刻跃上我心头的、树林里的一大堆无助的小动物。我还得担起照看房子、收快递、接待水管工等一应杂事。有空时，我得去看看周围的野生动物，院子和沼泽地里的大黄蜂，时常在阁楼上安家的长耳蝙蝠和雨燕，以及经常光顾喂食器的成群的鸟儿。

　　起初，我几乎无暇关注周围的环境。这个农场的位置比较偏僻，常年潮湿，因生长着成片的帚石南和荆豆而得名。最初几天，我眼中的景象，可以用房地产经纪人的行话来完美概括：17世纪农舍、温馨宜居、半木质结构、原始风、木地板、九间房、

27

作家和隐士的不二居所。我尚未走出最初的文化冲击，不过，我只关心自己在一楼的那间小屋，以及如何在短短两天之内，重拾我四十年来养成的生活习惯。

　　走进我的小屋，仿佛走进了一片小森林。小屋的周围和两侧全是石化的橡树林，光秃秃的，泛着陈年白骨的色泽。屋内的地板用 15 厘米宽的橡木铺成，中间放着一张橡木桌。可以说，小屋里的橡木比外面的还要多。北面的窗户上有窗棂，是橡木做的，窗外是一大片坡地，绵延至韦弗尼河畔的柳树林和赤杨林。南面有一块甜菜地，坡度缓缓向上，直至山脊上的庄园树林。在树林与我的窗户之间，是一个带围墙的院子，里面种着一棵梨树，还有几株爱尔兰紫杉。鸟儿让整个院子活了起来，生命的气息从窗外扑面而来。雉鸡正在草坪上悠闲地散步。喂食器散落在草坪四处，还有的挂在梨树上，引得不少大斑啄木鸟径直飞来大啖坚果。一对红腹灰雀忽然从蔷薇花丛中现身，臀部的白毛格外惹眼，不时发出柔柔的叫声。我已经有六年没有见过红腹灰雀了。这间小屋风景绝佳，对生存能力要求也很高，便是我将要入住的新居了。站在屋里，我回想起了拉斯金[1]对红腹灰雀巢的夸奖。他曾欣赏过一个完全用铁线莲枝条编织的红腹灰雀巢，枯萎的花朵全部露在雀巢的外侧，像一个花纹复杂的哥特式圆盘，看

28

----

[1]　约翰·拉斯金（John Ruskin, 1819—1900），维多利亚时代英国作家、艺术评论家，他的写作题材涉及广泛，包含地质学、建筑学、文学、教育学、神话学、鸟类学、园艺学等。——译者注

起来十分雅致，透着古意，显然是为了美观而特意为之。拉斯金的评价是"难以置信"。红腹灰雀筑巢，不是"在神经纤维受到了生物电流的刺激之后，将收集来的铁线莲枝条进行简单机械地排列组合"。红腹灰雀并不是什么建筑家，但它却"拥有获得幸福所必备的细腻情感、筑巢技术和艺术表现力"。

　　抛开筑巢不谈，这些能力听起来也都是过好日子的前提条件。沉浸在橡木小屋的质朴气息中，我试着去感受其精巧的构思。可以说，小屋的"花朵"也暴露在外侧，清晰可见。这相当于什么级别的巢穴，又是为什么物种准备的？屋里最引人注目的，当数横跨墙角的 6 根斜梁，形状像伸展开的树枝。每根斜梁的中段，都呈现 10 度左右的弯曲。我突然想到，这几根梁很可能来自于同一棵弯曲的橡树。伐木工在附近的橡树林里选中这棵树时，应该就已经想好将来要做房梁了。在距离弯曲处 30 厘米的地方，至少有三根斜梁上都有一个椭圆形的节疤，活像一张等高线地形图，又像是开了壳的牡蛎。斜梁是顺着木材的纹理切割的，因此看不出生长年轮，只有漩涡状的纵向纹路。越靠近木梁的边缘，纹路就越致密，说明这棵橡树是在干燥的环境中长成的。我把木屋想象成一枚气候化石，或许在 400 年前，理性时代[1]方兴未艾之时，河谷的橡树林曾经历过一次大旱。在当今这个缺乏定论的时代，想象力依然能够帮助我们去理解这个世界。而我

1　理性时代（Age of Reason），即启蒙时代或启蒙运动。——译者注

很庆幸，能够觅得这样一处栖身之所。

我开始在这间古朴的小木屋中归置我的书、画，以及整理一堆五颜六色的电线。就在这时，我却迟疑了。何必要去装饰它呢？为什么我不能像上一位主人那样，放一张床、一把椅子和一张干净的桌子便足矣呢？我尽力思索着，还有什么现代的物件能与之相称，比如极简风格的日式家具或是精致小巧的摆设等等。然而，我唯一能想到的真正答案，与前房主的陈设并无二致。可是，我得在这里生活，得过日子。我需要看书，需要温暖，需要光线，具体来说，我需要好几盏灯。屋子的天花板很低，木质结构又不透光，只在屋子中间装一盏灯是不现实的。于是，我计划打造一套低碳照明生态系统，将灯安置在我需要的地方：亮度高的留着晚上码字用；光线柔和的就放在扶手椅旁，小憩读书时用；还需要一盏可以随时移动的，用来找书，找黑暗角落里的收音机、传真机。当三盏灯一同开时，木屋像极了圣诞洞穴。不过，在一番努力的理性思考过后，我宁愿将其想象成一个森林光线系统，时而斑驳，时而明亮。爱德华·威尔逊曾经这样描述亚马孙地区森林中的光线：

太阳又出来了，从外向里，将整座森林切割成一个个光影斑驳的壁龛。顶部的树叶在强光的耀灼下熠熠生辉，光洒向树皮上一道道仿若微型峡谷的纵向裂纹，照亮其间两三厘米深的"沟壑"。光线像穿透海面，从树梢过滤下来，散落在强劲的树根上。随着太阳的东升西落，壁龛里的光线忽明忽暗，时而将蠹虫、甲虫、蜘蛛、树虱以及其他小动物从洞穴里召唤出来，时而又将它们驱赶回去。

我幻想着，自己在如壁龛般光线明亮的房中穿行，抬手将碟片放进CD机里，再窝回柔和灯光下的扶手椅，好似昆虫返回它们的巢穴。

　　傍晚，我常常坐在自己这座"小森林"中，凝望着日落之前的最后一刻。一天晚上，木屋被一圈朦胧的橘色光晕笼罩着，所有的电线、地板、窗棂和画框忽然间开始变得模糊，伊丽莎白·布莱克德尔[1]的那幅实物大小的《飘带兜兰》（*Paphiopedilum sanderianum*）突然从房梁上长了出来。这幅画是我随手挂在那儿的。兜兰的根茎和叶片曼妙地攀上了木梁，花瓣幽垂，如飘带般悬在书架上方，俨然变成了气生植物的模样，原来在兜兰和木梁之间，存在着一种伙伴关系。我突然释怀了，想起我家那些旧家具，如今看来，院子里的大黄蜂其实是把朽木啃咬成了异域风情的木雕。我希望我们也可以像这样，化腐朽为神奇。

1　伊丽莎白·布莱克德尔（Elizabeth Blackadder, 1931—2021），英国画家、版画家。——编者注

*   *   *

对了，这家还有几只猫牵动着我的心思。此前它们在猫咪寄养所待了四个月，回来之后便蒙上了一层迷惘与沮丧的情绪。布兰科和莉莉，一只是生着金碧色眼睛的白色卷毛公猫，一只是中年玳瑁母猫，它们俩警惕性很高，总是蜷缩在空房间的床底下，一动不动。只有小黑与众不同。她是一只黑白相间的母猫，长得跟那只小有名气的埃塞克斯猫有些神似。小黑总是在我面前晃悠，抬起头看着我，像是要和我说话，每每看着她的小脸儿，我的心都要融化了。我也曾用尽各种办法，想把另外两只猫咪引出来，可它们却以坚决的态度表明，还在为被送去寄养的事情而生气。

根据一本靠谱的养猫手册的建议，我应该先将猫咪关在它们的猫屋里，至少关上一个月，然后才能放出来，让它们感受如迷宫般的其他房间和广袤的户外乡村。但这怎么可能办到呢？一天早上，趁着又是刮风又是修门、工人们进进出出的工夫，小黑和布兰科溜了出去。我在小屋里里外外都找不见它们的踪影。我先是忧心忡忡地，从谷仓和储物棚开始找，逐渐心急如焚，一直找到沼泽边，到最后沿着林间小径一路寻找，我的心已沉到了谷底。我必须羞愧地承认，当时的我，除了担心这两只猫，还同样忧虑着自己的命运；脑海里一直在想，我的租约怕是彻底毁了，铲屎官的日子也到头了。不必说，当天晚上它俩就回来了，像往

常一样蜷缩在自己的猫屋里，还在地毯上煞有介事地放了一只鼩
鼱的尸体。我到底有什么好担心的？家猫的驯化史才不过四千
年，它们丝毫没有丧失祖先野外生存的独立性和划地盘的能力。
有了第一次探险经历之后，猫咪们开始在家里频繁出入，时而溜
进烟囱管道里，时而把自己关进卧室的衣橱里。我彻底没招了，
只能提前两周还其自由。猫咪们拥有了"通行证"，就像当初我
为是否该换一种生活而过度焦虑时，房东凯特指引我上了楼梯，
从此打开了我的新世界。

　　跟随着猫咪的脚步，我也开始探寻房子里各个隐蔽的角落。
夜晚，就算离我最近的邻居，也住在四百米开外，我可以肆无忌
惮地做任何想做的事。我关了灯，将音乐声调大，试着四肢着
地，爬过狭窄的过道，看看自己能否仅凭触摸找到方向。凌晨时
分，这间取材自橡木林、生长在橡木林的小屋，似乎出现了些许
游离。毫无疑问，小屋一直是活的，丝毫不似表面看上去那般僵
硬平直。随着气温下降，小屋的横梁和榫卯处开始收缩，整个空
间的形状都随之发生了改变。桌子上的摆设、杯子和电话滑到了
边缘。房门不时开合，透出一丝神秘诡谲的气息。月圆之夜，月
光透过窗棂，在地板上映出鲜明的分叉。一天夜里，我拿着手电
筒上了阁楼。这里从前是仆人睡觉的地方，房中支着一顶摇摇欲
坠的帐篷。帐篷是用羊圈的旧栅栏搭起来的，中间还铺了些茅
草。阁楼的东北角布满了蜘蛛网，雨燕曾在这里用杂草和羽毛筑
巢。再过两三个月，我的图腾候鸟或许就将归来了，在我衣柜上

32

方二三十厘米的墙角安家，安宁祥和地依偎在一起。

　　这么快我就产生了家的意识，并且开始享受这种感觉，这是我万万没有料到的。我怡然自得地沉浸在打理和归置小家的事务中：给旧衣服染色，制作小工具，冒着搞砸的风险，在厨房里用罕萨（Hunza）产的杏子和小米面粉做实验。至于自己用的物件，我也开始变得讲究。不论是预备工作之前，还是完成工作之后，甚至在工作的过程中，我都把它们收拾得干净而整齐。我告诉自己，这么做就是图个方便。在一个缺乏秩序、未成体统的地方，我是不可能好好生活和工作的。我很清楚，我的各种零零碎碎，尤其是工具和书，皆是我的珍爱之物。它们不仅承载着我对过去的回忆，也关系着我当下生活的安全感。冬眠之前，动物都会先找好地方，藏好粮食，收拾停当，静待春天的到来。而我的行为也是同样的道理。

　　这片小天地提高了我的写作效率，让我多少有点沾沾自喜。小屋是隐秘树林中的隐秘之所，经过我的改装，它变得像20世纪20年代双翼飞机驾驶舱那样紧凑而舒适。生病时，我会和电脑闹别扭，倒算不上敌我冲突，我只是很反感电脑上的每一步操作都引出一堆眼花缭乱的选项，实在是太麻烦了。于是，我干脆在两张小桌子上，从左到右依次摆放了所有东西：两台打字机（电动的那台用于复印），一台传真机，几部电话机，带标签的卡片收纳盒，一台光线稳定的高亮度照明灯，还有一个双筒望远镜。为了保险起见，我还放了一根非常精确的体温计。生病难受的时候，我可以用它量一下自己发烧多少度了。

　　或许有人会问，当一名全职作家、靠写作谋生，需要付出什么代价。坦白讲，答案只有一个，那就是得忍受在室内长时间独处，就像攀岩却不借助登山绳那样，全凭自己的毅力坚持下去。不过，倘若能像一只被圈禁的小猫，将这片小天地打理得舒适而温馨，自然就不那么难挨了。我发现，有些能够转移注意力、增添生活乐趣的小巧思当真很管用。在清理打字机时，我用上了手头最接近医用酒精的东西，一瓶美体小铺的佛手柑古龙水。于是乎，我便拥有了整个东安格利亚气味最芬芳清甜的打字机。多少次，当我心烦意乱，或打字太快累得手指酸痛时，我就会换上电动打字机，望着一串串自动冒出的系统联想词组发呆，感觉它们就是从字符洪流中自然而然蹦出来的。需要拿书时，我得从小屋的中央出发，向着正北方，完成一次小型的"远征"。这是我在屋里跋涉的最远路程了。这个时候，窗外的风景会从南边的庭院和菜地，变成北边更为野性的草地和沼泽。安妮·迪拉德（Annie Dillard）在创作她精彩的作品《听客溪的朝圣》（*Pilgrim at Tinker Creek*）时，不过是在霍林斯大学图书馆二楼的一个小隔间里，窗外的景象，只有铺着沥青和沙砾的屋顶。她写道："有些人喜欢没有风景的房间，因为唯有这样，想象力与记忆才能够在黑暗中相逢。"她关上了百叶窗，在上面粘了一幅画，假装是窗外的风景，"假如我有高超的画技，我会在合起的百叶窗上直接画出一幅墙壁错视画，画出窗页所遮挡的一切。可惜我没那本事，只能将它写出来。"

*　　　　*　　　　*

34　　　夜幕降临时，我的小屋也没了风景。躺椅上，我自在地读着书，一两只小猫相伴左右。我收藏了一大堆书，思绪随书中的思想和人物一同遨游，随便一处有趣的内容都能将我引向九霄云外。我重温了沼泽中鬼火的历史，探究了诺福克郡有史以来历代作家的放荡生活，找到了关于动物意识的新理论，还梳理了当地兰科掌裂兰属（*Dactylorhiza*）多到令人惊叹的花色和种类，解开了它们最初被人发现到最后走向消亡的谜团。在沼泽地区，湿地、树林和水塘的布局杂乱无章，加上兰花家族生性富有创造力，造就了当地野生兰花的一段繁盛时期。在离小屋不远的罗伊登（Roydon）沼泽中，J. E.劳兹利[1]发现了古代沼泽兰花淡黄色变种（*ochroleuca*）的第一株英国标本。而今，这种兰花以及此地曾出现过的其他野生兰花早已因干旱而绝迹，只能在书本里见到了。

　　黑夜从窗外渗透进来（旧窗户上没挂窗帘）。我感到有些奇怪，在如此静谧的夜晚，作为自然作家的我，居然会宅在家中码字，这会不会有些名不副实？我难道不该去嗅探狐狸夜行的踪迹，去漆黑的田野里窥察鹿的身影吗？为何要忙于从事这些人为

1　J. E.劳兹利（Job Edward Lousley, 1907—1976），英国银行家、著名业余植物学家，撰写了诸多植物相关的著作。——编者注

的深思和研究呢？与文字打交道的生活，不正是自然生活的对立面？曾经，每当我想为自己的社会身份辩护时，我就会说，自然写作与种地一样，是一项真正意义上值得尊重的乡村工作。其成果取决于天气、季节等多种因素，有时还需要一点点运气；你的双脚丈量过多少土地，进行了多少次思考，决定着你能写出多少字的作品，这和种地的收成是一个道理。我恨不得把英国个人所得税的条款搬出来，证明连国内税务署都为"农民和文学或文艺工作者"制定了一项专属优惠，允许这部分人按照丰年和灾年，以个人所得平均值进行报税。由此可见，作家和农民是多么相似。不过，这尚不足以构成一条有力的论据。在大部分人的理解中，作家的终端产品无非是些个人和社会记忆的古怪结合，旧时神话和当代隐喻的古今结合，再加上零星一知半解的科学观点。人们或许承认作家在一定程度上具有讲述当地历史的价值，而口述历史者也是地球上最古老的工作之一。但是，谈及作家创作和撰写文字，他们就会觉得匪夷所思，其中的神秘程度不亚于共济会。"那你靠什么来赚钱呢？"这是不从事文字创作职业的人常脱口而出的问题，就好像作家进行的虚无的文字表达只是玩玩而已，从来都不能算是正经事。

　　这样的困惑，我其实也常有。从某种意义上就事论事地说，写作以及一切想象力的活动都不过是游戏，对于真正的生存来说，只是可有可无的点缀。人们很容易认为，写作是人类所做的最不自然的事情。然而，徜徉在这间被野性自然怀抱着的小木

35

屋里，我忽然觉得，万事万物似乎都变得更原始，联系也更紧密了，我得以更贴近人类早期依靠嗅觉去狩猎和采集的生存方式，而不是秩序井然的农耕与畜牧。我找到了一本书，名字很吸引人，叫《欣赏飞蛾》（*Enjoying Moths*）。在书中，罗伊·莱弗顿（Roy Leverton）提到，维多利亚时代，昆虫学家发明了"夜行"（dusking）一词，用来描述在夜间进行的野外考察。黄昏时分，他们会提着灯笼，带着糖网出发，将幽灵般的飞蛾引诱到网中。抛开倒霉的飞蛾不谈，让我中意的，是"夜行"这个词，它也恰如其分地描绘出了我在夜里的逡巡漫游。我时常会碰到一系列难以解释的问题，几个世纪以来，人类对这些问题也一直难有定论。这时，我就会趁着夜色出发，亲自去大自然中寻找答案。

　　思考、想象和写作的魔力，是无法完全脱离大自然的。支持这一观点的人中，也不乏一些名人志士。亨利·梭罗（Henry Thoreau）在下面这段描写中，展现出了他一贯的戏剧张力：

　　　　他要成为一个诗人，一个让清风和小溪都甘愿为他效劳、替他说话的诗人；他紧扣每个字带给人的原始感觉，就像农民在春天将木桩扎进土地……他说的话仿佛诗句，誊到纸上，就像新鲜嫁接的枝条，根部还带着泥；他的诗句是那么真实、鲜活，恰似初春的花蕾，含苞待放……

36

　　而杰出的美国诗人加里·斯奈德[1]也曾对类似观点进行了深刻阐述。在《非自然写作》(*Unnatural Writing*)中,他认为:

　　　　意识、思想和语言本身就自带野性。这里所说的"野性",与大自然的"野性"一样,都是相互联系、彼此依存,也是极为复杂的。它充满了多样性,自古就有,蕴藏着丰富的内涵……故事,是人类在世界上留下的一种痕迹。所有文学作品皆为痕迹遗存。与之类似,还有那些关于野人的传说。而野人给我们留下的,就只剩故事和几件石器了。其他生物同样有属于自己的文学。在鹿的世界里,故事就是气味的轨迹。气味在鹿与鹿之间流转。凭借本能,鹿可以艺术地解读着这些讯息。血迹的味道,尿液的气息,发情的征兆,求偶的暗号,树干破口处的青涩,以及很久之前残存的气味。

　　但这个问题并不是在问,人类语言是否自然的一部分。因为答案是显而易见的,语言当然是从自然界中进化而来的。这个问题真正问的是,语言与自然的野性是否遥相呼应、琴瑟和鸣。有人认为,语言只是人类这个物种的"电话号码簿",就像寒冬的鸟群通过叫声来保持彼此的联系一样。这种想法虽然温情动

1　加里·斯奈德(Gary Snyder,1930—　),美国著名诗人、随笔作家、自然保护主义者,被誉为"深生态学的桂冠诗人"。——译者注

人，然而实际上，不过是延续了人类返璞归真的古老渴望；更何况，这种想法还强调了自然与文化之间的对立关系，实则算是一种倒退。不过，令人费解的是，人类的绘画和语言天赋，常被视作人类独有的本领，不可逆转地将人类与自然割裂开来，是人类堕落、失宠的根源。我们永远都无法知道，其他物种拥有怎样的自我意识，但我们有理由相信，绝大多数的物种都无法像人类这样，如此娴熟地运用语言，进行触类旁通的思考，并通过复杂的联想与参照系，去调节自己鲜活的感官体验。

可是，大自然为什么要因此而"疏远"我们呢？"回归自然"究竟是出于渴望，还是出于畏惧，每个人都有各自的想法。不过，如果有人认为，"回归自然"必然会导致某种自我意识的让步，那就未免有些荒唐了。人类通过进化，成为了畅所欲言和胸怀大志的物种。这是人类在尘世间的定位，也是我们无法回避的事实。但是，我们能否重新审视自己拥有的这些本领，将之作为人类的傍身之物，而不是将其视作我们脱离自然的罪愆呢？当然，在某种程度上，语言和想象力的确让人类对自然界的感知力变得迟钝了（这一结果并非必然），也让我们明白，人类与其他物种在很多方面是不一样的。但是，语言和想象力也是我们理解人类与其他物种亲缘关系的途径，让人类带着自身特有的禀赋，恰如其分地融入自然界的万事万物之中，成为觉醒者和庆祝者，让人类独特的"歌声"为浩瀚的自然之音增添精彩的韵律。

乔纳森·贝特[1]曾在《地球之歌》（*The Song of the Earth*）中这样写道："深生态（deep ecology）的梦想永远不可能在地球上实现，不过，作为地球上的物种之一，人类的生存与否，取决于人类依靠想象力去创作和描绘这种美好梦想的能力。"而我想补充的是，我们想象出来的人类与自然的亲近关系，其实是一条至关重要的生态纽带，绝对不亚于空气、水和植物光合作用对人类的重要性。

约翰·克莱尔在其自传中，经常会用"沉下心来"（dropping down）这个词来描述自己想写些随笔时的状态。就像鸟儿准备觅食时，会飞得低一些。这种用词的感觉呼之欲出，自然而然。在他的诗歌中，更是体现得淋漓尽致。他的诗句天马行空，意象层出不穷，从植物到山丘，到天气，再到记忆，包含了他在某个时刻产生的所有即时的、当下的体验，好似一幅全景扫描，谢默斯·希尼[2]称其为"世界的源源不断性"（one-thing-after-anotherness of the world），例如以下这段诗句：

38

> 我们在古老的浆果小道上，流连嬉戏，浪掷时光
> 像饱食蜜饯那般尽情地享用吧，趁现在吃得到

1　乔纳森·贝特（Jonathan Bate, 1958—　），英国学者、传记作家、评论家、诗人，专攻莎士比亚、浪漫主义和生态批评。——编者注

2　谢默斯·希尼（Seamus Heaney, 1939—2013），爱尔兰诗人，代表作有诗集《一个博物学家的死亡》，1995年获得诺贝尔文学奖。——译者注

轻盈跃动的身影，像熹微晨光中的野兔

美丽的剑井，蜿蜒的小路，我们一路快乐奔跑

橡树环绕，前路渐窄，南方乌云又聚

路过一处废弃的坑洞，正好用来躲雨

口袋里装满了从田里偷的豆子

饱餐一顿，大快朵颐，哪管外面倾盆大雨

被时间偷走了的一切，言语无法表达万一

只剩下那古老的布道林，还有那出戏

作为一名观鸟人，克莱尔的目力可谓明察秋毫、细致入微，对鸟儿的了解堪比鸟儿自己。他并不是一个天真到只会写诗的人。上述诗句摘自《追忆》(*Remembrances*)。在这首诗中，克莱尔以巧妙的构思，再现了童年的难忘经历。只可惜，后来的圈地运动永远地改变了家乡的模样。他用这首精心打磨的小诗，讴歌了所有被边缘化的零余者的生命。

本来，事情就到此为止了。只是，许多鸟儿也懂得"打磨"自己的歌声，懂得从父母和其他鸟儿那里学习歌唱，比如克莱尔极度推崇的夜莺，在六月的歌声就比在四月时更加动听……

＊   ＊   ＊

秋冬之交，我整日和伊恩待在小木屋里。他名义上是装修

队的油漆工，可实际上，当他在我的小屋里安静地、有条不紊地刷漆时，只要发现任何问题，他都不会袖手旁观。他从建筑商的院子和我家的谷仓里找来了废旧木板，给水槽做了围挡，还帮我修好了迷宫似的电视天线。他对屋内的色彩搭配也很有发言权，有时我甚至认为，他其实有否决权。一天早晨，他在打磨墙壁时，发现墙面露出了石灰砂浆的不同层次，就喊我过去看。鲜明的浅粉、浅绿和浅蓝色块裸露着，重叠处有点像乌龟壳，又像空心紫杉木上常见的色斑。墙面再往下是用石灰、沙子、水和动物毛发制成的糊墙灰泥，平铺在用橡木和欧洲栗木搭建的木屋框架上。我们的小屋用的是马毛，其实任何动物的毛都可以。18 世纪80 年代，吉尔伯特·怀特[1]用自家狗的狗毛做了吊顶的糊墙灰泥："罗弗（Rover）的毛只有 4 盎司[2]，东北风把它的毛都薅走了。"

我曾问过伊恩，有没有做过传统的抹灰篱笆墙。他年纪挺轻，透着一丝东安格利亚人特有的腼腆。不过，答案是肯定的，他当然做过，但他用的不是常见的榛木框架，而是就地取材，附近能砍到什么木头，就用什么木头做。不过，有一种木头是绝不能用来建造房屋的，那就是柳树，尽管柳树在沼泽地区随处可见。这是因为柳树能在潮湿的灰泥里生根，能从墙壁中抽出新芽儿。

1　吉尔伯特·怀特（Gilbert White, 1720—1793），英国牧师，常被称为"英国第一位生态学家"，是第一位现代意义上的观鸟人，被誉为"现代观鸟之父"。梅比曾作《吉尔伯特·怀特传》（中译本：商务印书馆）。——译者注

2　1 盎司约为 28 克。——编者注

39

　　伊恩对本地的乡村建筑风格相当在行，修房子时，也有着很强的个人审美。他认为，修房子的首要目标，是满足当前的居住需要。房子当然要防潮，木头要做防腐处理，修不了的断木和烂木要换成新的，用料和风格还要和房子原来的特色保持一致。但是，修饰家具日常使用的磨损，或通过特意做旧，让家具呈现古董的面貌，显然已经超出了修缮的范畴，而成了房屋改造。就这样，他将房梁上的百年木蜡和油漆做了抛光。不过，梁上还是留着不少钉眼、蜘蛛网和驳杂的灰泥。地板上留下的生活印记实在太深了，几乎看不到任何光泽，用经年的啤酒来着色倒是产生了去除毛刺的效果，还显得十分高档。小屋之所以有"特色"，并不是因为室内设计师的某种匠心独运，或对古迹的保护与传承，而是因为小屋的每一块材料，都体现着过去的生活记忆和小屋的来历。某种程度上讲，它们变成了小屋的感官系统。

　　历史学家很喜欢借用书法中的"重写本"（palimpsest），来形容那种层层叠加的手工艺品和自然风景（或许还包括生活经历）。"重写本"一词，其本意是形容一张手稿，为了写上一层新的文字，原有的旧文会先被抹去。用"重写本"一词来形容现代世界飞速更迭、不着痕迹的变化确实恰如其分，然而，仔细想想却也让人有些沮丧怅惘。"重写本"一词用于形容此地，多少有点意外和牵强。最茂密、最丰富、通常（但不是必然的）最古老的自然风景，其实刚好与这词的意思相反：旧的文字其实是能够透出来，并在一定程度上，持续影响着新的文字。大地的褶皱，沼泽的缝隙，土壤的酸蚀，其实一直都在，顽强而永恒地坚守着各自的阵地。同样，同一片栖息地上的野生动物也都有自己的坚持。就算只剩下最后一处原始家园，它们也会毫不犹豫地留下来，哪怕新修的道路和人类的回收复垦活动将这里变得四分五裂。（我们怎么好意思用"回收复垦"[reclamation]这个词，如此自以为是，仿佛人类是在从自然界手中，夺回原本属于自己的东西一样？）只可惜，动物们往往是失败的一方。但是，人类也可以为景观增添有益的修缮，而且这些修缮在其原始功能消失、被赋予新的形式和用途时，也能长时间地发挥良性作用，与自然和谐共鸣。从某种意义上讲，整个东安格利亚就像一个覆盖着层层风景的幽灵。它时刻提醒着我们，不要忘记那些曾经重要的东西。榆树枯死了，树篱衰朽了，田野也干涸了。但是，古老而庞大的界沟和曾经与车道相连的宽阔草场依然存在，这些大自然的 41逻辑框架并没有消失。

在 3 万多年前法国的史前洞穴绘画中，我们可以看到，新画有时就直接画在旧画之上，或者见缝插针地画在旧画的间隙及边缘，比如将马画在原来熊的位置，作画者的画技高超，能将旧画完全掩盖。而"patina"（包浆）这个词，则同时具有形成外壳和自然侵蚀的双重意蕴，更接近于此类经过层层加工之后的终极产物。不过，"weathering"（风化）或许是更恰当的比喻，因为它直接展示了自然力和人类活动持续作用的痕迹和经验累积的结果。

　　　　　　　*　　　　　*　　　　　*

　　不久后，之前小心藏在我的房梁纹理和大量隐喻之中的主角——真正的天气事件，突然决定亲自造访小屋。按照东安格利亚人的老传统，萨温节（Samhain）来临时，人们会在寒风刺骨的天气里点燃火堆，驱赶邪灵，抵御即将到来的冬日的肃杀与昏沉。就在万圣节和萨温节前夕，一股冷空气突降河谷。寒风自西南方刮来，横扫诺福克郡的整片乡野。橡树的树干被大风拦腰刮断，电话线和供电线也未能幸免。河谷里，多户人家与外界失联长达一个星期。我们的房子虽然逃过一劫，但躲在屋里，依然能感受到强风无处不在的威力。刮风前大概一小时左右，会有一种诡异的污浊之气，从房梁连接处和房门的缝隙中偷偷渗进来，弥漫整个屋子。石膏粉末、烂木屑、羽毛、马毛和鸟粪渣，在空气中交织缠绕、上下纷飞。我怀疑，这会不会是四百年前就粘在阁楼上的雨燕粪便，呼啸的狂风将之卷起，穿过地板的缝隙滚滚而下。积年的尘埃散发着一股原始气息，是一种死了化为灰烬之物所特有的甜美而危险的气息。烟尘盘旋了几个小时后，渐渐落定，气味沉淀在每一处平面上。这既是在提醒着我逝去的生命，也短暂地侵扰着我崭新的生活，让人猝不及防。

　　大风暴才刚刚开始。几天后，暴雨倾盆而至，一连下了三个月，几乎没有间断。天气湿漉漉的，起初令人感到压抑，后来则是觉得荒唐。雨水无孔不入，漫灌到所有你能想到的坑洞里，甚至包括上千年前形成的洞穴。洪水像是在玩隔空传话游戏，任性地偷偷开启了各种新的可能性。在不起眼的低洼小巷里，在水沟似的护城河里，在农民自以为已排干的田野里，洪水自有打算。暴雨淹没河谷的一段影像登上了电视新闻，朋友焦急地打来电话，询问我是否安好。（我们毫发无损：房子建得很有远见，比河面高出了25米。）

有一次，我在约克郡谷地（Yorkshire Dales）拍摄石灰岩短片，收音师成功地收集了54种不同的流水录音。他捕捉到了大雨过后，山泉水从山上倾泻而下的声音；钟乳石上，石灰水悄悄滴落的声音；瀑布从峭壁飞流直下，落入水潭沉闷翻滚的声音；以及最令人难以忘怀的，地下溪流冲刷河底石子的淙淙声，隐隐约约，又永不停歇。在没有岩石峭壁、海拔也不高的诺福克郡，是听不到这般悦耳的水声的。

不过，诺福克郡的水胜在色彩。这里到处是水，流光溢彩，变化万千。草坡脚下是一汪沼泽，更远处是一片被水淹没的牧场。在天光的映衬下，牧场越发苍白，从树林这头望去，会误以为是一大片新品种的农作物，或是一张巨大的温室大棚塑料膜。曾经毗邻田野的池塘里，一只天鹅起飞了，身影仿若幽灵，分外洁白，像猫头鹰一样在茂密的柳树林中穿行。大雨将田野里的沙子冲进了农场里的池塘，塘里的水被染成了黄色。地上，几乎所有冒头的东西都因为下雨而变得色泽昏暗。羊群泛着灰色，脏兮

43

兮的。空气就像打湿了的法兰绒。树林的轮廓染上了阴沉的色调。唯有被十月的大风刮断的树干，断面被水浸透，呈现出一抹鲜红。

难怪一直以来，东安格利亚像一块磁铁，吸引着大批风景写生者。水面的反射形成了另一种光源。从诺里奇学校（Norwich School）的浅滩，牛儿嬉戏打滚的泥塘，到康斯特布尔（Constable）的运河，威利·洛特（Willy Lott）小屋前的池塘，再到画家们周末写生常去的海岸线和布罗兹湿地的大量水景，东安格利亚遍布着两种艺术能量的源泉：上有苍茫无垠的天空，下有波光粼粼的湿地。

因此，十一月份铺天盖地的洪水也就不稀奇了。诺福克郡是个潮湿的地方，与潮湿齐名的另一个特点，就是平坦。在这里，山坡和小丘并不多见。相反，向下凹陷的景致倒是随处可见。在西边的布雷克兰，成群的小池塘星罗棋布，每个池塘都被"冰丘"（pingos）环绕着，看上去像一座座微型堤坝。冰漂石（ice-boulders，又名"冰晶"）在冰川南移的过程中逐渐下沉，日积月累地融进沙子里，逐渐形成了这些冰丘。可想而知，一些人为挖掘的坑塘也混在其中，难以分辨。在河谷沼泽的低洼之处，曾经的泥炭矿坑被洪水淹没，变成了边缘隆起的小型浅滩。丰沛的水系让这里的地势变得愈加平坦。

＊　　　　＊　　　　＊

时至今日，河谷的水景已经变成立体的了。要是再加上地上的积水，那便是四维的。水无处不在，到了近乎匪夷所思的地步。车道完全被水淹没，好似彼此相连的潟湖。我发誓，水位已经涨到了椅子腿那么高。屋外的景象令人瞠目结舌，仿佛在经历一年中的第二次春天。水似乎在催促着这片土地，像控制提线木偶似的，命令大地、树木（还有我）赶紧采取行动。小路两旁的溪流和堤坝泛起水浪。我发现车在打滑，眼前满是挡风玻璃上汹涌的水花，以及被狂风裹挟着的白眉歌鸫的身影。我乘风破浪，来到我家以西 1.5 公里处的大沼泽。这里的泥炭在水中浸得极为湿软，每一步都像是踩在海绵上。我还救了一只陷在莎草丛中的狐狸，个头不小，浑身都被泥水打湿了。脱困后，它在泥坑周围稍微干一些的地方来回蹦跳。每次落地，都会甩下一些湿答答的泥点。大概跑到四五十米开外的草丛后，它停下了脚步，回过头来看着我。我们之间短暂的际遇算不上和谐。我一脸兴奋，它却怏怏不乐。不过，我觉得似乎能理解它的感受。被水围困的经历多了，连我自己也变成了一个忧郁而沮丧的两栖动物。

几天后，我第一次来到了布罗兹湿地，这里是整个地区被淹得最彻底的地方。倘若你相信自己的眼睛，你会认为，这片湿地就是为这种天气而生的，而这种天气，也正是这片湿地的由来。太阳隐于层云之中，不见踪迹，只有东南边漏下几缕光线。雾气白茫茫的，泛着白垩岩的朦胧色泽。一切似乎都在沉析着，渐渐从大雾中现出原形：目之所及，尽是东倒西歪的柳树，被水淹没的草地，以及无动于衷的牛群。这是一种光线的把戏，却也足够具象地折射出乡野间的水天一色。经过长途跋涉，我来到了位于布罗德兰（Broadland）东部的霍西池塘（Horsey Mere），沿着湖边，一路蜿蜒前行。我小心翼翼地在高高的芦苇丛和白桦林间穿行，不料还是惊起了一群长尾山雀。这种山雀的窝形状小而圆，受此启发，当地人称之为"圆桶鸟"（bumbarrels）。一眼望去都是相似的水面，导致我的方向感出现了错乱。茅草船屋刚刚出现在我的一侧，不一会儿，又出现在我的另一侧。天上，成群的粉脚雁在大雾中若隐若现，啄木鸟更是四处游荡。我猜，它们是被那些垂死的赤杨和柳树吸引过来的。于是，我更加疑惑，此地究竟算是林地还是湿地。这里的树林和湿地总是相互穿插，彼此毗连，复杂多变。

下午，在阳光照射下，雾气蒸发殆尽。我在湖与海之间，一路往回开。一只沼泽鹞从芦苇荡里飞了起来，停在一根枯木上。它的动作轻盈，似乎深谙东方的凌空行走之术，于它而言，飞行不过是随着气流，顺势而动，而非身体刻意为之。落定之后，沼泽鹞失去了气流的加持，相对于柔弱的树枝而言，它的体形显得格外硕大，些许有点突兀。紧接着，我的余光瞥见一小群长翅鸟，正在堤坝附近越飞越高。我赶紧戴上眼镜，定睛看了几秒，清晰地认出那是三只鹤，生着银灰色的羽毛和天鹅般的脖颈。此前，我只在西班牙南部见过一次鹤群，大多数西欧人都喜欢去那里过冬。

在布罗兹湿地，鹤群是新来的珍宝。它们迷人而神秘，说着无人听懂的语言。如今鹤群归来，算是"浪子回头"。16世纪，鹤曾经在布罗兹繁殖，整个东安格利亚气候较为潮湿的地区，可能都有鹤的踪迹。然而，在随后的四百年间，却难以再见惊鸿，鹤开始在斯堪的纳维亚和南欧之间长途迁徙。只有当鹤被大风刮离飞行路线时，东安格利亚的人们才能一睹它们的倩影。1979年9月，有三只鹤出人意料地来到了布罗兹湿地，选择留在此地过冬，次年又留在此地消夏，这可是史无前例的事。1982年，第一只雏鹤诞生，流浪的成年鹤也陆续加入进来。到了2003年，鹤群的规模逐渐壮大，达到了14只至18只。

鹤群是野性荒野的化身，此番回归布罗兹湿地，是这里的福气，说明此地的自然野性尚未被破坏殆尽。鹤是自愿来到这里的，它们选择在自己喜欢的地方定居，在没有任何精心保护和栖息地管控的环境中生存了下来。这也就不难明白，放眼世界，无论鹤在哪里繁殖、过冬，甚至仅仅路过，都被人们视为好运、兴旺和生育的好兆头。鹤的迁徙飞行宛若一部史诗。鹤群的身影仿佛镌刻在天幕之中，队伍中回荡着微弱而兴奋的鸣叫。到达繁殖地后，鹤便开始了它们奇特的舞蹈表演，仿佛在庆祝节日。每年春天，都有5万多人专程赶往瑞典的霍恩博尔加湖（Lake Hornborgasjon），在那里为鹤欢呼，许多人还会与鹤共舞。我曾经去过西班牙的埃斯特雷马杜拉（Extremadura），观察鹤如何过冬。鹤以小家庭为单位悠闲地漫步，以软木橡树和霍姆橡树的橡果为食。不过，鹤就算是在吃东西，也像是在翩翩起舞，跳的还是优雅的法式缓步加沃特舞。

　　我的新邻居马克·科克（Mark Cocker）也是一位作家。他有着超乎常人的感官，曾在诺福克郡见过鹤群起舞，让我羡慕得要命。天气却越来越差，我真心祈求祖先能显灵，或是通过念咒阻止冬季悄然而至。然而，就在东安格利亚的农民刚刚开始收割甜菜的时候，大雾降临了，使甜菜的收割工作俨然变成了一出大戏。与房子齐高的巨型收割机加班加点，干到深夜。一排排照明灯从浓雾中透射出白惨惨的光。从我书房的窗户望去，好似科幻电影《第三类接触》（Close Encounters）中的某个场景。农舍旁的甜菜越堆越高，看上去像是打仗时的防御工事，而不再是普普通通的一堆蔬菜。第二天，农民动用了拖拉机牵引的犁、耙和钻机，三种机器轮番上阵，一个接一个地在田里耕作。地里的野兔四散着奔向篱笆，雉鸡逃到了我家的墙根下，站成一排。不到两周的时间，刚种下的冬小麦已抽出了新芽，光秃秃的田野蒙上了一层绿色的薄雾。

47　　之后，气温降低，东风渐起。诺福克郡骇人听闻的寒风是从草原刮过来的。六周前，大风卷着17世纪的细腻尘埃；现在，似乎又卷来了消融的终年冻土。风从门窗的缝隙中钻了进来，摇得窗户吱呀作响。猫咪进门的挡板被风径直刮成了水平的。夜晚，我能感觉到风吹在我的脸上。狂风中的小屋呼吸急促，温度透支，吸进来的全是冷风，而呼出去的都是热气。屋外是零下10度，而屋内的温度计显示还不到0度，几乎结冰，冷到我无法工作。我用旧枕头堵住了烟囱，又用揉成团的垃圾袋塞住地板上最大的裂洞。每个窗户的缝隙我都贴上了防风封条。万般无奈之下，我只能将打字机搬到了厨房。猫咪也冻得够呛，找到了屋里最温暖的地方，蜷缩在一起，很明智地进入了暂时冬眠的状态。

　　屋外上演着生与死的较量。一只常在甜菜地里出没的野兔，被射中了脖子，横尸在小屋外面的公路上，乌鸦叼走了它的内脏。成群的欧金鸻从俄罗斯的苔原出发一路向南，逃到了这里，在农田的上空飞翔，和凤头麦鸡一起觅食。欧金鸻性子较急，总是聚在一起，四处猛冲，不知疲倦。寒风中，雉鸡的行走变得很困难，它先得时时调整尾巴的角度，保持与风向一致，之后才顾得上吵架。我见过雄雉鸡打架，它们面对面地助跑，接着像芭蕾舞者似的腾空一跃，互相啄上几口，再转身逃开。屋里，我和房东凯特也在吵架。她从伦敦回来，先是发现车子快没油了。接着，她又责备我也不知道给自己准备几件冬装，还光着脚在房子里走来走去。我没好气地回了她一句，谁愿意把自己做的手工面包和她的切片白吐司换着吃。中央暖气空调关了开，开了关，我们就像雉鸡那样，互不相让。

　　一天，我出门了。装修队的工头肖恩将一头死了的麋鹿带回小屋，挂在豚鼠笼旁边的苹果树上，开膛破肚，一番宰杀，将一块块肉塞进了凯特的大冰箱。后来，我从他口中得知了完整的故事。那天，他正开着车，突然遇到两只麋鹿过马路，他不小心撞上了一只，鹿伤得很严重。他心想，马上就要过圣诞节了，便割断了鹿的喉咙，将它拖上货车。他把鹿吊了九个小时。这样一来，血要么被放干（他自己也懂一些生理常识），要么就流进胸腔，清理内脏时可以一起处理干净。之后，他先砍下了两条前腿，再依次拆下后腿、肩肉、外脊，剔掉骨头，最后分装到塑料袋里。他是个壮汉，对当地的事情无所不知，从人们周末的闲谈八卦，到当地水系的历史变迁。我紧张地问他，怎么会有这么好的屠宰手艺。他说道，他的父亲有一个小农场，从 11 岁起，他就开始宰鸽子、兔子，还会杀鸡，慢慢手法就熟练了。"我们还杀过几头猪。"他小声补充道。幸运的是，那只倒霉的麋鹿并不是清早在我家的草地上散步的那只。麋鹿的血凝结成块，粘在苹果树下的草地上久久不褪，直到后来被大雪覆盖。

　　法国人用"*temps*"一词同时表示时间和天气，足以说明这两者之间存在种种微妙的联系。在自然界中，时间变化的原因正是天气。世间的一切生物都经历过风吹日晒。从广义上讲，某些重要的时刻或事件，比如一场风暴，一次迁徙，或是精神崩溃，一定程度上都是环境条件的表达或凝结。

　　我刚刚学到了一个很有用的外来词。此地的人们将恶劣天气称为"blonk"。这个词似乎完美诠释了人们在突然遭逢厄运暴击后的心理感受。而我内心的恶劣天气，显然是从冬天开始爆发

的。我明白，在自然界中，天气是人类无法掌控的部分，而我该
做的，就是去接受它所有的情绪，就像柯勒律治（Coleridge）那　49
样。在致儿子哈特利（Hartley）的《霜夜》（*Frost at Midnight*）
中，他写下了这样的诗句：

> 于是，四季于你都满怀浓情密意
>
> 不论是盛夏的大地身披
>
> 苍翠蓊郁的外衣……
>
> 还是隆冬的严霜，静悄悄地
>
> 挂成无声的冰凌……

　　这里虽没有冰凌，寒冷的气候和阴郁的天空依旧使我心绪
低沉。坏情绪始终阴魂不散，似乎抹杀了我从这片土地上获得
的一切快感和希望。即便这里的潮湿带给我几分享受，而今我
却无法忍受这种阴暗。几年前，也是在这个时候，我热切地期
盼着 12 月 12 日的到来。因为在这一天，这种密不透风的阴暗
会出现第一道裂缝。由于地球围绕太阳运动的轨道不是对称的，
每天上午和下午的时长分别在逐渐变短。12 月 21 日冬至来临
后，上午变短的趋势并不会马上停止，而是要等到元旦，天亮
的时间才会开始提前。不过，下午变长的情况却始于 12 月 12
日。我一直很看重这名义上的第一缕光线，总是愿意与朋友一
起，庆祝它的到来。

然而，今年的 12 月 12 日，天光却分外晦暗湿冷。我感觉自己仿佛已与世隔绝，长久以来都闷闷不乐。在阴冷的冬天，出现这种情绪也很正常。可是，就在三年前我刚刚患病的时候，曾有过一模一样的感觉，这让我从心底感到不安。

疾病，是人类与自然交往的阴暗面。它提醒着我们，不要忘记死亡乃万物既定的归宿，个体渺如尘埃，天地不仁，人生无常。不过，乍看上去，抑郁症还不至于说得如此严重。在抑郁症的背后，并没有随机的生理"意外"，也没有外力从中推动，不涉及乘虚而入的病毒或物种进化的追求。它似乎与生物学意义上的活着没有任何关系。但是，抑郁症对我造成的影响却是难以置信的。它否定和扼杀了我所笃信的一切，比如人类与世界之间感性接触的重要性，感官与智力的微妙联系，以及自然与文化的不可分割性等等。在最意想不到的时间点，我得了抑郁症。若按照传统心理学理论，当时的我功成名就，正值人生巅峰，理应被幸福紧紧围绕才对。

当时，我刚刚完成《不列颠植物志》（*Flora Britannica*）的编写工作。这算是我这辈子最难写的一本书了，好在过程还算顺利。其写作难点在于英国植物背后的民间传说，这部分足足有 25 万字，创作过程虽叫人精疲力竭，却也让人乐在其中。民间传说并不能完全反映这本书的实质，这不是一本陈年古董，而是基于乡野自然的文献纪实。先后有近一万人分享了他们与野生植物的故事，讲述了自己如何寻找、命名、品尝、编织、雕刻、珍藏、梦见植物；展示了在不同节气的庆祝仪式中、在家庭自制草药时、孩童们过家家时、期待好运护身时，人们是如何使用植物的；还告诉了我哪些植物可以用于标记领土边界，或是象征生命的降生、幼年和死亡。而我则负责穿针引线，将众人的宏大叙事串联起来，再融入社会文化背景，补充生态学知识，对故事进行注解，穿插我个人的审美解读。在尽可能符合原作者风格的基础上，我将自己对于植物的点滴了解和体验都加了进去，还融入了我对大自然的感悟。思来想去，我似乎已经没有什么可以补充的了，倘若我注定要做一名档案保管员，那么我的使命已彻底完成。可以说，当时的我并没有过多考虑过自然写作的本质是什么，也没有去仔细思考这种边缘性的工作虽然取材于生活，但究竟应该怎么做才能真正汇入现实生活的洪流之中。那年冬天，当这本书已尘埃落定时，我的心中响起一个小小的声音：我要做一个真正参与游戏的人，而不是汇总记录的人。

不过，总有些事情感觉不对劲。而今回头细想，我的确有过一次特别的经历，当时并未留意，然而实际上却预示着什么。那次，我来到距离老家奇尔特恩丘陵不远的泰晤士河谷（Thames Valley），去寻找 20 世纪 50 年代之前，大片生长在这里的蛇头贝母（学名为阿尔泰贝母）花田的遗迹。曾经，在福特村（Ford）周围的草地上，到处都长着这种惊艳撩人的花朵。花儿开得实在太过繁盛，因此每年五月，当地人都会举办一次"蛇头贝母星期天"的活动，只需往慈善捐款箱里投上几便士，便可以在这里采好几束花。此外，五月一日这天，当地的小孩子还会戴上用蛇头贝母编成的皇冠，擎着花儿制作的手杖，玩起"不给糖果就捣蛋"的游戏。

　　20世纪50年代初，这片草地被短视的管理者犁平了，改种成树木。但我有种预感，在田野某处潮湿的角落里，这些植物或许能幸运地存活下来。四月的一天下午，在一片小草地上，我发现了三株蛇头贝母花。这让我欣喜若狂，挥舞着我的望远镜和记事本，从车道大步流星地跑上前去。我当时的样子，恐怕谁见了都误认为我是土地规划部门的工作人员，正暗中酝酿着一次例行的环境破坏任务。当地的两位老人倚着自家大门，颇为礼貌客气地询问我要干什么。我略显尴尬，又有些好奇，便提了些关于植物的偏专业和深奥的问题。结果他们对答如流。老人们记得那片草地，还能生动地回忆起盛大的五月贝母花节的种种细节。几位村民在草地被夷平之前，悉心保存了贝母花的球茎，一位老人说他的邻居还将自己保留的25株贝母花繁殖到了250株。可当我继续追问这些花是否在他邻居的花园里时，却得到了一个客套而疏离的答复："不，在别处。"

　　离开的时候，我心里挺不舒服的（虽然刚开始还好）。我不知自己身在何处，该何去何从，仿佛沉入大海，不断下坠，只能凝望着海面上的一丝光线。我热爱写作，将之视作我人生重要的一部分。但我越来越觉得，自己渐渐变成了一个旁观者，躲在一侧诡秘地窥探着大自然的变化。这本书出版后的那个冬天，这种不舒服的感觉一直挥之不去，在我的心里生根发芽。

自从我开始全职写作以来，这是我头一次在完成了一本书之后，脑海中没有任何新的想法。那个老生常谈的终极问题在我心中时时浮现：是这样吗？多少年来，我一直用工作来修补和掩饰生活的不如意、感情的失败、内心的孤独（这种孤独既让我想坚守，又令我陷入绝望），以及原生家庭根深蒂固的执念与恐惧。我觉得，写作者即便不是我人生要扮演的最主要的角色，也是我必须要完成的使命。我的另一个使命，是在母亲因帕金森症生活不能自理时照顾她。这是我义不容辞的责任。但我心里明白，这也是我离不开老宅，放不下过往感情的顽固借口。母亲去世之后，我便开始编写那本巨著。而今，这两件事情都成为了过去，再也无法替我掩护了。

在这种心理暗示下，我的身体决定反抗。我开始出现了一系列心身症状（psychosomatic symptoms）。我的四肢、内脏和膀胱开始疼痛，还出现了心律失常，房性异位导致心脏早搏。春天来了。有一次我胸前绑着一台便携式心电图机，咬着牙在田野里散步。结果，24小时内，我出现了3500次心律不齐。大夫告诉我，这真是一场惊人的表演，好在检查结果是良性的。他还告诉我，心跳没有进一步紊乱，说明我的身体还算比较强壮。在我体验过每一次的心颤和心悸之后，这样的安慰多少有些苍白无力。

这些病痛早已不算新鲜事了。我这一辈子，总是容易在失落或失望的时候，感到身体不舒服。有时，坏天气就足以引起我的不适，反过来，坏情绪又会浪费好天气。在我零星写下的一些日记中，我因为春日候鸟归来、秋日天高气爽而满怀欣喜，但好心情总是一再被坏情绪打断。早春（四月实在是"最难熬的月份"）和初冬往往是坏情绪的重灾区。有时，每年我会在同一时段出现一系列相同症状，比如天气反常的"巴肯期"[1]。在我小时候，身体不舒服时，大人们总觉得我容易"过度紧张"，像是一把心情不好时就会发出哀鸣的竖琴。我想，那时的我要是去看病，八成会被诊断为：因遗传和育儿方式等偶发因素导致的分离焦虑或拒绝敏感。这些经历也让我领教了心身症的威力，它可以分散你的注意力，让你向所爱的人发脾气，也可以帮你摆脱不悦，使你获得安全感；它同时传达着责备与渴求怜悯（"看看你对我做了什么"），成年人的心身症状，不过是童年生闷气或使性子的翻版，都属于身体上演的戏码。

但是这一次，情况有些严重了。已经送走了冬天，可我的症状并没有消失，在接下来的一年中，还不断以新的组合形式出现。我担心得越厉害，症状当然也越严重。一想到未来，我就病

1　"巴肯期"（Buchan's Periods 或 Buchan Spells）是苏格兰气象学家亚历山大·巴肯（Alexander Buchan，1829—1907）提出的理论。根据苏格兰的天气观测数据，巴肯认为在每年正常的季节更迭、温度变化过程中，会出现某些时段比正常气温更高或更低的现象，并总结出低温期：2 月 7 日至 14 日，4 月 11 日至 14 日，5 月 9 日至 14 日，6 月 29 日至 7 月 4 日，8 月 6 日至 11 日，11 月 6 日至 13 日；高温期：7 月 12 日至 15 日，8 月 12 日至 15 日，12 月 3 日至 14 日。——编者注

态地觉得，自己像个跛子，人生就要崩塌了，这种想法使我越陷越深，逐渐发展成真正的抑郁。我不再有任何想法，失去了对工作的兴趣和渴望。我不再去田野漫步，生活的主要灵感来源被尽数斩断。我接受了治疗，但毫无起色。药物不起任何作用，谈心疗法尽管有时很有意思，也能分散一下注意力，可是很快就变成了喋喋不休地讲述原生家庭的缺陷，不是谈家庭可能对我产生的影响，就是谈酗酒的父亲和压抑的母亲。这种谈心可以给人带来安慰，也能够成为病人与世界接触的关键点。但是，大多数患者都承认，讨论或是仅仅通过理解疾病，就能在某种程度上让病因消失，这种想法不过是一厢情愿罢了。

　　我的状态越来越差，已经无法做任何事情。选什么，不选什么，都让我感到深深的焦虑。生活陷入一种恶性循环，我甚至无法辨别今天和明天有何不同。我终日躺在床上，为自己深陷焦虑而焦虑。午饭时，我缓缓步行近百米，来到距离最近的一家酒吧，喝了很多酒。我翻看着店里的《泰晤士报》，从头翻到尾，一个字都没看进去。随后，我再缓步回家，继续躺着。我懒得接电话，也不想去取信。

　　要说我在忍受着失去自尊的痛苦（这是关于抑郁症原因和本质的主要理论），可能是对我的情绪过度解读了。我唯一关注的，就是我的处境。我仿佛被困在了数学家提出的莫比乌斯带（Möbius Strip）中。将一根纸带扭转后两端粘在一起，会形成只有一个曲面的纸带圈。焦虑就是我的封闭圈的曲面。每天，我只

54

能获得片刻平静，就是从凌晨醒来到恐惧来袭之间的几秒钟。这是一个短暂又真切的片刻，就像在开车换挡时，挂了空挡一样。它提醒着我，还有一种状态，叫作"健康"，这是我想要进入的状态，而不是彻底跳出这种状态。对我而言，做一颗藏在门背后的钉子，谁都别想找到我，其实并没有吸引力。而当我以借酒浇愁的方式安慰自己时，逃避现实的想法，也会变得异常狂野。要是钱花光了，我就用自己唯一的生存技能，去树林里觅食。不过我心里很清楚，这不过是个荒唐的梦而已。大部分时间，我只是躺在床上，保持着飞机上教的"防冲击姿势"，恐惧地弓着腰，绝望地祈祷颠簸的气流快点过去。

　　为什么抑郁症会找上我，如今看来，原因一目了然。当时，我真的是精疲力竭、彻底完蛋、钻进死胡同里出不来了。我没有经历过关键的成熟阶段，一直都"羽翼未丰"。我巴不得能够冷静下来，好好思考一下，为什么我的神经系统会做出如此怪异、适得其反的反应；对于生存而言，这种反应究竟具有什么价值。像抑郁症这种常见又普遍的疾病，一定会在患者行为尚属"正常"时出现某些征兆，也一定具备某种原始作用和生态影响。进化心理学家认为，抑郁症源自一种"猎人空手回家的落寞"，这种失落感刺激他将来要变得更加成功。这听上去像是男人赌气时的感受，不像是令人一蹶不振的疾病。长久以来，主导正统心理学研究的，一直都是男性狩猎的场景，以及面对压力时"战斗或逃跑"的应对模式。

　　然而，在生物界中，任何麻烦出现时，总是存在着第三种应对方式。奥利弗·萨克斯[1] 将之命名为"植物撤退"（vegetative retreat）。当战斗和逃跑都不现实、不合适或尚未习得时，生物体会选择保持不动，例如负鼠会"装死"，刺猬会缩成球，仓鸮会昏倒。为了保护自己，它们都进入了接近死亡或睡眠的状态，没有任何反应，甚至一动不动。就连坐巢的小雨燕也会这一招，当然其原因并不相同。当雨燕父母外出觅食、长时间无法归巢时，小雨燕就会进入一动不动的静止状态。植物撤退是一种安全防御策略，是生物的内在保护机制压制肾上腺素激增的表现。在巨大威胁面前，生物都会出现自我抑制，这是一种明智的反应。对人类来说，长期处于不快乐或失望的状态，可能会引发抑郁。从本质上看，这也是一种短期策略，当危险过去了，这种反应就会消失。但是，我的症状并没有消失。我清楚地知道，某种莫名的危险依然存在。

　　寄希望于能终结这种恶性循环，我去了医院。在那里，虚弱的我得到了照顾。待在休闲活动室里，我看到医院的操场上，病人们正在进行探索新的兴趣爱好的活动。我尚能分辨出人们在做什么，这让我感到些许欣慰。我还报名参加了职业治疗项目，可惜劳动工具和有趣的材料都不让使用。于是，我只得练了几天书

56

──────────

1　奥利弗·萨克斯（Oliver Sacks, 1933—2015），英国生物学家、脑神经科学家、作家，擅长以纪实文学的形式，记述脑神经病人的故事，代表作有《说故事的人》《错把妻子当帽子》等。——译者注

法，短暂享受着教自己好好写字的愉悦。

　　出院前，我突然意识到，约翰·克莱尔就是在这家医院，度
过了他生命中的最后23年。不过，当时的我对克莱尔的病情知
之甚少，否则我必会感叹，自己与他的命运是何其相似。他和我
一样，也曾是"过度紧张"、患有抑郁症的孩子。无法解释的病
痛，消化功能的紊乱，让他备受折磨。随着年龄的增长，克莱尔
的痛苦日益增加。家乡的圈地运动带给他的失落和迷茫，生活的
贫困，出版商和赞助人的苛刻要求，都加重了他的病情。克莱尔
是家喻户晓的"农民诗人"，然而他的生活却是流离失所。而且，
几乎可以肯定的是，他还患有躁郁症。40多岁时，他的精神错
乱和妄想症已十分严重。他住进了艾坪森林（Epping Forest）的
一家精神病院。后来，他从那里逃了出来，徒步走回了家。再然
后，他就住进了北安普顿（Northampton）的这家医院。斯克里
姆夏尔医生（Dr Skrimshire）帮他填写了住院单，并将其病情恶
化归因于"常年沉迷于诗歌散文"。不过，和我一样，克莱尔在
这里得到了悉心照顾。医生们都很同情他，鼓励他继续写作。医
院允许克莱尔白天进城。就这样，他当上了城里的诗人，坐在教
堂的门廊上给人写诗。只需递给他一小包烟，他就会为你写一首
生日歌谣或一封情书。与此同时，他也在坚持创作严肃诗歌。他
的诗有些读来令人心碎，有些则纯属打油诗。去世的前几年，他
依然笔耕不辍。乔纳森·贝特深情地为克莱尔谱写了传记，记录

了他生活中点点滴滴的狂喜与挣扎。在形容克莱尔时，贝特用到了"英雄"这个词。不过，从克莱尔的诗歌中，其实也能够察觉到一些变化的端倪。在他住院的这些年里，他的抑郁症其实与"植物撤退"并无半点关系。然而他的诗歌确实是在"不断撤退"，他中年所作的鲜活、感性、连贯的诗句，被后来更为内省、抽象甚至是形而上学的沉思所取代。最终，他的诗歌主题变成了诗歌本身、"缪斯"以及落寞诗人的隐喻，而那个曾经与他共度"最好的夏天"、激动人心的真正歌者，早已不复存在。

　　几周之后，我出院回家了。身体感觉好些了，可我的状态还是同以前一样。很快，情况急转直下，我再次陷入抑郁。我拉上了卧室的窗帘，一来怕被别人看到会尴尬；二来也怕自己会忍不住向外看，从而联想到自己失去的一切。于是，我只能盯着书架看。书架上摆放着我二十多年来的藏书，恐怕我再也不会翻开了，就连我自己写的书也不例外。从前，我居然写了这么多书，如今看来真是难以置信。失去这一部分的自我，让我最难接受。写作并不是我"活下去的理由"，这样讲太夸张了。写作只是我看待世界的一种方式。拥有一种经历，就要把它表达成一句话，写成一个场景或一个故事。父亲的去世是我人生中的第一件大事（那年我 20 岁）。刚开始，我只觉得解脱了，那个冷漠、残暴的酒鬼终于从我们的生活中消失了。然而，在父亲的葬礼上，我忽然特别想去弥补，去回忆自己对他的喜爱，至少让自己沉浸在哀伤之中。可是，我做不到。我满脑子都是写作的事儿。从墓地回到家，我唯一能做的，就是把自己关在房间里，埋头写上几个小时。我描写了买东西的行人向灵车脱帽致敬，墓地泥土散发出的奇怪亮光，多年含辛茹苦的母亲几乎晕倒的瞬间。当我失去了写作的天性，就如同失去了向前迈步的本能。

如今，在失去外界刺激之后，我所有的感官都开始转向它们自己。我的耳朵曾经受过高音损伤，总是听到杂音，现在更是信马由缰了。我听到了自己大脑的声音，听得非常清晰。这不是幻觉，我很清楚，这声音只存在于我的脑子里。左耳听到的是四重奏，演奏的是人们常说的"轻音乐"。而右耳听到的，是俄罗斯东正教会的低音乐曲，音域宽广，给人一种力量感。我可以随意切换左耳演奏的曲目，尽管调皮的左耳似乎对《花之舞曲》(*The Flora Dance*) 情有独钟，而右耳的俄罗斯乐曲依旧演奏得狂野华丽，且无法切换。后来，一天早上，我一觉醒来，被眼前的景象惊呆了。屋里所有书的封面都变成了血红色，闪耀着邪恶的光芒。医生可能是想显得幽默些，他向我解释说，视网膜在清晨会充血，越是着急找什么，就越会把什么看成红色。我被自己的血吓到这件事让我着实震惊，因为我从没有忘记，红色是自然界中的万能警报。

后面发生的事情就不言而喻了，可想而知，是人在濒临崩溃时的状态。未查看的账单堆积成山，讨债的人找上门来。我彻底自暴自弃，不再好好照顾自己。与我在老宅共度大半生的姐姐发现实在难以与我共事和交流，便坚持要把老宅卖掉。事情的经过就是这样。我接受了红色警报的提醒，将自己的种种琐事交给一些老朋友帮忙处理，随后拿出最后一点积蓄，又住了几天院。我感觉自己被掏空了，于是尽可能多的将各种各样的药吃进肚里。与以往不同，这次，医生和我新雇用的代理人都不同意我出院后直接回家。他们要求我去收容所，可这会让我发疯的。好在他们也同意我与几位可靠的朋友同住，而朋友们也都听说了我的病情。（这多亏了迪·布赖尔利，在我最难过的一天来探望我，并理智地查看了我的通讯簿。）

　　于是我收拾完行李，办理了出院后，便直奔诺福克郡的北部海岸。还记得 20 世纪 60 年代，我头一次离开家的庇护独自远行时，去的就是这里。当年，我刚踏上这片沼泽地，与麦克和普·柯蒂斯两兄妹就成为了好朋友。此刻，他们牵着我的手，仿佛牵着一个弃儿。我称了体重，换上一条新裤子以适应我发福的身躯（毫无疑问，穿上还不如脱掉），接着就开始干活了。我晾完衣服，摘了些蔬菜，又去村里买了东西。这些活计对我来说已很不习惯，累得我只好找个地方坐下来歇会儿。普·柯蒂斯送给我一个记事本，我万一想到了什么，就可以随时记下来。然而，我的脑袋空空，什么都没想到。倘若我的抑郁症是"植物撤退"策略，那么这里的生活就是"植物前进"，一种朝着自我平衡，缓慢、煎熬且无意识的回归过程。

　　我刚到此地不过一周的时间，他们就尝试带我去了盐沼，那里曾是我满怀热忱讴歌过的地方。"盐沼的边缘是流动的，彼此却紧密相连，这算得上是诺福克郡充满吸引力的秘密之一……在我潜意识中浮现出一个愿望，我希望像浪花般随波逐流，张弛自如，无拘无束，不论冲到哪儿，都能随遇而安。流沙的世界似乎充满着各种可能性。"可如今，这种流动性却成了我最为恐惧之物。他们带我去浅滩拾鸟蛤，摘海蓬子。从前，我从这些活动中会获得极大的满足感和成就感，在齐踝深的泥水里跋涉，掐着鲜美多汁的嫩尖儿，像猎人一样满载而归。可现在，我蹲不到20秒，就会感到腰酸背痛，膝盖难以承受。就在几年前，我还能赤着脚在滩涂沙地上奔跑，每一步该踩在哪儿都了如指掌。然而现在，我的脚踝因长时间没有承载身体的重量，已变得十分僵硬，但凡走上个四五百米，我就只能挣扎着一瘸一拐。记得我头一回正儿八经地出远门时，刚走了大概1200米，就累得上气不接下气。我们乘着麦克嗡嗡作响的小船，穿过布莱克尼（Blakeney）的港口。我巴不得赶紧回去，爬到床上，面朝墙躺着，什么都不做。海浪在我身旁拍打着，离我的座位不过毫厘，我吓得一动都不敢动，更不敢在船上爬进爬出。我任性而虚伪地否认，自己曾经对大海感到亲切。普·柯蒂斯摇着头，只说了句："你既然要来诺福克郡，就必须得学会跟水打交道。"她当时不知道，这简直一语成谶。

　　不过，通过日复一日的努力，我慢慢有了进步。体重下降了，呼吸也恢复了正常。我开始给朋友寄明信片，也能嗅到蚕豆的清香。我扮演着一个健康人的角色，假装自己也拥有未来，似乎使我的生活在一点一滴地发生着变化。这种表演逐渐变成了一个空壳，一种外在表现。而憋在心里的情绪，随时都可能被召唤出来，或许这与手表的工作原理有些相似，只要拧上几圈发条，手表就能被唤醒激活。

就这样，几周过去了。朋友们一个接一个地轮流照顾我，沿着诺福克郡北部海岸，先是去了贾斯汀那儿，在我十几岁时，是他第一次带我来到诺福克郡，现在他帮我打理着财务的事；之后，我来到中部地区的罗杰家；接着又南下去了迪·布赖尔利家，是他最先通知和召集了我的朋友们；随后，我大胆地回到了我安宁的故乡（尽管我的病情尚未安宁）住了一段时间，其间弗朗西斯卡和约翰一直伴我左右，他们是我从前在哈丁斯林地的同事；最后我回到了诺福克郡北部地区。我曾一度悲观地认为，自己是一个无助无望的零余者，因此我尤其珍惜这种无微不至的照顾和无忧无虑的生活。我已完全不去考虑，几周之后，我即将失去自己的家。

八年前，在诺福克郡的一次晚宴上，我遇见了波莉。好心的主人安排我和她坐在一起，他觉得，我们同样热爱植物，一定会有的聊。事实也的确如此。波莉当时正忙着在诺里奇市（Norwich）中心打造一个类似于本笃会植物园的百草园，她很

愿意倾听我关于此事的见解。她满怀好奇，又极为专注，这让我
兴致盎然，也被她的魅力深深吸引。波莉出生于诺福克郡的一个
医生家庭，从小在布罗兹湿地长大。她的童年也是徜徉在大自然
中，和我在奇尔特恩老家的童年一样狂野随性。她现在的工作是
儿童研究方向的讲师。她还利用业余时间，获得了艺术史学位。
我俩的确有很多共同话题，聊了整整三个小时，几乎没有与旁人
讲话。具体聊了些什么，我现在已记不太清了，可我们的交谈方
式，仍旧历历在目。记得我们在分享惊讶、兴奋和怀疑时，那种
夸张的面部表情：嘴巴张合幅度很大，就像刚刚学会说话的小孩
子，嘴巴动得很用力。我们越聊越深，渐渐看到了彼此心中那个
纯真未泯的孩童。可惜的是，她已经结婚了，有了丈夫和小孩。
那晚过后，我便将此事放下。尽管我心里很无奈，但也只能把这
当作是又一次遗憾的"倘若能早点遇见"的邂逅。

在诺福克郡期间，我时常能见到波莉。每次见面，都同第一
次见她时一样愉快，也一样无奈。现在，我又回到了北方海岸，
怎奈已时过境迁。不知道她过得好不好，我们还能否互相问候。
当我听说她过得并不如意，便立刻说服房东，帮我邀请她来家里
做客。几天后，她就登门了。在众人的陪同下，我们一起去田间
赏花。我们仔细地观察着花朵，偶尔四目相对，我与她都略显紧
张。没过两天，她又回请我去参观她的百草园。这次，我们的谈
话多了些许暧昧，小心翼翼地做着冒险的试探。四周是不起眼的
多年生秋季植物，可我竟然嗅到了这个季节不该有的铃兰香气。

"是我身上的味道。"她脱口而出。我们偷偷接吻了。是的，明知故犯。几天后，我去梅利斯村（Mellis）的罗杰家小住。我对她的思念难以自抑，便询问她愿不愿意来这里看我。我站在酒吧外的公共草坪上等她。她坐车来的，半个身子都探出车外，像女王一样，朝我挥手致意。我们原地相拥，伫立良久，感叹着命运的捉弄，直到路人冲着我俩大声地开下流玩笑。那天午后，阳光纯粹而炽烈，在丰收的田野上，我们一边漫步，一边忏悔，向彼此袒露出心底的伤疤。她向我讲述了她糟糕的婚姻和哥哥的去世，至今她仍未从悲恸中走出来。我对她诉说了我的病情，母亲因病常年卧床，我的青春一去不返的怅惘。我们狠狠地哭泣，滴落的眼泪让我们如释重负。天空分外地蓝。我们幕天席地，躺在麦田上，耳畔是老鼠窸窸窣窣的响动。我们意外地发现，原来麦田里的圆圈图案是身体压出来的，而我们最终留下的杰作竟是一个四不像的形状，令人忍俊不禁。离开麦田时，地上的那片麦茬就像一块伤疤。我们心里都明白，生活再也回不去了。

如今，我的病情好多了，应该能经受得住回一趟奇尔特恩，去完成老宅的交接了。我的钱也快花光了。我给波莉写了一封自怨自怜的信，抱怨着不知道自己的下一顿饭在哪里。她给我寄了一个牛皮纸气泡信封，里面塞满了瑞士甜菜叶，还直言不讳地告诉我，她不会像妈妈那样照顾我，而且她的直觉告诉她，究竟怎样才能真正帮到我，怎样才能让我开怀大笑。我猜，这世上再没

有人能够明了，那一刻，那一包甜菜叶对我来说意味着什么。对
了，我差点没发现，菜叶里还藏着一个小信封，里面是一张钞
票。这钱不是用来买食物的，而是用来买去伦敦的火车票的。皇
家艺术学院将要举行一场展览，我们俩溜了出来，相约在那里见
面。参观展览的几个小时里，波莉的艺术观让我深深为之折服。
她认为，艺术不仅仅是一种终端产品，更是一种创作行为，是一
出展示艺术家生活瞬间的戏剧，其中包含着的情绪、情谊、天
气、账单和想象，都不过是戏剧的情节。

　　夏天快要结束时，波莉要去比利牛斯山脉参加一次骑行度假
活动，一个似乎遥远到无法想象的地方。没想到我俩的恋情才刚
刚开始，就要面临痛苦的离别。但是，波莉这次表现得很成熟。
她要我趁她不在时写写日记，这样，她就能知道我做了什么，想
了什么。她的这次突发奇想对我的治疗多么有帮助，我当时并不
知道，也不想知道。不过我欣然接受了她的提议，并认真地去做
了。两年来，我第一次提笔写字，写除了我的名字和地址以外的
字。我写了花园里的琐事，写了天上的飞鸟，写了我的树林，写
了我与朋友去乡村酒吧看公共假日的摇滚音乐节，写了我在那里
遇到一个六岁的孩子，他的卡津舞跳得和真正的卡津人一样好。
我尝试着写了一些我未曾提及的过去，在牛津大学读书的岁月，
在全职写作之前做过的工作。我写得越多，我的生活就与我扮演
的那个被边缘化的窥探者离得越远。我去过许多地方，交过许多
朋友，我都想起来了，这实在是可喜可贺。写作不仅是一种解

脱，一种身份的重生，更是一把开启回忆的钥匙，解锁了我蛰伏
多年的破碎记忆。生平第一次，我在纸上写下了难以启齿的男欢
女爱。怕有人误以为这是他人所作，我还特地补充了一份完整而
详实的立场自白书，其中不仅包含了几年前就该写的、我关于大
自然的人生信条，还有一张我收藏多年的和平运动时期政府所在
地的地图（我把它藏在了衣橱的火柴盒里）。三十年前，在我家
的花园中，一棵山毛榉树破土而出。此刻，我正坐在它的树荫之
下，文字越写越长，对老宅感兴趣的买家在草坪上来来往往。他
们大多都表现得礼貌客气，但似乎透着一丝紧张，担心这房子我
不卖了，要留着自己住。然而，他们不知道的是，我确实又变回
了从前住在这里的那个作家。

　　波莉的假期结束时，我意识到，自己其实写完了一本小书。
我找回了属于自己的生活。我的朋友们，无垠的大海，辛勤的
工作，那棵象征着抚慰的山毛榉树，以及最重要的，波莉对
我的关怀，共同帮助我冲破了疾病的牢笼。但是，我与外在世
界以想象力联结的关系得以恢复，才是真正治愈我的"自然疗
法"。当我收起行囊奔向东安格利亚，去追寻爱和好运时，它也
将伴我左右。

＊　　　　　＊　　　　　＊

　　谢天谢地，这次我的病情没有复发。冬至来了又走。过了这

个微妙的、黑暗与光明交界的时间点，天气也恰好开始转暖。冬小麦已经长到五六厘米高了。冰箱里的麋鹿肉已冻成了尴尬的石头。凯特开始着手准备圣诞节，她慷慨地邀请我与她的家人一起庆祝，这让我很感动。去年和前年的圣诞节，我过得就像斯克鲁奇[1]一样"欢乐"；自打我 12 岁以来，每年陪我一起过圣诞节的，几乎不超过三个人。作为回报，我主动提出帮她布置圣诞节装饰。鉴于我先前的经验十分有限，对于这项传统节日的规模，心里其实并没有概念。我面前放着一个个盒子，不一会儿工夫，所有的台面上，摆满了三代人积攒下来的节日小装饰：满满一盒铁燕和瓷燕工艺品，在我看来（细枝末节立刻勾起了我的兴趣），它们的体态有着金腰燕（*Hirundo daurica*）的明显特征，和家燕（*H. rustica*）倒不是很像；一整盒鸭子摆件，具体品种不详，大部分都被三个一组分装了起来；一些作为结婚礼物的盘子；各种各样的森林精灵；一袋袋装饰圣诞树的金丝拉花；还有至少四卷灯线，都要先试一下，看看是否还亮。灯线不仅要挂在传统的云杉圣诞树上，还要装饰在啄木鸟筑巢的梨树上。我不想只当一个晕头转向的搬运工，便自告奋勇，申请布置圣诞马槽。这可是圣诞节的重头戏，历史悠久，意义重大。马槽的各种材料都装在一个大纸箱里，箱子上还印着"鳕鱼片"的字迹，里面放着一堆稻

1　埃比尼泽·斯克鲁奇（Ebenezer Scrooge）是狄更斯小说《圣诞颂歌》（*A Christmas Carol*）中的主角，一个极其吝啬的守财奴。——译者注

草，还有用陶土制作的各种动物和陶人。我猜，这些没准儿是从20世纪50年代流传至今的学生陶艺作品，让我想起了自己的母校（年份差不多）。我在众多陶块中，分辨着哪个是牧羊人，哪个是绵羊，哪个是象征着耶稣的圣婴。为了好玩儿，我故意把智者摆在纸箱里靠后的位置，把动物都摆在了前面。可我又觉得，这种对大自然的讽刺，怕是不适合在圣诞节出现（尽管开创圣诞马槽传统的不是别人，正是亚西西的方济各，他还在马槽的旁边安排了真牛和真驴）。

平安夜当晚，客人们陆续到达。这是一个亲属关系复杂的大家族，孩子成群，还有孩子们的伴侣、姐妹、叔叔、侄子侄女，人数众多。我得画一张家谱，才能分得清谁是谁。每个人都很友善，可我还是不安地意识到，无论怎么往好的方面想，我毕竟都是个外人。我就像是在18世纪的高雅聚会上，作为背景点缀的隐士。鉴于我古怪的社会经历，我很感激他们能把房子租给我这个工作不稳定、过去也不靠谱的单身汉。

圣诞节当天，第一件事就是喝香槟庆祝。接着，众人来到刚刚粉刷好的餐厅，坐在餐桌旁的长凳上，闲聊起家庭聚会和冬天节日的重要性，以此来抵抗冬季的萧条。外面阳光灿烂，小飞虫在窗外飞来飞去。屋里，众人开始了第一项例行的节日活动。艾伦是聚会的气氛担当，他带着大家玩起了棋盘猜谜游戏。所有人以餐桌为界，自动分成两队。刚刚好，一队处于光线中，一队处于阴影中，结构鲜明的对立。我的思绪开始神游，幻想着化身为异教徒，用光之神力去对抗邪恶的黑暗魔力，燃烧着的灌木包围着凋零肃杀的果园。"再来一局！"艾伦大声提议。看来，现在离午饭时间还早得很。

*　　　　*　　　　*

　　17 年前的圣诞节，一位田野生物学家正坐在落雪的山坡上，他是来自佛蒙特大学（University of Vermont）的伯恩德·海因里希教授（Bernd Heinrich）。在他的面前，是两只被狼咬死的羊，是他特意从附近农场拖到这里的。此刻，这位野外生物学家想起，在一年前的秋天，自己亲眼目睹的一幕：他与 15 只渡鸦分享了一头鹿。（他觉得"最快乐的事情，莫过于坐在云杉树下一边吃着烤鹿肉，一边观察着渡鸦"。）就在这时，他发现了一个"悖论"。渡鸦聚在一起平静地享用午餐，并用一种他从未听过的"叫声"，召唤更多的鸟儿来这里吃肉。他承认，那一刻他感到肃然起敬。他将渡鸦的这种分享行为命名为"左翼合作"（left-wing co-operation）。这种超越血缘的分享，似乎违背了他多年来习得的基本生物学常识，也违背了自私基因理论的神圣法力。

　　在之后的五年中，海因里希教授迷上了渡鸦。带着爱意与绝望，他一直坚持在野外实地研究。他的日记《冬天的渡鸦》（Ravens in Winter）成为了一本经典著作。书中记录了他在寒冷的冬季研究渡鸦的经历，介绍了渡鸦的生活习惯，生物学家的例行工作，以及科学与热爱之间的长期斗争。在海因里希的故事中，这种思想斗争可谓根深蒂固。未解的谜团一直困扰着他。鸟类会自愿分享食物吗？渡鸦是有意识地召唤其他鸟儿来共享食物吗？如果是，那么从进化的角度来看，其目的可能是什么？他检验理论，同时也检验自己，到了几近崩溃的地步。他连睡觉时都和死羊、死猫待在一起，因为这些是吸引渡鸦的诱饵。他将30多斤的猪内脏拖到结冰的山坡上。有时，他住的小木屋里实在太冷了，连钟表的指针都走得慢了，影响了他精密的观察时间。对于渡鸦而言，他就像一位萨满巫师，通过庞大的声音体系，为渡鸦演奏着复杂的召唤曲目。很快，他总结出了9种假设：建立了类似"囚徒困境"的深奥的社会生物学模型；不断推出更合理的新理论，比如渡鸦是为了躲避捕食者，通过增加鸟群的数量，寻求自身安全；或者反过来，它们发出的鸣叫是为了吸引捕食者前来，帮它们挖出更多埋在地下的腐烂或结冰的动物尸体。与此同时，渡鸦还经常做出一些滑稽的动作，既充满魔力又令人费解，让海因里希更加无法自拔。"渡鸦是多么自由自在，吃饱后就会像快乐的小狗一样，在雪地里仰面打滚，或是在雪里扑腾，用翅膀拍打着积雪；它们还会用脚推着身体向前，胸脯着地，滑行玩耍；或者干脆在雪中洗个澡……"

　　渡鸦和观察者开始不分彼此。海因里希教授回到佛蒙特大学的校园，把学生助手们召集在一起，在一座名为"笼饲"（Cage Raising）的建筑中举行了一场庆祝活动，众人一起大啖烤羊肉，大口喝着鹿头牌啤酒，弹着民谣吉他，放声歌唱。该建筑依照阿米什人的风格建造，是一座巨型的渡鸦饲养笼。教授可以在里面随时研究渡鸦行为的细节与奥秘。（"我不禁想了解，渡鸦会如何理解和看待人类的风俗习惯。"教授在日记中流露出神往之情。）

经过五年的潜心研究，海因里希教授投入了自己的一腔热忱，也进行了诚挚的反思。只因他曾说过，"我讨厌不确定性。我希望所有研究结果都是一致的。"而你会希望，教授能够抛开固有的观念体系，只跟随自己的直觉、勇气和异常敏锐的同理心去做研究。最终，他列出了53条线索和假设，又有些勉为其难地（要知道科学家本不该这么做），接受了显而易见的解释。那些在进食时鸣叫的渡鸦，全部都是未成年的渡鸦。它们做了一切年轻生物在享受大餐时都会做的事情：为了结交朋友、彰显地位、物色配偶和寻欢作乐而去拉帮结派。教授花费如此多的周折，得出了这个结论，我们都应该对他心存感激。

＊　　　　＊　　　　＊

我们的房子外面，延伸着一大片帚石南灌木丛。草坪上，孩子们的步伐分外轻快。午饭过后，更多的保留游戏在等着我们，还有各种社交活动。每个庆祝圣诞的家庭都一样，最重要的就是把往年做过的事情全部再做一遍，而且顺序必须正确。首先进行的是一场激烈的舞蹈比赛，只可惜我眼花缭乱，一点儿也看不懂；接着是寻宝大赛，看着年轻人在房子里四处飞奔，我完全跟不上。我开始觉得，自己不仅是个外人，还是个废人。我还有一种准到可怕的预感，这次庆祝活动的高潮，必将发生在我布置的马槽周围，马槽早已为迎接这一刻的到来而收拾妥当。这里将再现耶稣诞生的场景，我所扮演的角色是牧羊人。通常而言，牧羊人有固定的行头，可以用壁挂毯当作长袍，再把毛巾缠在头上。年纪最小的堂弟扮演刚出生的耶稣。我穿上了民族服装，尽力去打扮，可是西班牙单肩包搭配紫罗兰色大方巾，让我看起来好似 20 世纪 70 年代精品店橱窗里的模特。众人摆好造型，拍了一张大合照。这张照片一定会与往年的圣诞全家福放在一起，去年的，前年的，一直追溯到这家刚买相机那一年。

评论家休·赛克斯·戴维斯（Hugh Sykes Davies）发明了"ecolect"（家庭方言）一词，用来代指一个小家庭或一小群朋友之间特有的语言和习惯。家庭方言可以凝聚人与人之间的情感，使个体相信，所有的事情依然和从前一样。我认为，这是生物的一种普遍现象。而我自己，却似乎没有这种家庭方言。

*　　　　*　　　　*

不过，我的封闭，当然也是自己选择的。圣诞节时，我收到了来自大卫·纳什的问候。他还告诉了我一个好消息，连他自己也没想到，这件事能发生得这样及时。好消息是他那件狂野的、异想天开的杰作《木雕巨石》（*Wooden Boulder*）已经漂进了大海。我第一次看到这块奇怪而又动人的大木头，还是在五年前。那是在威尔士的布莱奈-费斯蒂尼奥格小镇（Blaenau-Festiniog）附近的小溪里，我弯下身子望着它，心中纳闷，它是怎么跑到这里来的。1978 年，大卫家附近有一棵橡树，因长得太过高大，妨碍了一些邻居的房子，于是，大卫帮忙砍倒了这棵橡树，人们将橡树的树干送给了他，作为答谢。这块树干成为他的第一件"木质原石"。他切割出了一个重达半吨的巨大木块，又用链锯将它打磨成一个圆球的形状。他原本打算将木球搬到河谷谷底，再用手推车运回他的工作室。可后来，他想到了一条妙计，可以借用小溪、池塘和瀑布的流水，将木球运到河谷底部。而整个运输的过程，也将成就一件有故事的作品。他是这样想的。可是橡木却不这样想。大卫将木球运到地势较高的一处瀑布，让它顺流而下。然而，木球却没有顺利地流到谷底，它在半路出了意外，卡在了瀑布边缘的岩石之间。这时，大卫做出了艺术上的让步，潇洒地将一切交给大自然随性处置，将木球视作一块被水流冲下来的巨砾。就这样，木球得到了解脱，不仅从原来的橡树上获得了自由，更逃离了大卫的控制。

在接下来的二十年中，木球缓慢地向下游移动。1979 年，大卫在一处池塘里发现了搁浅的木球，上面覆盖着冰雪和落叶。1994 年，木球被一场大洪水裹挟着横冲直撞，冲垮了一扇门和一段篱笆，最终被下游的一座公路桥拦住。于是，搁浅、获救和自由漂流的循环不断上演。到了1997年的某天，只差一个风暴，木球就能从德威里德河（River Dwyryd）流进爱尔兰海，从此无拘无束。现在，它终于漂进了大海，即将成为口口相传的故事中的主角。或许它会给一个小船长惹些小麻烦，或许会成为海豚闲谈议论的对象，又或许会在牙买加的海滩上搁浅，成为一个神秘的巨型漂流瓶。

　　"要想不与社会脱节，重新与万物建立联系，你就得到处走走。"人们都这么说。在圣诞节和新年之间的短暂间隙，我迈出了自己真正"到处走走"的第一步。我只身穿过树林，去看沼泽。我开着吉普车，副驾驶座位上放着自动导航地图。我查看各条路线，试着抄近道，寻找出入口。这些都没什么新鲜的。我的整个职业生涯，除了吃饭，就是说走就走。我哪里都去，收集散落在各地的吉光片羽的风景与故事。有时，我会特意去寻找某些景色，而更多时候，我就像浪花的飞沫一样，飘到哪儿算哪儿。这次，我沿着河谷一路向西，沿着沼泽地区开了很远。我从东边的罗伊登沼泽出发，途经雷德格雷夫村（Redgrave）的大沼泽，一直开到了韦斯顿市场村（Market Weston）附近偏僻的莎草丛。看着沿途的风景，我的脑海中浮现出一连串词汇：浮雕似的赤杨，穿梭于婆娑枝杈间的金翅雀，空中盘旋的啄木鸟，风中摇曳的芦苇絮，芦苇丛中难以名状的沙沙声，无处不在的流水、粼粼的波光。水暗示着你，靠近着你，提醒着你，即使在萧索的冬季，也要"到处走走"，去发现此时的世界酝酿着的故事和惊喜。

元旦那天，我又开车去了东边，突然想找一株在冬天开花的天芥菜（heliotrope，意思是"追随太阳"）。波莉和我第一次去布罗兹湿地时，就看到过早早开花的天芥菜，自此它已经成为我心中的图腾之花。粉色的花穗散发着地中海蜂蜜和香草的气息，我忍不住摘了一些带回自己的小屋。能够在自己生活的地区找到这种植物，让我颇有几分沾沾自喜。直到后来我才发现，假如我再反向开几百米，就会遇到成片的天芥菜花田，宛如一张宽大的盖毯，在路边恣意盛放。

我还去了北边，去看望戴维·科巴姆（David Cobham）和莉莎·戈达德（Liza Goddard）。戴维是我的第一部电视影片《非正式乡村》（*The Unofficial Countryside*）的导演。后来我们成了很好的朋友，就连他娶了我的旧爱莉莎，都不曾影响我俩的友谊。现在，夫妻俩是诺福克郡的猛禽守护者。他们带我去看了斯卡尔索普沼泽（Sculthorpe Moor），这是文瑟姆山谷（Wensum Valley）里一个新开发的公共自然保护区。本以为，这里和韦弗尼沼泽差不多大，然而，即便是在诺福克郡，野生岛屿相距60多公里，也绝对算得上很远的距离了。在我见过的所有沼泽中，斯卡尔索普沼泽似乎是最古老的，这里的回声也是最悠远的。巨大的柳树像断了的麦穗伏在泥炭地上，形状又酷似一道拱门。树干生出了许多气根，表面覆着柔软的苔藓、地衣和附生蕨类。在更加阴冷潮湿的地方，成堆的莎草丛已经发黑发霉了。过去在诺福克郡，人们会割莎草，制成烤火坐的蒲团或教堂的跪垫等。

我们顺着河流蜿蜒而下，发现了一些水獭的脚印（五个脚趾全部向前，不知为何，这里的人称水獭为"seals"，也就是海豹）。我们还看到了仓鸮休憩的木桩，以及一条狭窄的小径弯弯曲曲，延伸至芦苇丛中消失不见，想必是小母牛逃跑的踪迹。眼前的景象给我一种非凡的新奇感，我就像旱鸭子初遇大海那样兴奋。不过，凭着我在林地里摸爬滚打习得的知识，我也认出了一些熟悉的东西。主路边上的一排排树木想必是赤杨，高矮相近，身子都向外倾斜，远看像是扎得松散的麦捆，近看中间是稀疏的、空心的。在奇尔特恩老家时，我也见过类似的情景：古老的鹅耳枥只剩下矮树桩，里面早已空心，再也发不出新芽。而这里的赤杨虽然看上去是一棵棵独立的植株，实际上，却是同一棵植物的一部分而已。我猜，这些赤杨当年也曾是老树桩，鉴于其直径足有 2 米多，应该有 500 年以上了。

因此，这些赤杨成了保护区内最珍贵、最不可替代的植物。而在沼泽遍地的环境中，它们的处境岌岌可危，令人忧心。我背着多管闲事的骂名，向这里的护林人奈杰尔提出了我的看法。奈杰尔是一个热情专注又十分和善的诺福克人，他的爷爷是巴顿布罗德自然保护区（Barton Broad）最后一名专业割莎草工。奈杰尔的眼睛，时常会盯着你身后几百米远的地方眺望。我猜，他身上有些萨满巫师的气质，就是那种能凭空召唤鸟兽的人。他是第一个想到在这里建立保护区的人。当时，他正在附近吃着三明治午餐，芦苇荡中，忽然飞起了一群沼泽鹞，他看得入了迷。于是，他决定去寻找这片沼泽的主人，而恰好沼泽的租约在那一周到期了。没过几天工夫，鹰与猫头鹰信托基金（Hawk and Owl Trust）就接管了此地。

如今，奈杰尔正在重拾家族传统，恢复莎草的割草和修剪工作，不过，目前他只能采取狩猎采集部落的原始方式，走到哪儿，割到哪儿。我去的那天是周日，当地的志愿者正好来到这片曾经是教区公地的沼泽割莎草。空气中回荡着浓浓的诺福克乡音，听起来仿佛鹅群在咯咯叫。约翰从前曾是偷猎者，现在成为了一名摄影师。他在较低的树杈上发现了一个巨大的鸟巢，里面有一只同样巨大的猛禽。"我当时看着它，不确定是不是鹞。那只鸟儿突然转过头来面向我，我看到了它厚厚的翅膀和火鸡似的胸脯，才确定是一只苍鹰。"

这句话吸引了我的注意，让我立刻联想起了春天的沼泽鹞。鹞与清风和芦苇是绝配。我想知道，如何才能让鹞回到韦弗尼河上游。它们最后一次在上游繁殖，还是在 19 世纪初。或许，得需要先将从迪斯镇（Diss）到韦斯顿市场村沿线的沼泽全部治理一遍？我想到了美国的荒地计划（Wildlands Project）及其响亮的口号："重连、重建、重现自然面貌"。早在 20 世纪 80 年代，一群美国自然保护主义者和浪漫的生态学家就提出了这样的愿景：连接美国所有的荒地；在汉堡农场重建约翰·缪尔[1]的"蜜蜂牧场"；（有朝一日）恢复高速公路两侧的原始森林。"我们之所以活着，就是为了有一天，从新墨西哥到格陵兰岛，都能再现灰狼种群的身影，为了连绵不断的森林和丰饶肥沃的平原可以重新焕发生机，为了美洲大陆上的动植物恢复至哥伦布抵达之前的繁盛景象；为了人与自然和谐共生，人类能敬爱、热爱这片土地。"这样的愿景或许很容易引起争议，或饱受自私的诟病。然而，它为我们树立了一个梦想，一个能够激发起人们更多实际行动的梦想。这是一种坚定的立场和姿态，并且已经逐渐将那些保持中立的人群争取过来。

眼看美国开展了如此大规模的自然保护行动，对于大西洋彼岸的我们而言，内心难免焦急不安，因为我们总是习惯以一种温和适度的方式，采取一些不痛不痒的预防措施。不过，也算是皇天不负有心人，四百多年前，荷兰工程师率先在东安格利亚修建了排水系统。他们举着指挥棒，将人们费尽心机填海得到的陆地还给了大自然。他们恢复的湿地面积多达数十万亩。这些湿地的自然环境，与规整的人工自然保护区截然不同。湿地是由湖泊、泥滩、芦苇荡和灌木丛组成的潮湿原野，随处可见鸟儿的踪影，除了有沼泽鹞、海雕、琵鹭，还有多达五万只

1　约翰·缪尔（John Muir, 1838—1914），美国早期自然保护运动的领袖。他的自然探险作品广为流传，他的思想深刻影响了现代环保运动。——译者注

灰雁每年在此地过冬。这里几乎没有人为干预的痕迹。地下水位随着季节变化自然波动，整个地区有大量半野生的马群和自然散养的牛群。过不了多久，这些保护区将与内陆的林地连成一片，有望形成"一体化的大型自然文化保护区，并尽可能地消除人与动物之间的阻碍"。

究竟什么才算是栖息地、庇护所或生存家园呢？"自然文化保护区"是一个陌生的概念，所以我们习惯从反对的立场去审视它。于我而言，栖息之所不仅是理想宜居之处（这也是人类作为一个物种的生存基础），而且在很大程度上，还是我选择的终老的归宿。每个人的家都是一所文化建筑，就连我临时居住的小屋也不例外。但我几乎是凭着本能找到了它，根本不需要多加思考，就像一只迁徙的鹬回到沼泽，可以说，一切都是"自然而然"的。当生活发生重大变化时，我还需去规划和选择自己到底该去哪儿的话，我是做不到的。犹犹豫豫、瞻前顾后地权衡利弊，这种纠结会让我彻底崩溃，使我重新跌入焦虑不安的状态。

选择在哪里生活、过什么样的生活、成为什么样的人，是生而为人的自由，也是我们作为人类的最大特权之一。可我常常觉得，这也容易让人迷失方向，或许会阻碍一些自然而然的、有益的变化。在我看来，找到某种"适应"的方式，与其说是深思熟虑之后的选择，不如说是接受某种程度的随遇而安、随波逐流。作为一个刚刚开始学习独立的人，我所面对的，是我做梦都想象不到的处境：极其简陋的小屋，一个像是原始人在林间空地搭建的原始窝棚似的巢穴。不过，这种方式对我来说是有效的，让我的生命得以恢复和成长。我终究不再将自己关在房间里，而是开始四处游历。

第三章

·
·
·

公地往事

Chapter 3

Commonplaces

公用地是一种新奇且很有讲究的社会制度。在这种制度里，人类曾过着一种与自然系统交织且不被政治干涉的自由生活。公用地是包括非人类在内的人类社会组织的一种层级。*

——加里·斯奈德，《禅定荒野》

Gary Snyder, *The Practice of the Wild*

* 译文摘自《禅定荒野》(*The Practice of the Wild*), 广西师范大学出版社, 2014, 陈登、谭琼琳译。

漫长而乏味的冬季已接近尾声。小屋里，我与猫咪依偎在一
起，翻看着地图，想寻几处初春美景，早做安排。"*temps*"在法
语中同时表示天气和时间，且常常在涉及地点的语境中使用，这
与我的想法不谋而合，我不仅思索着春天会在何时到来，而且是
春天会在"哪儿"到来。当年在奇尔特恩丘陵，我的迎春仪式是
一系列位置精确的报春信号，每一处皆是我随季节更迭探寻所
得：伯克姆斯特德小镇米尔巷（Mill Lane）的河畔绽放的第一朵
白屈菜花，大约正好在二月份我生日的前后（记得有一年春天来
得特别晚，我只好用补光灯骗它们开花）；又比如在我的林地里
绽放的一朵蓝铃花，比别家的早开好几个星期；还有在教区教堂
的屋檐下安家的第一只雨燕。如今在这里，又会有哪些相应的春
天的征兆呢？我在谷仓和屋外徘徊，寻觅着若是雨燕归来的话，
可能会在哪儿筑巢。这栋房子里至少有六处老燕子窝，其中有一
个恰好筑在一台维多利亚时代的摇摇木马上，颇具拉斯金推崇的
艺术风格。这里会有蓝铃花报春吗？或者在附近的帚石南坡地
上，会有兰花报春吗？是否会有夜莺的歌声飘进我的小屋？

76　　　　我标记着时间的变化，而猫咪也是。秋天时，它们摇身化作勇敢矫健的猎手，可到了寒冷的冬天，立刻蜷缩成一团，像个小豆袋。现在，猫咪又显露出了不安分的迹象，它们在我的小屋里四处溜达，喝花瓶和床头柜上水杯里的水，睡醒就坐起身子，无论我在做什么有趣的事情，只要没带上它们，它们立刻就来插上一脚。"你在读诺福克郡石器时代的历史吗？我也想读。说真的，我还想直接去那儿看看（在书上踩踩）。"它们最喜欢的是一张大尺寸的地形测绘图，除此之外，还喜欢在我的电动打字机上爬上爬下、踩来踩去（可它们从未成功踩出自己的名字，不像我在奇尔特恩老家的老猫皮普，有一次差点儿就踩出了"Pip"）。每只猫向我示好的方式，都有着微妙的差别。布兰科活像一头豹子，直接用脑袋顶着我的脑袋，或是（经常）不收爪子就来拍我的脸。莉莉总是小心翼翼，像是讨好一般，碰一碰或舔一舔我的手指，意思是让我摸摸她。而小黑，这个迷人的小妖精，则干脆侧身躺在床上，像个滑稽的喜剧演员。

　　　　梭罗在日记中提到，每当他感觉麻木、期望重生时，他就会去西南方。"我的未来就在那个方向。那里的世界似乎更加无穷无尽，也更加丰富多彩。"在一定程度上，这是他与旧世界的决裂，他眼中的旧世界有一种对历史和将死体制的执迷不悟。而在大自然中，他认为自己看到了西行的昭示和指引。太阳的运行方式是自东向西，而游牧民族和动物迁徙的方式亦是如此。他认为，"西行"不仅是"物种普遍的运动规律",还是一种原始本能。

　　我不确定自己是否赞同梭罗关于新边疆政策（New Frontier）的玄妙观点，但是，在漫长的冬季，西南方为人们提供了与春天约会的机会，可以说令人心驰神往。面对这种无法抵抗的诱惑，波莉和我去了康沃尔郡（Cornwall）。有人说，南方像是异国他乡。实际上，康沃尔郡与我们的始发地诺福克郡的温度完全一样，冻得人瑟瑟发抖。而且，这里才刚刚遭遇了洪水和暴风的袭击。然而，你可以感觉到春天的脉搏已经开始跳动。第一批红色剪秋罗和三棱葱都开花了，随处可见迫不及待的欧亚鸳在冒险试飞。一月末的阳光，伴着咸咸的空气，让人想起了西班牙南部的暖冬。

　　一天早上，我们从入海口沿着法尔河（River Fal）蜿蜒而上。20 世纪 80 年代，我也曾来这里观看过三月的春潮，潮水沾染了瓷土，变成了白色，淹没了橡树林中的报春花，一眼望去，花儿好似沙滩上搁浅的海星。不过这天早上，河面上并没有漂浮的花朵，取而代之的是白鹭，好像在提醒人们，季节更迭总是伴随着动物迁徙和物换星移，以及重新划定地盘。几乎每条小溪都驻守着白鹭哨兵，它们白得耀眼，像是用雪花石膏雕刻而成。从前，小白鹭只是偶尔从欧洲大陆流浪至此，从 20 世纪 80 年代开始，它们来到英国南部海岸度夏，并从 1996 年起，在当地繁衍生息。白鹭应该是气候变化带来的为数不多的馈赠之一。

　　我们一直往前走，来到沼泽地里的一个小河谷，有诸多鹬鸟在此栖息。灌木丛中，我们发现了一只娇小的橄榄色的鸟，有明显的眼纹。我猜这一定是越冬的叽喳柳莺。它逐渐向我们靠近，眼纹变得更深更复杂了，我开始觉得，这似乎是一只林莺科的鸟儿。离它仅有2米时，我和波莉已确信无疑（虽然我俩此前都没有亲眼见过这种鸟），这是一只火冠戴菊，冬季在此地极为罕见。它仿佛戴着狂欢节面具，头顶中间是火红的橙色，眼睛上方有深色的东方条纹，脸颊下方还有一个青铜色的小酒窝。它接下来的举动让人叹为

78 观止——它开始跳舞，沿着树枝跳着软鞋舞步，在空中打着圈，画出飞扬的抛物线，翅膀拍打的节奏不疾不徐，刚好可以让人看得清楚。火冠鸟与西部并无特别的关系，但它似乎拉开了某种序幕。

在康沃尔郡时，我还有一个寻根的心愿迟迟未了。我想去马贝村（去要求继承，获得庄园领主的身份之类的），村庄的名字"Mabe"正是我姓氏的由来。然而，实际情况却让我颇为失望。马贝村位于郊区，从前是个采矿的村庄。教堂的大门锁着。这里原本供奉的是圣马贝（St Mabe），现如今似乎是被某个叫圣劳杜斯（St Laudus）的冒名顶替了。那天是星期天，我们找到了牧师（当时，他正在街上悠闲漫步，腋下还夹着一瓶霞多丽白葡萄酒），从他这儿拿到了钥匙，进入了教堂。钟楼的高处，有一个似乎像绿人[1]的雕像，长着叶子和藤蔓状的胡须和头发。波莉对此表示怀疑，但抛开其他宗教因素不谈，我相信它是绿人。钟楼外放着一

---

1   绿人（Green Man），西方传说中"重生"的象征，代表着每年春天万物的新生，常用作装饰性雕刻出现在教堂及世俗建筑中，最常见的形式是绿叶和藤蔓覆盖包围的一张人脸。——编者注

块古老的凯尔特人的石头，上面刻着十字架，似乎更佐证了这一点。旅游指南上说，这石头象征着史前的大自然，还讲述着（这不可能）"它太难搬走了"。于是，这块石头被灵活地基督化。我想知道，允许这块石头留在此处的那个人是不是圣马贝。或许，与许多康沃尔的"圣人"一样，圣马贝也只是一个流浪的凯尔特牧师，崇尚自然，因此在康沃尔半岛上一路西行，寻找春天。

*　　　　　*　　　　　*

到家后，我再次拿出地图，想看看还有哪些当地的风景是我还没来得及看的。这是我一直以来的习惯。自从我初次造访东安格利亚之后，我就变成了一个地图强迫症患者。每到冬日，或者赶上无法出门的时候，我就会翻阅国土测绘局的地图，绘制出行路线，想象着那些不知名的、我尚未涉足的旅程将会是怎样。有时候，我只是单纯地想通过地图上的抽象图案，获得一些纯粹而不切实际的快感。我有自己最爱幻想的几处秘境。布雷克兰荒原中的高错角（High Wrong Corner）究竟经历过什么？诺福克郡中心地带散落着一连串村庄，萨尔（Sall）、科普斯蒂（Corpusty）、吉斯特（Guist）、福尔莫德斯顿（Fulmodeston），这些名字排列开来就像一首具象诗[1]。出于某种原因，我对萨福克

79

---

[1]　具象诗（concrete poetry），又名图案有形诗，是将诗歌的文字排版做调整，令其具备图像化的呈现方式，以表达诗歌的意境。——编者注

郡奥科尔德（Occold）与索尔顿（Thorndon）之间的村庄布局很感兴趣，就像一长串非典型等高线的剖面图一样，被田野的边界分割开来，犹如某种奇怪的象形文字。这里散发着一丝淡淡的异域情调和阿拉伯风格。我想象着，南侧的山坡上种着梯田，还有葡萄和樱桃园，甚至或许还有桃园，就像中世纪的沿海村庄伊肯（Iken）那样。

我现在住的房子，在地图上是可以找到的。这里距离奥科尔德的空中花园（Hanging Gardens of Occold）只有十分钟的路程。有一天，我无意中发现，自己正开车经过这个让我想入非非的地方。当然，这里并没有梯田或葡萄园，也没有对着地中海风格的别墅拍照的游客。不过，山顶上有许多庞大而怪异的绿色娃娃屋，与大号的乐高玩具套装有几分相似。上山的入口处设有路障，旁边的指示牌上写着"亨廷顿生命科学"（Huntingdon Life Science）——这是现代怪兽的标志。这就是老地图的问题（我的地图是1968年的），它将时间冻结在过去，很容易勾起人怀旧的遐思。

大卫·阿布拉姆[1]曾写过一篇引发争议的文章，探讨了时间和地点之间的模糊边界，并呼吁人们："放下手中的地图，出发去实地考察。"但是在出发之前，你需要先找到一个地方。本地地图中代表的可能出现的景象与奇尔特恩丘陵的实地风景，可能存在很大的不同。地图上的等高线是潦草的，小路随意延伸，而不

---

1 大卫·阿布拉姆（David Abram, 1957— ），美国生态学家和哲学家，他将现象学的哲学传统与环境生态问题联系起来进行研究。——编者注

是有规律的蛇形。至于林地，则主要列出了湿地上新种的树木或植被。打眼看上去，地图并不是常见的一块块绿色与棕色的方格整齐排布的图案，而是黄色的图案带着一圈蓝色的花边。河谷的界限是分明的。韦弗尼河穿过帚石南坡地，又蜿蜒回到了它在雷德格雷夫大沼泽的源头。小欧斯河（Little Ouse）也是从这里发源的，但它一直向西，流到了布雷克兰，流向与前者刚好相反。边缘地带还有一些支流，大多都流向南方。因此，在东部的迪斯镇和西南部的韦斯顿市场村之间，形成了大片零星的沼泽和湿地，有的地方宽度大约接近 1 公里，在最早的地图上，形成了一道几乎没有间断的湿地走廊，长达 16 公里。如今，由于修建了不少人工排水堤，拉直了河道，这张地图看起来更像是一方裂开的冰面。不过，水依然是无所不连的。就像儿童解谜图画书上的迷宫，我可以沿着水路，按图索骥，将山泉、溪流、田间沟渠与它们的河道源头连接起来。

　　我还试着把自己了解到的一些相连情况，叠加到这张地图上。想必每个人心中都有自己的一张地图，它是感性的，大到不合逻辑，上面也有各种地标、基准点和参考点。我心里的地图形状类似于早期的卫星，像一个环绕河谷的球体，从中延伸出多条直角天线。第一根天线延伸到了北部海岸。这里，有我认识了大半辈子的朋友和湿地。另一条天线延伸到了布雷克兰。这条线可谓是一路畅通。往东的那条天线延伸到了萨福克郡的海边，止于奥尔德堡（Aldeburgh）和绍斯沃尔德（Southwold）之间。那里有座小木屋，我曾在此隐居过几年，木屋紧挨着斯陶尔河谷（Stour Valley），附近还有不少熟悉的村庄。

　　但这些只是框架，是我心中地图的主动脉。在动脉之间，是由自己定义的圣地和特殊意义的地点组成的一个个格子空间，比如路上的某处坑洼，阴影中的隧道，藏在树后的农舍，散落着王室成员的花园的村庄等。它们的分布是对称的，看得越久，我就越发觉得，自己可能生活在东安格利亚的正中心。我用一段绳子来测量检验，发现此地的确就是正中心。假如我把诺福克郡和萨福克郡从地图上剪下来，再用一根针穿过房子的位置，地图就会像陀螺仪那样自由悬浮。

　　我突然想到了另一件事。这里的大部分景观似乎都沿西北/东南方向这条轴线对齐。这种倾斜的布局在东部尤为明显。东部地区以迪斯镇为中心，总体布局较为松散，面积约为 260 平方公里。在这里，所有古老景观的脉络，例如古道、田野边界，甚至连树林的边缘，都准确无误地向西倾斜着。从某种程度上说，它们的方向是一致的，而不是无序的。这种倾斜的一致性令人着迷，而且在大多数地方，这种倾斜似乎与地形或水道没有任何联系。比如，某个村庄南侧的小块土地都是对齐的，却以各种各样的角度与等高线相交。就连绿道[1]也遵循这种普遍规律，尽管倾斜

1　绿道（Green lane）是英国一种道路名称，指未硬化或未覆盖柏油的土路，例如古道、田埂路、赶牲口的小径等等。由于绿道大多数情况下人流和交通稀少，杂草和植物可以自然生长，因此得名。——编者注

并不是专门为了通向某个地方。当然，凡事都有例外。在靠近大河的地方，或者山坡明显陡峭的地方，这种规律就不起作用了。通往诺里奇市的罗马大道（现在的A140公路）大约呈25度角。地图上大多数倾斜方向不同的地方，都带着明显的现代痕迹，例如一些大庄园在19世纪建造的矩形种植园。后来，我找到了当地的一位历史学家，请他测量了平均倾斜度。结果让我浑身战栗：我的新家那一带向西倾斜了整整4度。

第二天，我买了一个指南针，想出去看看自己能不能发现这种规律。我愚蠢地忘记了，透视的规律意味着，你永远无法从表面看出这种特点。可这就更让人想不通了。如果视觉上看不出丝毫的线索，又怎么可能刻意实现如此布局呢？一想到史前农民第一次勾勒出此地的景观架构时，还要费力去规划农田的布局和方向，就让人觉得难以置信。那么，有没有一些地理方面的基本事实，可以解释这种现象背后的根源呢？或许，在某个时期，东安格利亚相对于海洋的水平位置出现了轻微下降或上升？又或者，由于此地盛行东风，又或是发生了凌日现象，农民们才会都转向同一个方向？史前时代古人是否比现代人对地球磁场更敏感？总体来看，这里的地形布局大体都是指向北极的。如果做更大胆的假设，这些小路有可能都指向同一个重要的宗教场所，也许是北海岸的霍姆伍德石阵（Holme Wood Henge），而农田的规划和整治也是依据相同的思路？又或者，梭罗的判断是正确的，"西行"的确是生物的基本冲动。

　　我怀疑，会不会纯粹是因为农民种植某种庄稼这样简单的原因，才导致了这样的景观格局，而且很可能在史前时代就已经出现了。在当时或许还有野马和野牛在河谷的沼泽地里吃草。但是，我更倾向于认为，这种农田布局不是由地主和官员规划出来的，而是出于某种本能，某种莫名其妙的、追随太阳的渴望。

*　　　　*　　　　*

　　我第一次看到马群时，还是在初秋时节。那天，在低沉的阳光下，放眼望去，雷德格雷夫大沼泽近乎一片赤褐色。我的目光正停留在远处池塘之间择路而行的两只狍子身上。这时，从低矮的灌木丛中突然探出了五六个脑袋，像潜望镜一样四处张望，转眼又消失不见。野马看上去风尘仆仆的，它们的肌肉结实，四肢修长。能在此地见到野马，其实我并不感到惊讶，保护区的告示牌上，早已有诸多关于它们的宣传，主要目的是阻止人们私自投喂。不过，野马带给我的感官冲击，抑或是此情此景激起我记忆中的某时某地，着实令我心头一震。几天后，我目睹了野马群在芦苇丛中飞驰而过的身影，马背高的芦花随之摇曳荡漾，好似大草原上的一群黑斑羚。雷德格雷夫大沼泽仿佛突然变成了一片广袤的大草原，而野马，则点亮了此地的迷人风光。

　　我总是刻意与马保持距离。我从不骑马，也不觉得与马亲近。不论是晴天还是雨天，我都只待在小围场的角落冷眼旁观。

唯有站在马屁股后面时，我才会挪动脚步，换个更安全的地方待着。有时候，我觉得马儿可怜到我不忍心看。有两件与马有关的事情，让我至今难以忘怀。在两件事情中，马都扮演了受害者的角色。20世纪70年代，萨福克村举办了一次马术比赛。一个小女孩骑着一匹不知所措的设得兰矮种小马，参加场地障碍赛。小女孩和小马都表现得很糟糕。孩子的母亲碰巧就坐在我身旁。当最后一根障碍栏杆也被碰落在地时，这位母亲冲着女儿大吼："把马牵回去，再来一次。休想放过它！"打那以后，这一幕就刻在了我的心中，好似一块建金字塔的独裁者的人像浮雕。几年之后，我又目睹了我怀孕的嫂子露丝骑马催产，她身形硕大，卸掉马鞍骑着马在围场里四处溜达。当时，她已经过了预产期。结果，这个方法奏效了。第二天，汉娜就出生了。那天恰好是立春。她骑的那匹马，也是一头受累的牲口。至此，在我心中，马的形象被定格为野性驯化为奴性的极致典范。

　　但是，雷德格雷夫大沼泽的野马，看上去却截然不同。它们像流浪的吉卜赛人，桀骜不驯，立刻引起了我的兴趣，我想多了解一些它们的故事。当然，这些马是引进到英国沼泽的外国品种，原名叫"科尼卡野马"（Koniks），沼泽的野生动物基金会之所以要引进这种马，是为了维持本地的植被平衡。科尼卡野马是泰班野马（Tarpans）的后代，其历史可以追溯到拜占庭时代。19世纪以前，泰班马是真正的欧洲野马，一直生活在波兰的森林里。然而在1876年，为了躲避人类的猎捕，最后一匹泰班野马决绝地跳下山崖，导致该物种自此灭绝。万幸的是，泰班野马强大优秀的基因，在人工培育的杂交品种中保存下来了。自然而 84 然地，波兰牧场上的马群显现出泰班野马的特征：鼠灰色（英语中专门用"grulla"一词来形容这种马的颜色）的皮毛，马背上的黑色条纹，深色的鬃毛好似莫西干人的发型，风吹过时，自然地拂向一边，露出金色的绒毛。20世纪30年代，德国人选中了这些波兰牧马，参与优育繁殖工程，试图再次培育出纯正的"雅利安"马。作为泰班野马的翻版，科尼卡野马就是这项繁殖工程的优育成果。科尼卡野马的身世如此坎坷曲折，不仅有优良的基因，还蕴藏着对往昔狂野岁月的追忆，难怪会在人心头激起强烈的情绪。

当地的自然保护主义者之所以引进科尼卡野马，主要是将其作为一种维持生态平衡的强效手段。野生动物基金会也可以引进高地绵羊或者牛，但都不及科尼卡野马的优势明显。它们什么都吃：黑莓灌木、桦树苗、灯心草老茎等等。它们可以在任何地方行走：茂密的芦苇丛，齐腰深的水塘和湿滑的泥潭等等。科尼卡野马还有助于控制林地的扩张，保持开放的水域、沼泽和杂草湿地的错落布局。虽然在天气寒冷时，人们也会为这些野马准备干草，但其实它们应对恶劣天气的能力也很强，可以在完全没有帮助的情况下，独立在湿地里产下小马驹。因此，科尼卡野马被公认为是一种血统优良的野生动物。

然而，一些当地人却认为，引进科尼卡野马是对沼泽生态的

过度管理，是外来物种对英国公地的公然入侵。有人甚至认为，
这片自然保护区正沦为某种野生动物园。作为沼泽地里的明星物
种，水涯狡蛛生活在滩涂上的小水坑中，总是神出鬼没，一直以
来，都是人类热衷于细致观察和研究的对象。不过，这种干预并
不过分。相比之下，引进野马则是改变了生态规则，毕竟，五千
年来，在这片荒原上，从未出现过这种半驯化的哺乳动物。科尼
卡野马的野性，也并非时时都会表现出来。一天早上，我和波莉
跟踪了一群野马。这种像阿帕奇侦察兵似的行为，连我们自己都
大吃一惊。地上的一个个近乎圆形的马蹄印，还有一堆堆新鲜马
粪，指引着我们向赤杨林的方向走去。原来，马群正在林中吃
草，总共有17匹（有3匹公马离群，形成了一个孤立的小团体），
它们是来沼泽地的茂密丛林中觅食的。

　　我曾在一本法国杂志上读到过关于这些野马性情的描写，让
人十分安心：

85

　　　　泰班野马温顺、友善、好奇、深情，而且非常聪
　　明。它们很独立，也很有主见。与被驯服的现代马不
　　同，泰班野马从来不会以自己的自由去交换人类的粮草
　　和照料。这种马更相信自己的判断，而不是任由主人来
　　决定自己的一切。虽然泰班野马似乎也喜欢被人驾驭的
　　感觉，可它们并不情愿由别人来决定自己该去向何方。

　　科尼卡野马的性情像吉卜赛人，远远望去，其样貌也像。它们体型较小，毛色各异，从灰到棕，好似穿着色调柔和的冬衣。马脸很长，看起来有点严肃的学究气。马群缓缓朝我和波莉这边走来，头点得有些夸张。我俩站在原地，一动不动。野马把我们周身闻了个遍。波莉的小狗吓得瑟瑟发抖，野马的口水都把它打湿了。一匹野马咬住了我的外套拉链，想要拉开。这或许是出于它们"好奇而深情"的天性，但更可能的原因是，它曾经在别人的衣兜里找到过胡萝卜。

　　眼前发生的一切，都让我觉得似乎是幻觉。这些野马行动自如，却天然形成了公马与母马各自为营的母系社会格局。种马只在偶尔需要时，才会去母马群中繁衍后代。东安格利亚大草原本是可以用于耕地，而大沼泽之所以能保存至今，唯一的原因就是人为保护的力度足够强。就在几年前，这里还面临着大多数湿地都难逃的困境：地下水位不断下降，为了发展农业，人们过度取水灌溉，导致沼泽日渐干涸。同时，桦木林和赤杨林持续扩张，进一步缩小了沼泽的面积。当然，这种变化过程是自然而然发生的，也是渐进缓慢的。这样的结果，应该也符合大多数当地人的心意。人们喜欢茂密的灌木丛与沼泽地融为一体，喜欢野性肆意生长的感觉。但是，这样一来，沼泽再也无法恢复到冰河世纪时的原始模样。20 世纪 90 年代末，欧共体的一大笔拨款中断了沼泽的这种演变。这笔钱专门用来封堵人类开采泥炭时留下的钻孔，清除灌木，清理泥炭矿坑干涸的表层，回灌沼泽，恢复其往昔面貌。于是乎，这里环境的确变好了。如果你能忽略那些笔直的公路和指示路牌，不在意个别环保主义者强势的人为痕迹，那么这里也算是恢复了史前湿地的原始状态。石器时代的英国森林还处于萌芽阶段，或许在当时，这片河谷就是现在的样子。

　　这一想法忽然间让我觉得，科尼卡野马有种似曾相识的感觉。它们几乎就是石器时代洞穴壁画上的野马。虽然科尼卡野马的鬃毛更长些，马蹄也大些（或许是世代在农场上干活的结果），但那低垂的马头，硕大的马腹，让人一眼就能认出来。法国阿尔代什省（Ardèche）肖维岩洞（Chauvet cave）的精美史前壁画，描绘的或许就是三万多年前，野马在沼泽地区的生活。在所有旧石器时代的洞穴壁画中，马无疑是最受欢迎的题材。有时，只需寥寥数笔，或是巧妙地利用岩石表面的凹凸，就能将马的形象刻画得惟妙惟肖。在拉斯科洞窟（Lascaux），岩壁上裂缝的曲线，加上黄褐色颜料与黑色炭笔勾勒的线条，生动地刻画了泰班野马倒地打滚的瞬间。当你围绕壁画走动时，可以目睹野马倒下背着地的整个动态过程。法国洛特省（Lot）佩谢·梅尔（Peche Merle）洞穴的壁画上，右侧的一匹"斑点马"刚好与马头形状的突出岩块形成呼应。整幅壁画的着色几乎都呈点状风格，很可能是画家将赭色颜料与木炭混合，再将颜料吹到岩石上，抑或是用手指甩上去的。壁画中的野马，全都不是耕田的马。

　　欧洲洞穴壁画自 19 世纪初期重见天日以来，一直是人们热议的话题，有时还会引发激烈的争论。这些洞穴壁画皆藏身于阴

87

暗偏僻之地，其创作目的（倘若事后猜测有意义的话）和所传达的幽默感及夸张意味，都让人们在赞叹其成就之余，也产生了诸多疑问。在维多利亚时期，面对这种复杂精美的艺术作品，所谓的文明难免感到羞愧的刺痛。因此，人们便将之定义为一些毫无意义的涂鸦作品，不过是几个有点天分的抄袭者偶尔的超常发挥而已。而随着壁画复杂的结构和技巧逐渐为人所知，人们又认为这可能是古人所做的某种墨迹测验[1]，用来反映和揭示观看者心中真正的所思所想与偏爱之物。到了 20 世纪初，人类学家和人种学家从后殖民主义和功利主义角度出发，对这种"原始"文化进行了解读，认为它们是纯粹实用性的狩猎图景，是对捕猎过程的描绘和哺乳动物的野外生活指南。又或是作为一种巫术手段来辅助狩猎，即想象出这样的场景，才能"俘获"（capturing，至今该词仍保留着"刻画"之意）猎物。泰班野马之所以常常被猎人追赶至悬崖，当然也是因为人们想吃马肉。在该物种灭绝之前，最后一匹泰班野马的命运即是如此。不过，泰班野马在被俘获之后，也常常会被圈养起来，生产马奶，这种驯化的工作多半是由女性来完成。

近代以来，有观点认为，这些壁画歌颂的是生殖魅力，蕴藏着与交配和生长相关的丰富的寓意，而并非只局限于简单地描

1　墨迹测验（ink-blot test），即罗夏墨迹测验（Rorschach test），是瑞士精神病学家赫尔曼·罗夏（Hermann Rorschach, 1884—1922）于 1921 年提出的一种人格测验。通过让被试者观察一组有墨迹的卡片，并描述他们所看到的墨迹像什么，以此来判断被试者的潜意识与人格。——编者注

绘狩猎场景。壁画上随处可见长矛和生殖器的图案，这相当于旧石器时代的性感画，表达了男性对性与暴力的信奉和崇拜。再后来，随着人们对意识的形态变化产生兴趣，与萨满有关的解读开始兴起，壁画的表现内容变成了某种与治病或舞蹈相关的宗教仪式。而最近，结构学专家也开始关注洞穴壁画的布局和分布问题，他们研究了许多壁画，发现了一种似乎普遍存在的联系：古人经常在凸起的岩石表面画野牛，而相对地在凹陷的岩石上画马，不知这是否代表着，前者象征雄性，而后者象征雌性。这一切都暗示着，洞穴壁画所表现的，可能是石器时代的人类复杂的宇宙观和哲学思考。

　　而在这些理论中，有些想法明显是带有偏见或一厢情愿的。人们对壁画进行了科学的测量，对图案进行了动物学识别，最重要的是，对每一笔、每一处标记都做了跟踪，结果证明，这些壁画并非印象派的复制品。于是，一些偏颇的观点也就不攻自破了。比如，人们眼中的长矛图案，实则是熊爪留在壁画底层的抓痕。关于壁画是辅助狩猎的巫术，也只适用于某些情况而并不具有普遍意义。举例而言，通常情况下，某个地区的动物丰富性、大概的主食物种（可根据洞穴中的化石和食物残渣进行推断）与壁画上最常出现的物种之间，往往存在反比关系。正如克洛德·列维-斯特劳斯（Claude Lévi-Strauss）所言，图腾动物往往并非那些美味好吃的动物，而是那些蕴含着思想寓意的动物。诸如老虎、熊这样的食肉动物，人类在刻画时会表现出共情与悲

88

悯。有时，人们还会将这些动物绘制在洞穴深处的岩壁上，专门进行供奉。这是古人向大型动物表达敬畏的一种方式。从古至今，这样的做法贯穿了整个人类文化的发展史。至于壁画上所谓的男女生殖器图案，经过了冷静的观察，发现其实只是些马蹄印图案和体型较小的鱼类而已。从广义上讲，这些壁画的主要目的是出于宗教信仰，这一点应该是毋庸置疑的。古人选择了幽深的洞穴作为画廊，将岩壁当作通往另一个世界的入口，在壁画中构思出了难以捉摸的图案。这一切都表明，古人曾经试图去触碰动物的灵魂和大自然的本质，进而探寻生命本身的真谛。但这些追求，其实与壁画的品质和韵味并无关系。无论古人的最终目的是为了多么严肃的精神追求，作画者都是极具天分的艺术家，他们创作的艺术作品也同时体现出人的情感、社会属性、神话属性和叙事功能，而且看起来质朴有趣。

　　此刻，我正拿着一张肖维岩洞壁画上的野马的特写照片，尽可能不带任何偏见地去解读它所描绘的内容。这四匹野马位于壁画的右侧，与画面中大部分的动物一样，全都面朝左。壁画的另一侧是一群长着粗壮犄角的野牛。野牛的下方，是两头正在角斗的犀牛。（这是迄今为止，欧洲洞穴壁画中发现的唯一的犀牛角斗场面。而最绝妙的地方在于，作画时右侧犀牛的躯干刻意做了变形处理，刚好与岩壁上一条裂缝呈相同弧度。随着观看角度的不同，犀牛的身体会产生膨胀或缩小的视觉效果。）马匹呈梯队排列，马身与周围的动物及邻马之间存在部分相互重叠。马头挨得很近，像是在拍摄一张照片，而且是同一个拍摄主题下不同镜头组合在一起的定格抓拍。只不过，它们是描绘和想象出来的四匹不同的马。画家画的第一匹马很可能是最上方那匹，它的头以泰班野马的经典姿势微微前伸，岩石上如线的缝隙勾勒出其面部肌肉的立体感，辅以燧石的细碎刮痕加以阴影强调。与之截然不同的，是最下方的一匹设得兰矮种马，它身材较小，却健壮结实，肤色用泥土和木炭画得很深，上嘴唇微微翻起，似乎流露出某种惊讶或好奇的神情（用养马的行话来说就是"flaagh"[1]）。

无论其社会或宗教目的为何，不可否认的是，这些壁画都具备两个特点：一是对动物的痴迷，二是绘画本身的处理手法富于变化。我无法想象，一个人若是对动物没有情感共鸣，如何能进行描绘刻画。壁画上的马栩栩如生，各有性格，情绪上也存在着微妙差别，人为构思与自然创作相得益彰，不仅体现在野马的形态上，也彰显在绘画技巧上。将脑中所想，首次呈现到壁画上，这种心血来潮的做法（无论在理论上如何定义）是人类文化的起点，对于人类身份的确立，起到了决定性的作用。不过在此之前，想必人类也经历过一些不期而遇的愉悦、深思和酝酿的瞬间；在此后人类从狩猎到完成壁画之间的每一个阶段，这些瞬间不断重现；人类不仅细致地观察了马的动作，记住了它们奔跑

1　"flaagh"即flehmen response（裂唇嗅反应），指马翻起上唇。此行为有利于信息素传至犁鼻器，用于探察其他动物和猎物的气味。"flehmen"一词源自德语，意为裸露上排牙。——编者注

的方式和场景；也观察过安静的马群，寻找它们的相似性；后来，在挤马奶时，人类与马有了亲密接触，也开始第一次为马起名字。就算壁画是计划好的仪式，画家在作画时，也必定投入了他们在观察马时心中产生的共情和感情。或许，一想到马戴上嚼子，画家自己也会兴奋地昂起头来；画家找到了灵感，无意中发现喷洒颜料也是上色的一种方式；洞穴中点着用动物脂肪（或许是马油？）做的油灯，某一瞬间，在摇曳的灯光下，一匹刚画了一半的马似乎顺着岩石的曲线动了起来，而这正是安妮·迪拉德笔下"想象与记忆在黑暗中彼此相遇"的时刻。

在冬天最后一个霜冻的傍晚，我看到十七匹野马在芦苇丛中飞奔。夕阳西下，它们的鬃毛泛着红色，像水晶般闪闪发光。这场景本身就是一幅洞穴壁画，仿佛东安格利亚出现在了冰河时代。野马为何会被带到此地，这种精心安排的场景是否出于功利、科学或浪漫等原因，其实根本不重要。野马解放了这里。它们似乎具有一种魔力，将这里变成了一片野性荒原。

*　　　*　　　*

91　　东安格利亚没有洞穴壁画，就连在崖壁上乱画的图案都没有。这一带的风景是石器时代的燧石矿，此地自古就缺乏原创力，而且有长期从事挖矿的传统，因此风景倒也颇为相称。格莱姆斯墓矿位于布雷克兰以西30多公里处，由近400个坑洞群构成。五千年前，人们曾在这里大量开采燧石，接近工业生产规模。而今，这片沙地高原就像是荒芜的海滩，星罗棋布着被潮水抚平的沙丘与坑地。诗人诺曼·尼科尔森（Norman Nicholson）的祖父曾在坎伯兰（Cumberland）挖过铁矿，诺曼将挖矿比作收获一种根茎作物，只可惜这种作物无法再生。现在，在矿坑之间有时会长出其他作物，比如春天时一些花期很短的小花，形成了古老沙地上的自然植被。

一个阳光明媚的晚冬午后，我来到了这里。头顶上除了凤头麦鸡在徘徊，还有从莱肯希思（Lakenheath）空军基地起飞的战斗轰炸机，仿佛提醒着我，文明世界正在酝酿一场战争。我的脚下是一片白垩地下墓穴，当地人曾从中挖掘出了原始生活所需的各种工具材料，有臂饰、斧子、钻头、刮刀、刻刀、鱼叉、镰刀、火石、投石索、钳子、钩子等。日光明亮，墓穴洞然，我得以下到主墓一探究竟。主墓呈长条形，大约3米宽，9米深。我顺着梯子爬了下去，四周的白垩墙壁像肥皂一样松软，用指甲试着划一下，上面立刻留下了我的罪状。我意识到，在这一百年间，数不清的人曾在墙壁上留下自己的指甲印。凌乱的划痕中，还夹杂着五千年前古人用火烧鹿角做成的镐敲打墙壁的印记。白垩墙壁上显露出两条燧石带。燧石带的中部有一道约30厘米深的石壁裂缝，颜色很深，泛着光泽，仿佛刚刚被水泼过似的。墓穴的地面由地板石铺成，其中有不少价值不菲的燧石。从主墓还延伸出了一些小型墓室和墓道，入口设有围栏，无法进入，里面点着灯。墓穴的天花板很低，当年挖墓时，挖掘者（不知道是否有儿童或妇女参与）必须以仰卧的姿势，才能将石头凿下来。从主墓透过来的日光，距离这里太远，因此只能用骨头或空心白垩石制作的油灯来照明，这与在南欧史前壁画的洞穴中发现的油灯颇为相似。

可是，既然地表有那么多独立的燧石，人们又何必煞费苦心从地下开采呢？地下缝隙中的燧石，当然更容易敲碎取出，其矿物色泽和表面状态是不是会更好呢？这些来之不易的矿石，在被从地下墓穴中挖掘出来之前，就自带火药和金属的味道。人们会不会认为它们具有更上乘的法力，更适合用于狩猎和制造工具呢？在某些墓室中，有迹象表明，这里曾经发生过比功利性开采矿石更具社会性的复杂活动，比如涂鸦，用白垩矿石雕刻的工具，以及成堆的陪葬品等等。在一条墓道中，早期的探墓者发现了一只瓣蹼鹬的头骨，被放置在两把镐尖朝内的鹿角镐中间。瓣蹼鹬是一种湿地候鸟，如今在东安格利亚已难觅踪迹。

生命总是能以这样或那样的方式，进入这些不见天日的地下墓穴之中。隔着围栏，我尽可能地靠近其中一间有灯光的墓室。我发现在白垩墙壁上，长出了很大一片藻类。地面上的微风会不时地吹进来，二十年后这里会变成什么样子？我试着去想象，在布雷克兰的沙地上，零星生长着一些绚丽但生命周期短暂的植物。婆婆纳和石竹躲过了人类的控制，在藻类堆肥的土地中生根发芽；这里有可能成为一个完整的地下生态系统，就像在新石器时代布雷克兰仍然幸存的干草原一样，瓣蹼鹬或许可以在帚石南坡地和连绵的冰丘之间繁衍生息。

*   *   *

  燧石是地球上使用最广泛的一种原材料之一，可没人说得 清它是如何形成的，只知道其成分是二氧化硅，存在于白垩岩土中，有可能是在火山爆发的高温高压之下形成。还记得在奇尔特恩丘陵时，似乎总是有不计其数的石头从地底下自己冒出来，当地人认为，这些不过是被烈日烘烤过的白垩岩块，是纯天然的岩石烤饼。而古人究竟是从什么时候开始将燧石凿下来，做成边缘锋利的天然石器，如今已无从考证。有一次，我捡到了一件原始石器，是一种神秘的"黎明石"，其边缘很尖锐，呈现出最初被凿下时的形状；又或许，它是在完全自然的状态下，受到了浮冰挤压，成为了大自然鬼斧神工的一件艺术品。这块石头看上去像两节手指，一端比较尖，其中一节石头的表面有一小块脱落了，形成了一个缺口，好似长笛的吹孔。巧的是，缺口被白垩岩土填满后，在表面成了一个完美的心形，变成了我"心爱"的石头。在我的林地里，我捡到了它。不远处一棵小梣树的树桩旁，还有一块九千万年前的海胆化石，像个圆形的石头面包。

  自然风光的历史变迁，从未像历史学家总结的那样井井有条。岩石的层次总是无序而错位的，从表面上看时常给人一种此地蕴藏丰富的错觉，实则不然。老家林地中的海胆化石，就相当于这片河谷泥炭水坑中的水涯狡蛛，或是帚石南坡地上的公共晾衣绳，两头分别系在死去的橡树和二战后回收的水泥栅栏柱子上。风景作为一种语言，纯粹就是一门散装外语。其中充满了俚语、新词、外来词和时髦用语，却又能让人听得懂。

94　　在"接受治疗"期间，我也曾尝试在我的精神医生面前班门弄斧。我将一段段记忆比喻成一层层泥炭，没有危害却也毫无生机。我认为，记忆中的种种过往犹如泥炭，已然告终。对于一个理性、有自我意识的人而言，脑海中回想起灾难般的恋爱、颓废的生活习惯和与生俱来的缺憾时，是不会伤到自己的，就好比已成化石的花粉颗粒飘落到半腐烂的芦苇丛中，不会产生任何影响。甚至在必要时，这些记忆还可以被翻出来，接受检视和批判。然而，它们却不再鲜活，不再有生命，不再让人有所触动。

　　显而易见，这种愚蠢的类比是我在自欺欺人。在沼泽地里，似乎连泥炭都是固有的，是河谷生活中永恒的、绕不开的存在。一天晚上，我在读书时意外发现，1904 年，弗吉尼亚·伍尔夫（Virginia Woolf）曾在这里度过了一个夏天。那年她 24 岁，住在布洛诺顿庄园（Blo' Norton Hall），骑自行车就能到迪斯镇，想必她一定曾骑车经过了我们的农舍。在日记中，她写到了沼泽风光，蜻蜓嗡嗡飞舞，旋果蚊子草散发着杏仁糖的香气，还提到自己掉进河里的际遇（"虽然沼泽漫步别有意趣，不过还是不要轻易尝试"）。她写道："这片土地别具一格，灰绿的色调，蜿蜒起伏，如梦境一般，让人顿生哲思，流连忘返。恐怕只有心思细腻、技法娴熟的画家，才能渲染出此番意境。"作为资深的生态学家，伍尔夫就像是能预知未来的河乌，构筑起一幅引人入胜的美好愿景。不过，她灵动的想象力可能也赶不上这片水域的变幻莫测。

一千年前，不知名的定居者来到了这片河谷，满怀敬意地给这里起了诸多地名。迪斯的英文"Diss"源自古英语中的"disce"，意思是沟渠或池塘（该镇至今仍有名为"迪斯池塘"的水域）。雷德格雷夫的英文是"Redgrave"，大概是"reed-ditch"（芦苇渠）的意思，不过"red-grove"（红树林）的可能性更大，因为这里有繁茂的赤杨树林。亨德克莱的英文是"Hinderclay"（1095 年前后叫作"Hyldreclea"），意思是深入河汉的狭长地带。塞尔纳汉姆的英文是"Thelnetham"，意思是天鹅常去的小镇（古英语中的天鹅是"elfetu"，属于常见的音节倒置）。布洛诺顿中的"Blo"可能是指荒凉、风吹日晒的意思，正如克莱尔笔下的"荒芜"。在石器时代末期，这一带是灰绿色的河谷，连绵不绝，到处是天鹅和黄华柳。在村民挖的小型泥炭矿坑中，考古学家在每一层泥炭中都发现了柳枝的残迹，说不定已被掩埋上万年了。

与地名相比，这里的正史就没那么有条理了。据《最终税册》[1]

---

1 《最终税册》（*Domesday Book*或简写为*Domesday*），又名"末日审判书"或"温切斯特之书"。是诺曼人征服英格兰期间，在征服者威廉的命令下，于1086 年完成的一次大规模调查的记录，主要目的是清查英格兰各地的人口、土地和财产情况，以便征税。"Domesday"在中古英语中意为"最终的审判"，这一名称自12 世纪开始使用，强调了这份记录的最终性和权威性。——编者注

记载，11 世纪时，此地几乎没有大型庄园主，只有大量的农户。直到 19 世纪初，当地人仍在这片公地上过着自给自足的生活。这里实在太过潮湿，无法进行更多的开发和建设。与世界上其他地区的农民类似，当地人的日常生活也是挖泥炭当燃料，割荆棘烧面包炉，用芦苇和莎草做屋顶，家里养着一头牛或几只鹅，在灌木丛中摘水果，用田里收获的玉米做面包。冬天来临时，亦同别处生活在沼泽地区的人一样，会过上两栖生活，在田地里抓野鸡，在沼泽里捞河鳗。农户家的人口一般不多，主要靠种植和出口麻赚钱。成千上万块田地和花园中都种着麻。人们自产自销，发展出一种家庭农业经济模式。许多种植者会将麻泡在池塘中去除秸秆，再用自己生产的麻线来织布。南罗帕姆（South Lopham）位于诺福克郡境内，毗邻大沼泽，在 19 世纪是英国皇家的御用麻布生产地。这里的生活虽不富裕，但也不存在工资雇佣关系下的剥削。用J. M. 尼森（J. M. Neeson）的话来说，公地居民"过着为生活而不是为生存的日子"。

1815 年至 1820 年，圈地运动导致当地大量公地消失、耕地重新开垦，家庭农业经济开始走向终结（尽管这并非当地的主要风光）。大部分沼泽里的水都被抽干了。然而，不知是出于慷慨还是不安，土地所有者分给农民十几亩牧场和菜地作为"穷人自留地"以示补偿，这比英格兰许多其他地区分给农民的都要多。经过重新规划和整合后的地域，更适合资本主义经济的发展，逐步在农业中占据了主导地位。面对价格更高的小麦，曾经用途广泛的麻渐渐退出了历史舞台。

如今保留下来的，只剩一些传统仪式的余韵。圈地运动过后，韦斯顿市场村的村民进行了一场小型割莎草比赛，拙劣地模仿公平而复杂的公地时代的传统。铃声响起，圈地运动后幸存下来的公地居民争先恐后地奔向沼泽，尽可能多地割草。几个小时之后，铃声再次响起，割草比赛结束。基金会的管理人员接手把剩下的草割完，并把赚到的钱分给穷人，当作救济金。

从诺福克郡最早的详细的地图上，可以一眼看出失去土地的规模。1797 年，英国国王乔治三世的地理学家威廉·法登（William Faden）出版了自己精心勘测的诺福克郡一英寸地图（即图上一英寸 [1] 代表实地一英里 [2]）。当时，议会圈地运动（Parliamentary Enclosure）刚刚进入最激烈的时期，野心勃勃的土地所有者出于对自身利益的考虑，格外关注公地的归属。公地位于布雷克兰和沃什（Wash）附近的沼泽区域，它们才是这片风景的主角。在诺福克郡，公地的灌木丛、莎草沼泽、宽阔的公路的边缘（当地人称之为"带状草地"）、绿色牧场和仅存的旷野，怀抱和环绕着几乎每一个村庄。韦弗尼河的北岸曾经是一方方纵横交错的公地，有的地方宽达六七公里，从迪斯镇一路延伸向到塞特福德镇。可到了 1850 年，这些几乎全部消失了，统统被犁为耕地或用来植树造林。

1　1 英寸约为 2.54 厘米。——编者注

2　1 英里约为 1.61 公里。——编者注

　　自然风景中，四处散落着历史遗留下来的痕迹。路旁的标识牌依然伫立，只是上面标注的地名早已不复存在。每天，我几乎都会路过沼泽，沿途都是抽干了的湿地和被改造为耕地的荒地；昔日的高公地和低公地，而今变成了光秃秃的耕地（近日来强制执行耕地开发的情形屡见不鲜）；还有坡地上的帚石南灌木丛，也都被清理得一干二净。但是，那种固有的、对自然的向往和牵绊，却不可能完全被斩断。河谷的内核，依然是那一抹激动人心的野性色彩，依然是非物质主义意义上的"穷人的自留地"。

97

　　还有那些沟渠，也是难得幸存下来的本地景观。这里有护城河拱卫的庄园，有水渠环绕的农舍和堆谷场。星罗棋布的沟渠包围着整个村庄的草地。在废弃的庄园遗址上，它们就像神秘的墓道暗壕，横亘在野地里。最初挖这些沟渠时，用途各异，有的为了储水，有的为了用作饮牛槽、泄洪渠、鱼塘或界碑。在独栋庄园周围的水渠，无疑也是身份的象征，就像今天的鹅卵石车道一样。几百年后，它们变成了特色水景。平房的门前也有自己的水沟，像红头潜鸭一样醒目。有些水渠修成了装饰性的池塘，还配有露台和铸铁的苍鹭雕塑（有时真的苍鹭也会在此歇脚驻足）。有些沟渠直接与沼泽相连，周围长满了茂密的旋果蚊子草和柳叶菜。沟渠与静默无声的化石不同，它们喃喃讲述着此地的风景，与动人的民间传说一样，经久不息，随遇而安。

梅利斯村的如茵绿原上也有众多水渠环绕，罗杰·迪金[1]家的水渠便是其中之一。它有一个特别的用途，那就是游泳。罗杰几乎每天早上都会游上几圈。燥热的午后，他还会劝别人也下去游泳。去年夏天，有好几拨女作家来这儿畅游，她们鱼贯而入，时不时地从水面的浮萍和飞舞的蜻蜓中探出头来。罗杰是一个真正意义上的公地居民。之所以这么说，不是因为他一直居住在公地上，而是因为他的生活方式。要不是他骨子里多少有些桀骜不驯，我怀疑他会继承传统的公地经营模式，以此作为自己的事业。他的人生充满了一种信念：人只要有智慧，能以友善和尊重之心对待他人，那么无论与谁为伴，都能做成事情。三十年前，他重建了一座废弃的 16 世纪农舍。他从零开始学习砍木头，布水管，一步步将农舍打造成了一座梦幻的世外桃源：荒地变成了柔软的草场和成片的新林地（这里的大部分树并不是一排排栽种的，而是一圈圈栽种的）；谷仓里堆满了瓦楞铁板、粗加工的木头、捡来的石头、堪培拉轰炸机的驾驶舱、大卫·纳什风格的自制椴树雕，以及废弃的雪铁龙汽车；荒废的磨坊四周，现在是一块块整齐的菜地和树木苗圃（杂草有助于保持泥土湿润）；曾经的牧羊人棚舍被改造成了休憩的小木屋，天气炎热时可在这里避暑，或者碰上水渠的水质不佳时，早上游完泳还可以在小木屋外面洗个澡。罗杰相信，生活是一层一层铺垫而成的。比如，面对

98

1　罗杰·迪金（Roger Deakin），即前文提到的罗杰。——编者注

一堆莱兰柏树凋零的枝叶，他本能的反应不是用火烧，而是在上面铺一层玫瑰。他总会选择时间最漫长的办法解决问题，因此，也总会遇到最多的变数与乐趣。萨福克郡潮湿的缝隙孕育了他的杰作《浸没》（*Waterlog*），这部作品是对游泳作为水的最普遍用途的赞颂，也是一种进入第二元素[1]的私密途径。

现在，他正在写一本后续的关于树林的书。（这本书的主题是"树林与水体：两者为何令我们魂牵梦萦"。）整个冬天，我都没怎么见他。晚秋时节，他前往吉尔吉斯斯坦徒步旅行。那里的山林中，还生长着现代人工种植的苹果和核桃的原始品种。他和半游牧部落住在一起。在坚果丰收的季节，这些部落会在森林里安营扎寨三个月，以野果、蜂蜜、酸奶和羊肉为食。他回来时，带的山核桃比他的行李还要多。他把遇到的所有不同尺寸和不同品质的核桃都带回来了，还分别标注了它们的吉尔吉斯斯坦语名字。接着，他又出发前往澳大利亚的雨林。最近一次与他联系是在跨年夜，当时我们通了电话。他刚刚目睹了在悉尼熊熊燃烧的森林大火中，桉树爆胶的场景，紧张的情绪还未平复下来。

他每次出门时，我都很想念他。他一向乐观，而且很有远见。我们聊天时说的话只有我们自己才懂。"早上，在沼泽地里看到了一只大黄蜂。""正常，这里可是大黄蜂之乡。""估计它这次有

1　此处化用英国女歌手莎拉·布莱曼（Sarah Brightman）的专辑《潜》（*Dive*）中的歌曲《第二元素》（*The Second Element*）的名称。这张专辑的主题是水和海洋，每一首歌都与水有关。——编者注

去无回了。希望明年还能见到它的后代。"罗杰对昆虫有着天马行空的想象力。他打算用蟋蟀制作一架"电子琴",因为蟋蟀可以随着温度的变化,改变其鸣叫的音调。他设想将蟋蟀装进玻璃管,通过键盘来控制温度的升降。事实上,罗杰是个连苍蝇都不愿伤害的人。在我康复期间,曾去他家小住。有一次,我们正吃着晚饭,一只巨大的橙色裳夜蛾不小心飞了进来。我们想把它赶出去,但各种尝试都失败了。于是,他索性关掉了屋里所有的灯,敞开大门,在花园里放了一盏硕大的马灯。虽然我们只能摸黑吃完了晚饭,但蛾子却重获自由,拥抱了属于它的夜晚。

现在,罗杰已经回到了家里。他在忙着做一个新项目,也可以说是重启一个老项目。关于牧牛古道(Cow Pasture Lane)的故事再次浮出水面。牧牛古道如今是一条车道,过去曾是连接公地和绿地的古道之一。20世纪80年代,有个农民想独占这块几百年来一直作为公用道路的土地,将这里挖得惨不忍睹。罗杰发起了激烈的反对活动,抵制这种粗鲁的破坏行为,并成功保住了大部分古道。可就在前不久,这个农民又犁了另一段古道。现在,当地政府开始重新关注此事,并考虑将整条古道升级为公路。这样一来,要求农民将新犁的耕地恢复为公路,就有了政策依据。而罗杰需要做的,就是搜集更多证据,证明这条古道的历史渊源。当地规划部门安排了简来到梅利斯村进行实地调查,听取我们的意见。

因此,几天后,我便来到了罗杰的农场,参加一个关于实

地勘测的短会。罗杰的客厅布置得像作战指挥室一样，桌子上摆
100 满了旧地图和航拍照片，每张图上都有这条古道，最早可追溯到
1783 年。然而，这些都是旧日风光了。于是，我们带着简亲自走
了一遍古道，去寻找那些至今依然存在的遗迹。为了让这段经历
更加生动和深刻，我和罗杰采用莎士比亚喜剧经典的三段式结构
来呈现。罗杰先是展示了这条古道的种种地貌奇观，着实令人心
旷神怡。接下来我便登场，介绍起沿途各种古老的植物，进一步
争取简。之后，罗杰巧妙地将历史的外衣，披在了一条"铺好"
的岔路上，这条岔路穿过一条小溪，一直以来都是土地所有者和
市政规划者感到困惑的地方。罗杰耐心地解释道："此处没有路
面，但实际上是用石头铺成，请看水底的铺路石。"我们仔细观
察着，很快就找到了三块幸存的平坦浑圆的砾石。这石头一定是
从萨福克郡以外的地方运过来的。

　　不过，这条古道根本不需要我们大张旗鼓地去介绍，它的
生态布局本身就自证了它的起源。整条路都很宽阔，宽到足以放
牧，路两旁常见许多自然形成的小水湾，供牛群驻足休息。路边
的草地里，长满了古老栖息地的植被：报春花、欧洲对开蕨、山
靛，甚至还有一株在萨福克郡被称为臭铁筷子的铁筷子属活的植
物标本（是通过病牛皮下的挂绳或"泄液线"传到此地的）。古
道沿途的树篱并不是乡村规划中常见的、成排的山楂树，而是东
安格利亚古老林地典型的混合植物群：桉树、枫树、榛树，还有
一些鹅耳枥和橡树。这些树木虽不是人们有意种植的，但会定期

进行修剪。按照当地的传统，每隔八至十年，就会将这些树木从头到脚修剪一回。有些树桩已经在路旁生长了几个世纪，宽度达到两米半。此地的橡树同样千奇百怪，每一棵都形态各异。有的树冠形状像棒棒糖或蘑菇头；有的树干弯曲了，有的生着毛刺；有的树皮很光滑，有的长着疤；有的橡子是圆形的，有的是子弹形的。正是这种复杂多样的野生橡树林，而不是一排排苗圃培植的扦插树苗，满足了人们对自然野性的无限遐想。

　　牧牛古道曾是一条原始车道，是从野树林中踏出来的。林地被砍伐用于耕地之后，这条路作为边界被保留了下来。中世纪时，这里是公地的一条车道，两侧树篱也依然存在。不过，根据我的大胆猜测，这条古道的历史其实比这更早，很可能与周围的景观布局一样，可以追溯到铁器时代。倘若果真如此，那么，这条古道其实比当地的大部分公地和绿地（一开始很可能是作为旅人的过夜地点而形成的）出现得更早，当然也要比沿途的定居点出现得更早。

　　回到家，我又开始拿着地图异想天开，想尝试沿着丛林中的小径和偏僻古老的小路追溯牧牛古道，看看它究竟会延伸到哪里。我顺着弗兹路（Furzeway）和丽兹路（Lizzie's Lane）的倾斜角度，向西北偏北的方向追踪，来到了曾经的雷德格雷夫公地，接着穿过沼泽，来到了布罗德大道（Broadway）。此地分别连接着加伯尔迪舍姆村（Garboldisham）和哈林教区（Harling）。继续向前，是布里德汉姆大道（High Bridgham）和

101

东安格利亚历史最悠久的德洛夫古道（Drove）。这条古道穿过了布雷克兰昔日的许多羊肠小路，一直延伸到格莱姆斯墓矿。有朝一日，我一定要试试，在这条古道上骑车是什么感觉。几周之后，我们接到通知，地方议会已经同意为牧牛古道正名。

*　　　　*　　　　*

那次短暂参与公共事务的经历让我的良心得到了慰藉。我明白，在我投身于农舍周边只有少数人能懂的事业中，试图把自己的生活安排得井井有条时，我很可能会变得与世俗世界格格不入。我依然觉得，我的这次"涂鸦"并没有为世界做出多大贡献，我渴望能做一些更加坚定、引起人们更多注意的事情，比如画一幅洞穴壁画，建造一所牧羊人小屋，拯救这片沼泽等。通过电视的小小屏幕，我发现河谷外的世界似乎越来越遥不可及，越来越不真实。窗外，雨一直在下。农作物喷雾器在地里来来回回。我不知道，王室管家的丑闻、道琼斯指数的涨跌，跟我究竟有什么关系。我内心的满足感，只有到了中年才学会烤面包的人能懂。我觉得自己活通透了，慢慢变成了一个适合在沼泽地区生活的人。乔纳森·贝特对浪漫主义的评价回荡在我的耳边："过度沉迷于探寻事物的精神，其代价是与人类社会的彻底决裂。泛神主义取代了慈善事业，与自然的交流代替了社会意识。"

但是，说实话，我完全没有自鸣得意的意思，也不觉得自己与社会脱节。搬到东安格利亚还不到半年，我就觉得自己又重新掌控了人生，有一种脚踏实地的感觉。我在这里生活，闲暇时听听收音机，看看报纸。我给杂志写写文章，回应了两名动物学爱好者针对《不列颠植物志》提出的尖锐评论。在情感上，我对自己的支持达到了前所未有的高度。波莉给了我陪伴与慰藉，但她还没有真正成为我的伴侣。这一点，我别无选择，只能坚强。而且，我还莫名地感受到了自己的爱国热情，并不是无脑地宣扬民族主义，而是对我的祖国、我的新家园的感情越来越深。我不认为，在没有对他人构成敌意的前提下，喜欢自己的家是一种不好的情绪。这才是真正的自然流露。而且这也具有生态意义，一切生物都忠于自己脚下的土地，并不代表对他者的不敬。这片河谷以及栖息在此的生灵都待我不薄，我钦佩这片土地蕴藏的了不起的独立性和创造力，这种精神不仅在这里存活了下来，而且变得日益丰满强健。

所以，我内心固有的无拘无束者与湿地居民的新身份合二为一。当政客在新闻中大谈特谈伊拉克战争时，政治、外交及"自然保护改革派"似乎陷入了一个自我指涉的怪圈，永远都在对上一次意识形态冒险的危害进行修复。在我看来，这就像一种政治上的医源性疾病，一种因治疗不当而引发的慢性病。

在半明半暗的橡树小屋中，我看着"自然"类节目，寻找安慰。猫咪小黑似乎很不高兴，趴在我腿上，背对着电视。老虎也是猫科动物，但是猫咪，显然无法理解自己的大表哥。猫坚定地活在自己的世界里，只有当电视上出现它们熟悉的麻雀或知更鸟时，才会凑近屏幕，目不转睛。很快，我就理解了小黑对电视的厌烦。电视上，食肉动物追逐猎物的镜头，以及对大自然复杂性的夸张呈现，似乎在无休无止地循环播放。鸟儿身上安装了微型摄像机，以便人类能够"从它们的角度"观察世界。恐龙和穴居人以动画形象，出演尼采（Nietzsche）和芭芭拉·卡德兰[1]合编的剧本，在经历了极度痛苦的家庭情感剧桥段之后，直奔编剧为其预设的归宿。所有的节目，不论其初衷多么高尚，似乎都在贬低自然。动物要么被当成玩物或恼人的麻烦，要么则是用来满足人们猎奇的私欲。电视上总是有各类名为《奇怪的动物》（*Weird Animals*）、《极端的动物》（*Extreme Animals*）、《动物杀手》（*Animal Killers*）的系列节目。几乎各大电视台都有一档热门节目是年轻男性主持的动物节目，主持人穿得像利文斯通医生[2]一样，西装革履，却不停地折磨那些无助的爬行动物，试图引诱它们反击。（他们的着装方式，仿佛是历史重现。维多利亚时代，人们在炫耀战利品时，也是同样的打扮。他们将捕获的战利品堆在一起，故意露出猎物的獠牙，以证明它们就该被猎杀。）画面的焦点和图像的速度跟随摄影机不停地变化，全然不考虑这种变化是否合

1　芭芭拉·卡德兰（Barbara Cartland, 1901—2000），英国畅销书女作家，以写爱情小说而闻名。——编者注

2　利文斯通医生（Dr Livingstone），即大卫·利文斯通（David Livingstone），英国探险家、医生、传教士，维多利亚瀑布和马拉维湖的发现者，非洲探险的最伟大人物之一。——编者注

适。于是，图像带给人的感受，已完全脱离了真实的体验感。（我记得，在为数不多的关于植物的纪录片中，有一部就是以这种处理技术为基础，不出所料，名字叫作《叶子的战斗》[*The Battle of the Leaves*]。影片利用了夸张的延时摄影，在风吹动之下，叶子仿佛真的在与蜿蜒的藤蔓打架。这种失真的镜头与影片暗中嘲讽的"感伤"观点一样，都是在将植物拟人化。）而等待我们的，是关于这一切的归谬反证（*reductio ad absurdum*）。英国独立电视台曾制作过一档《人兽大战》（*Man vs Beast*）系列节目，将人们直接带回了古罗马斗兽场。影片中，大象与44个小矮人比赛拉动一架麦道DC10客机；熊和人比赛吃热狗；一只猩猩和一群壮汉比赛拔河。电视台以为观众会喜欢这种节目，可意想不到的是，观众却爆发了抗议的浪潮，直接导致节目被叫停。

　　我把台调到了大卫·爱登堡（David Attenborough）的纪录片《哺乳类全传》（*The Life of Mammals*），希望能好一点。可是，食肉动物的循环依然在上演，而且还明确假定了自然界中等级制度的重要性。每一集的主角都在不断进化，体型也越来越直立，循着"存在之链"[1]的等级一路攀爬，直至最后一集中介绍的《超级哺乳动物》（*Super Mammal*）——一种可以制造战争和电视纪录片的物种。不过，在倒数第二集中，有一个故事乍看似乎打

1　"存在之链"（Great Chain of Being），18世纪欧洲神学概念，是万物自上而下的分级。在"存在之链"中，上帝居首，其下依次是天使、人类、动物、植物、矿物。每一级都不可上下移动，否则会破坏整个宇宙的秩序条理，违反天意。——编者注

破了侵略与竞争的一般定式。这集是关于一群猴子，如何跨越物
种屏障，开展交流与合作的故事。爱登堡讲述了，森林中不同等
级的不同物种是如何发现危险即将到来，并发出"捕食者来袭专
用"的警报让同类四散逃命的。他称之为"世界上最特别的反捕
食联盟之一"（这样的形容略显夸张；小黑每次到花园中时，也
会引起同样的骚动），说着他便拖出一只玩具猎豹，就是直接可
以在商场玩具店里买到的那种，目的是为了哄骗猴子们发出"有
豹来袭"的警告声。猴子是幽默风趣、善于交际的动物，它们当
然会配合。但据我所知，它们发出的很可能只是笑声而已。

105   我还是不太相信这段内容，于是重新看了一遍。爱登堡从正
面展现了整个故事，用那种观众熟悉的方式娓娓道来。仿佛早已
心领神会，他的视线掠过肩头望向远处，接着拉开窗帘，准备给
观众展示一些好东西。这时，一只替代性的玩具豹子映入眼帘。
坦率讲，整集节目的策划目的就是一场动物的怪胎表演。这与
"马戏之王"费尼尔司·T.巴纳姆（Phineas T. Barnum）开创的
"地球上最伟大的表演"一脉相承。巴纳姆自己也曾表示，不知
这种表演在 21 世纪会产生何种回响。

        我想起来，法国作家科莱特（Colette）曾在 20 世纪 30 年
代，评论过这种对动物的隐秘剥削行为。在她一些比较私人化的
文章中，她一直在探寻自己与动物的关系。她写过蟒蛇的柔软蜿
蜒，听见过自家小狗的异样心率，还曾为了自己的猫，与蜥蜴做
交易。在参观了位于文森（Vincennes）的一所动物园之后，心

碎的她表达了这样的信条：

> 动物园故意不给豹子喂食，等它饿极了再放出去，山羊为了保护自己的孩子，奋力抗争，被豹子咬断了喉咙。毕竟，被动的受害者并没有什么意思，打斗的场面要激烈一些才好。面对这样的情景，我们作为观众甚至也并不无辜。我梦想着，人类可以离这些野生动物远一些，人离开了动物也能生存，让动物在它们的出生地不被打扰地繁衍生息。我们应该忘掉动物的真实样子。只有这样，人类才能再次迸发出想象力。

而我离不开野生动物。我推测，人类离开了动物，也将无法生存。动物与人类的起源、生命的源泉息息相关，动物有着不以人的意志为转移的进化方式和智慧，是人之所以为人的衡量标准的参照物。如果没有动物，人类根本无法预测，将会有怎样的后果。让动物仅仅存在于人的梦想和传说中，使动物与人彻底隔绝，实在是难以想象。但是，这并不是在否定科莱特的观点，人与动物的关系，的确应该通过想象和尊重来维系，而不应该以剥削、控制和管理来实现，即便这种操控只存在于舞台之上，也不应该。我很想知道，在这些电视节目的策划者和制片人心中，我们，或者更确切地说，他们，与大自然之间的关系是什么。他们是不是把自己当成了马戏团的导演，把我们当成了在一旁拍手叫

106

好的观众？毋庸置疑的是，在丰富大众对自然界的印象、激发人们对自然的兴趣方面，这些人还是有功劳的。但是，他们将人类和自然的关系引向了何处？电视本该是最具表现力和灵活性的传播媒介之一，其从业人员的远大志向，难道就是传播这样的信息吗？他们对世界的看法，是否同18世纪那些摆弄"珍奇柜"的收藏家们一样，不过是将其作为娱乐与消遣的方式，玻璃柜里陈列的五花八门的小玩意儿只是用来满足人们的猎奇之心？他们是否真的认为，用技术手段去诠释自然，让自然在我们眼前变得更慢、更近、更大，真的会有助于人类更好地融入其中？而讽刺的是，那些所谓的"一流"纪录片的目的，是为了阻止人类侵犯自然，或是表达人类与自然是同一个生物圈的平等主体，然而，事实上，整部商业纪录片的拍摄过程，其中强烈传达出的自然界是客体而非主体的观点，影片对故事情节的操控，及其对人类行为复杂性的刻意辩解，已经是你能想象到的、对大自然最全方位的侵害了。

四百年前，弗朗西斯·培根（Francis Bacon）写出了令上述制片人奉若圭臬的剧本。他清楚地呈现了，从有机自然观，到现代世界的机械主义还原论的转变过程。他写道，自然"必须服务于"人类，并接受科学的改造。大自然的"探子和间谍"要去发现她的"阴谋和秘密"，"只有经历反复试验和苦思冥想的艺术（即科学），大自然才能更加充分地展现自己的魅力"。

继培根之后，人与自然关系的演变，渐渐发展为一个让人熟悉而又沮丧的故事。电视所"呈现"的大自然是局限、片面的，相当于古老权力游戏之下的一个过审版本。如果从历史的角度看，绝大多数普通人的一生，都是在对自然的恐惧和惊叹中度过的。在人类的传统哲学思想中，从先知摩西到牛顿等科学家，他们都理所当然地一致认为，人类在自然中的地位是至高无上的，其他一切生灵，皆是为了人类的利益而存在。在 17、18 世纪启蒙运动期间，这种假设表现为人们强烈地渴望，能够理解并解读上帝的完美安排。正如培根所言，科学将成为人类称霸的新手段，其目的是"拓宽人类帝国的边界，影响一切可能影响的事物"。偶尔，像吉尔伯特·怀特那样，全神贯注地观察自然界的微小细节，会让我们对这些生物伙伴产生真正的尊重。然而大多数人，即便被大自然的美丽与神秘所打动，也依然将自己视作自然的核心，万物的焦点。

　　而到了 19、20 世纪，沉醉于机械论自然观的人类，也渐渐开始意识到，人与自然之间的关联性与脆弱性。不论人类是否愿意，人类都只是错综复杂的自然网络中的一部分。这种领悟，本该让人类停下自大的脚步，变得更温柔、更谨慎、更感激这个星球上纷繁多样的惊喜和绚丽多彩的创造力。可惜，陈腐的思想在人类文化中早已根深蒂固，因此没过多久，在维多利亚时代的帝国主义和霸道的家长做派的煽动下，这种思想又重新抬头。人类将成为大自然的主人，像打理农场那样去驯服大自然，或者干脆对其进行殖民统治。或许，正如伟大的生物学家刘易斯·托马斯

（Lewis Thomas）所言，这是唯一现实的观点：

> 未来令人绝望。现在，我们对世间万物的亲缘关系
> 有了新的认识，可我们依然像19世纪的古人一样，大
> 摇大摆地走在开阔的大自然中，渴望征服自然，驯化自
> 然。我们无法停止这种控制欲，除非人类彻底消亡。我
> 们发明了这种方式，并靠这种方式发展壮大。我们就是
> 这样的物种。

这是一个令人沮丧的、失败主义者的结论。就连托马斯本人，似乎也为此感到不安。他设想了一种长期的、广泛的"解决办法"，即"人类作为地球的勤杂工，维护人类与地球和谐共生的状态、储存信息、做一些美化和装扮地球的工作……这类事情"。（我曾经将托马斯的这种比喻大致讲给了詹姆斯·洛夫洛克，他从"盖亚假说"的角度，巧妙地换了一种说法："给地球打工，没错，我喜欢这个理论！"）

这是一个比"大自然的主人"更谦逊、更有用的角色，既能在一定程度上发挥人类的天赋和才能，又尊重了生态环境的自发性和创造性。不过，尽管洛夫洛克的本意是友善的，但他的观点依然停留在世俗和功利的角度，忽视了人与自然之间古老而复杂的情感羁绊。美国环境保护主义学者比尔·麦吉本（Bill McKibben）曾如此写道，也算是回应托马斯的观点："难道这就

是人类的命运？去'打理'这个世界，'管理'大自然，'监护'所有的生灵？为了做好这项工作，我们需要牺牲大自然的神秘，抹杀生命的苦辣酸甜和这个生机勃勃的世界？"

今天，最常用来形容人类角色的词是"管家"。我们是星球家园的管理者，有责任去保护并合理规划地球资源。当然，管家是一方的代理人。可我们并非总能分得清，自己究竟是谁的管家。最近这些年，我们不再是上帝的管家，而更多的是人类的管家，子孙后代的管家，却唯独不是大自然的管家。（"人类是大自然的管家"这一观点，多少也带着一丝人类的傲慢。毕竟在没有人类的数十亿年间，大自然实则自我管理得很好。）主流的环保主义，是毫不避讳的功利主义且以人为核心，其基础是开明的利己主义：我们想要一个健康的、无污染的、物种丰富的生态系统，只因我们未来的物质来源取决于此。

当然，一切有机体，包括人类，都有权从大自然中获得利于自身物种生存延续的一块蛋糕。"管家论"的根本问题不在于人类获取自己那块蛋糕，而在于人类认为，自己也拥有权力或责任，去决定其他物种分得的蛋糕。这种管理关系从本质上讲，是一种"我们"与"它们"的关系。这实则是在一个整体的生态系统中，根据权力和重要性，对物种进行划分。不论这种做法是多么善意的，都带有专制独裁的印记，而专制才是产生人类试图治愈的生态危机的根本原因。人类倾向于将大自然视作一个静态系统，忽略其动态发展过程，比如自然的演替、栖息地的迁移、自然灾害、自然的自我修复和自我发展等等。人类强调的是照顾自然，而非关心自然，并将全面管理自然视为人类"自然工作"的目标，而不是将其作为一种构建人与自然更公平关系的方式。最重要的恐怕是，这种思路隐晦地将需要被照管的对象塑造为非人类世界，实际上，人类才是应该被照管的对象。对大自然的"呈现"就属于这种套路，轻易地对非人类世界做出安排，认为它是固定的、成套的、可知且可消费的。

110 　　约翰·克莱尔并不是一个自然的呈现者。在政治层面，他是大自然的代言人、代表和管家。他的作品是将某些"特殊的地点"忠实地写下来，而不是主观地添油加醋地描写；作为其生灵同伴的代言人，他从未表现出肤浅的"认同感"，而是一种与之休戚相关的领悟。有人担心写作或许会切断他与自然的联系，他却以吟游诗人的身份，再次投进大自然的怀抱，帮助那些被边缘化的大多数吐露心声。在他的作品《剑井的悲歌》(*The Lament of Swordy Well*) 中，他化身为"一片土地"，被"卑鄙的圈地"和"利益的贪婪之手"疯狂压迫和剥削。在其迷人的长诗《夜莺之巢》(*The Nightingale's Nest*) 中，克莱尔承认，自己与这只长着普通"赤褐色"羽毛的夜莺有相似之处，并看着它在"蕨叶盘绕蔓生之处/榛树伸展开的枝杈下"放声歌唱：

> ……盛夏里，最开心的事情
> 莫过于用幸福的幻想充实她的生活

对我而言，亦是如此

克莱尔和夜莺的关系是否可以代表某种文化共生呢？双方相通的欢喜是不是他对鸟儿思慕之心的回报？

优秀的电视纪录片在观察大自然时的热爱和用心程度，堪比克莱尔。摄影师耐心地守着漫漫长夜，让人不由得联想到克莱尔的那句："嘘，轻点儿关门。"但是，冷静而客观的镜头呈现，却很难看出诗人与自然共情的影子，也很难感受到诗人那种对自然的珍视之心而非照顾之情。

电视上的新闻令我烦躁和沮丧，我甚至迟疑了一会儿，不确定节目内容是否真的更换过。首相大人又在陈述攻打伊拉克的理由。推心置腹，忧心忡忡，面带虔诚，是他一贯的风格。他在断案，最终他将找到证据，让真相大白于天下。伊拉克人拥有"大规模杀伤性武器"，尽管截至目前，并没有人真的找到了这些武器。伊拉克人是国际恐怖主义阴谋的参与者，是首相发誓要讨伐的对象。相信他的话，他知道得最清楚，没有他不知道的。似乎下一秒他就会推出一个萨达姆·侯赛因的模型，来激起英国公众山呼海啸般的声讨和反对。

或许，看大人物们在电视上指点江山，并不是理解人类、理解自然的最佳途径。不过，或许从另一个角度看，反倒是可以将这些人看个清楚。不管怎么说，这都是一个让人懊丧的夜晚。维多利亚时代创造的"存在之链",已越来越像一座大金字塔,而越往下越拥挤。

　　关于要不要参加 2003 年 2 月 15 日举行的反战大游行,许多人都进行了深思熟虑。没有人想让萨达姆好过,但也没有人希望事件升级,演变成 20 世纪 70 年代那种街头暴乱。当年的事情让许多人对政治活动望而却步。但是,整个国家都沉浸在一种显而易见的愤怒当中。似乎在重大事件面前,体面和民主都被扔到了一旁。最终,我们河谷里的两百位村民自愿来到了泰晤士河畔,加入了两百万人的队伍。后来,这次集会成为了英国史上最大的抗议活动,而且在整个西方世界,都可能是规模最大的一次。有九成的抗议者从未参加过任何示威活动,他们的状态谨慎而有主见,态度十分坚决,而且还游行出了一种节日的氛围,因为示威其实也是在庆祝大家共同的信仰和感受。显然,将人们从四面八方聚到此地、进行这次大规模街头游行的原因,不仅仅是因为战争,还出于一种日渐强烈的被剥夺感。那天,最受欢迎的标语是"要喝茶,不要打仗",确实非常应景。数不清的社会团体和派系,打着为了我们的旗号,策划着一系列有预谋的暴力活动,这些似乎与遥不可及的政府智囊团,为伊拉克制造武器的、不负责任的跨国石油公司和军火集团,以及所有庞大笨重、脱离群众的国家机器脱不了干系。

　　在我心里,还有一团火在燃烧。那就是返回欧洲的夏季候

鸟——燕子、斑鸠和布谷鸟，它们从非洲出发，途经底格里斯
河、幼发拉底河流域和伊拉克中部，沿着东部路线，一路向北。
如今，在它们每年必经的从南向北、从贫穷到富饶的这条狭窄归
途上，它们需要对抗的是英美轰炸机和萨达姆的喷气式飞机。

*　　　　　*　　　　　*

　　接下来一个月，我回了趟奇尔特恩老家。我不知道，自己
这样做是否明智。人们常说，你应该和过去一刀两断，不要回头
看。但是，奇尔特恩有我过去的人生，是我的根，不管怎么说，
都是它造就了今天的我。那里塑造了我全身的骨骼，给我支撑，
有我浪漫的初体验，也是我写作的源泉。我要回去一趟，哪怕只
为搞清楚，老家山坡上的那片树林在我心里是否依然存在，还是
已经和那些阴郁的幽灵一道，彻底消失了。我觉得自己是想念它
们的，但我也说不清楚。在我生病时，心理医生总是劝我去那片
山林走走。有一次，我去山里看赤鸢，他刚巧遇到了我；我猜，
那次他看出了我曾经的样子，也明白了这些鸟儿对我的意义。他
曾提出，想带我回去看看；还说会帮我解决午餐，再带我回来。
即便如此，我也不敢接受。我之所以退缩，是害怕自己可能会变
得完全冷漠，害怕自己发觉（就我当时的感受而言）已经忘却了
曾经让我感动至深的那些记忆。高高的奇尔特恩丘陵和那里自由
飞翔的鸢，是我的试金石。我必须鼓起勇气，看看自己能否失而

113

复得。

奇尔特恩鸢的故事十分温馨。在英格兰，这种鸟曾经很常见。然而在 19 世纪，在捕猎者的围剿下，它们近乎绝迹，因为鸢以捕食雏雉鸡为食，还会叼走人们晾晒的衣物，装饰自己的鸟巢。在《冬天的故事》（*The Winter's Tale*）中，本身就爱偷些小东西的奥托吕科斯[1]警告道："鸢筑巢时，看好自己的麻布衣。"在威尔士中部地区，锡尔迪金郡（Ceredigion）的城堡附近，捕猎者相对较少。只有在这里，鸢作为一种野生动物，才得以幸存。它们缓慢而稳定地繁殖，活动范围逐渐扩张，但要想跨越英格兰和威尔士的边界奥法堤（Offa's Dyke），还差得远。于是，在 20 世纪 80 年代末期，自然保护委员会决定向鸟儿伸出援助之手，将几对西班牙出生的鸢带到了英格兰，并在石油大亨约翰·保罗·盖蒂（John Paul Getty）位于奇尔特恩的庄园里放生。这里距离伊布斯通村（Ibstone）不远，环境与鸢在欧洲丘陵地带的稀树草原栖息地十分接近。鸢似乎很喜欢这里，也愿意留在此地繁殖。1990 年，我在M40公路上，偶然邂逅了自己人生中的第一只鸢。曾几何时，鸢是我可望而不可即的追求，是东南地区野性荒原的象征。当我的思绪天马行空时，我还常常把鸢视作凯尔特人祖先的象征。

于是，三月的某天午后，我开车南下，去完成自己未了的

1　奥托吕科斯（Autolycus），希腊神话中赫尔墨斯之子。从父学得欺诈、盗窃之术，以巧于偷盗著称。——译者注

心愿。其中有一段路，是我从前每半个月去看一次心理医生的必
经之路。沿途的风景，是刚刚送走冬天的山林，荒凉、芜杂又蠢
蠢欲动。天气凉爽，有风，不知道这一路会不会看见鸢。我走
的还是那条老路。沿着山脚的小路开车，途经金斯顿布朗特村 114
（Kingston Blount），然后道路突然转向东边，进入了山谷地带。

　　看，鸢出现了！灰色天空中，远远望去，每一只滑翔的大鸟
都像是鸢。瞧，它们向高空飞去，盘旋着，翱翔着，犹如两把弯
弓，射向山上的树林。它们朝我这边飞来，徐徐地，乘着风，滑
过气流的漩涡。距离越来越近，我能清楚地看到，它们的躯干
和尾部掀起的赤褐色羽毛。它们啼鸣着，啸叫着，声音在风中飘
散，离我越来越远。我开车继续向南，进入了高原地带。这里的
天空，到处都是鸢的身影。它们在村庄上空飞翔嬉戏，乘风破
浪，掠过农舍上空，降落到鸟舍的高度。中途，我在一家餐厅吃
午饭。透过窗户，我看到鸢飞过树篱，在空中划出一道长长的弧
线。我来到室外，想近距离地观察。一只鸢掉转方向，顺着风飞
走了。它轻松地张开翅膀，让空气托住身躯，像舞者抬起双臂，
像船帆随风鼓动，似乎与风合为一体。它的动作是那么轻盈，不
费吹灰之力。我能感到，自己的肩膀正情不自禁地随之张弛。

　　天光渐暗。我选了一条近道开车回家。沿着小路，穿过粗犷
的牧场，突然，天边飞来一大群鸢，好似一张变幻莫测的大网，
直连天际。我猜，这是鸢的一次盛大聚会。对于许多物种而言，
类似的聚会属于日常生活的一部分。不过，究竟是什么并不重

要。这是鸢对风的一种回味，任性而无端。所有猛禽都喜欢风。只有在起风时，它们才是真正的猛禽，才能领悟到某种真谛。然而，鸢的这种令人叹为观止的集体飞行场面，却不是一种日常行为。鸢是一种颇具胆色的鸟，它们的追求是，将自己的飞行技巧发挥到极致。

　　我停在原地。头顶上的鸢多到数不清。我的前方足有三四十只。回头一看，我发现身后也同样有好几十只。它们得意扬扬，像游隼般从天而降，掠过原野，侧着身，螺旋下降，逐渐减速。它们利用分叉的尾巴调整平衡，轻松极了，好似在风中表演杂技。眼看着鸢向上或向下翱翔，我感到自己的身体也在随之上下飞舞，深深吸入着原野的气息。我并不想飞，也不想和它们一同上天，可它们仿佛将我变回到六岁的时候，回到那个张开双臂、从山顶向下俯冲的孩子，甚至比那时还要更小。

　　这是怎么回事呢？如此多的鸢在追逐嬉戏，却并不是一场大规模求爱表演，也不是在奇尔特恩常见的鸟群齐聚觅食的场面，当地人出于最善良的愿望，将牛排放在自家的鸟舍中，供鸢享用（结果却无意间将鸟儿的消化系统置于危险之中）。此情此景是一个族群联络感情的纽带，是当一天结束时，所有鸟儿聚在一起的狂欢。它们用自己最熟悉的方式，增进了彼此之间的信任，就像在过去，人们之间常常举办的斗舞一样。

　　暮色降临，鸟儿的身影逐渐消失在丛林深处。我跟在它们后面，经过了盖蒂的豪华板球场。这座球场位于茂密的榉树林中，像一座华美的岛屿。我听到了山雀穿梭觅食的细微声响。接着，就在我头顶上方，一只鸢发出了叫声。那是一只落单的鸢，惊鸿一瞥，旋即划过枝头，消失得无影无踪。我们只打了个照面。在苍茫的暮色中，鸢宛如一件遮天蔽日的斗篷，俯冲下来，令人窒息；那一瞬间，它已经不再是舞者，而是一只猛禽，回归了它的天性。

＊　　　　　＊　　　　　＊

　　故地重游那片属于我的林地，更让我心情沉重，丝毫没有欢欣鼓舞的感觉。这块林地马上就要被卖了。迫在眉睫的改变，让我的内心泛起痛苦的波澜。村子里也在忙着买卖土地。本地和外地的大地主们的支票簿翻得沙沙作响。这里有可能变回狩猎区，或是彩弹射击游乐场，也可能变成赛马训练场。我的好友弗朗西斯卡·格林诺克和约翰·基尔帕特里克，从一开始就是这片林地的护林员，我的好帮手，也是这片林地生存延续不可或缺的坚实支柱，而且为了帮我卖林地，他们还迅速成立了一个本地基金。然而，对于我的大意疏忽，以及面对当下的紧急情况事先没有一点儿准备，他们心里其实也很气恼，但是并没有说出来。至于我是如何看自己的，我也说不清楚。在我没回来之前，我一直不敢去想这个问题。我一心想回归正常生活，这种需求让我除了眼前的事情，别的全都顾不得了。

116

　　那是一个三月里的周末，出现了一些不好的迹象。在林地入口的山毛榉树上，挂了一个"此地出售"的牌子。早在二十年前，也是在这棵山毛榉树上，同一家中介公司也曾挂过相同的牌子。这一幕让我浑身战栗，就像神明在祈祷者面前显灵了一样。还有，一辆福特车撞在了旁边的梣树上。冬天路滑，快乐的自驾者在过S弯道时，很容易将车甩出去。但这辆车不一样，现场的情形透露出故事才不过讲了一半。这是一辆油漆工的货车，里面装满了油漆用具。撞车的时候，油漆桶飞到了车子前面，灰白色的油漆洒得到处都是，很像某种爬行动物的血。这车看起来似乎本身就是个马路杀手，既可怜又可恨。"瞧瞧你都干了什么！你看没看路！瞎开什么！"

　　我必须提醒自己，我从未打算将林地变成我的私人财产或物品。我曾写过，我之所以成为这里的主人，只为有一天"失去"它，将它还给应该得到它的居民们。然而，看着中介公司挂出的那张清晰的牌子（像极了1853年村子因圈地而封锁道路时的告示）。我还记得上次的情形。上次我是潜在买家，而非卖家。当时，我躲在树丛中，暗中观察我的竞争者戴着宽檐帽，拿着记事板，游览考察这片林地，目睹了他们担心自己可能买不到而苦恼。难道这些年来，我一直都是虚情假意，披着环境利他主义的外衣，来掩盖自己的自负之旅？我曾经想在这里建立一处供人们放松玩耍的场所，做一次社会实验，看看这群21世纪的村民是否愿意"回到森林"，帮人们修复因过度商业化的职业而造成的身心创伤，到这里来获得欢乐和享受。我也希望此地能够成为某种工作场所，尽管我永远都不会像我的朋友托尼·埃文斯那样，好意思去向当地税务局开口，要求将自己的森林庄园（他的"户外工作室"）的所有成本费用记为合法经营支出。

可是，我不是也一直想找一个工作室，既能体现我个人的理念，又能展示这里的风景吗？我不是也想偏安一隅，来弥补过去一直漂泊辗转的错误吗？在老家的村庄，有我的朋友们，有青蛙、雀鹰、獾、兰花、麂鹿和流浪的蝙蝠，他们都在这里生机勃勃地工作和生活着。林地的上一任主人种了些不适宜此地的植物，比如用来制作火柴的杨树。我们清理了这些植物，让阳光能够照射进来，为林地提供了更好的再生条件，并留出了一些简单的道路，大部分路线都是依据动物之前踏出的小径。我们还尝试组织了现场民主决议，讨论林中空地应该规划在哪里，还为我们生产的木柴制定了一个大致的以工代赈的方案。可是每当我忏悔时，我都会不自觉地回想起，我们所做的事情中，有多少是由我本人来发起或提出设想的，什么时间、在哪里开展工作，哪些区域应该划为植被保护的重点地块，200 棵山毛榉树该卖多少钱等等。我常常会在简单参与和微妙控制之间摇摆，就像走钢丝一般。但只有这次，牵扯的人不止我一个，还有许多其他人。而我，并没有为他们的未来做打算，没有考虑到他们在林地的利益。我是不是害怕面对自己终有一死的命运？这片林地原本是一个持久存在的、丰饶肥沃的地方，我是不是把它当作了自己对命运的某种反击？

　　但是，三月的林地依旧对我张开了慷慨的怀抱，大自然通常如此。我从窘境中脱身了。弗朗西斯卡和约翰也一样，他们的基金进展顺利，即将得到遗产彩票基金的赞助，正准备为林地争取一个长久的未来。他们曾经看见过赤鸢在林地的山毛榉树上驻足。这些鸟儿的大本营在距离这里30多公里的南方地区。之所以飞到这里，或许是打算未来在这里安家。头一天刮了大风，此时的林地看上去焕然一新。蓝铃花的嫩芽已经长到15厘米高，再过几个星期就该开花了。我曾在花丛中里里外外仔细搜寻，找到了17种颜色的蓝铃花变种，从纯白色，到带白色条纹的粉蓝色，再到最深的靛蓝色，应有尽有。还有一天下午，我惊奇地发现，一只纯白的雄鹿正在蓝色的花海中小憩。我像看见一头独角兽一样，惊喜万分。我还爱看孩子们在花丛中睡觉，孩子是我们信仰的守护者。他们并不在意世俗的常规与准则，而是怀揣着最美好、最纯真的万物有灵论。我见过孩子们全神贯注地与树交谈，一本正经地送青蛙回到池塘里的家，"万一青蛙被树枝挡住，过不去了呢"。看着自己留下的足迹，看着山毛榉树干上泛着灰色的光泽，枝叶稀疏处抽出的一簇簇新枝，我想，自己在称赞湿地的新家的生机勃勃时，是不是有些言过其实了？

　　我意识到，出于对一个地方的某种责任感，我会格外关注当地的发展演变。当年，我每周会出门徒步两三次，就算是最细微的变化，也逃不过我的双眼。我知道桦树的幼苗何时又长高了两三厘米，地上的树枝是从哪棵树上被风刮落的，林生野豌豆的准确占地面积有多大，暴发的山洪会沿着怎样的轨迹奔流，前一晚獾都在哪些地方出没。而现在，二十年来不断勾起的记忆突然又清晰可见了，仿佛特意从脑海中提取出来似的。我们清理了上一任主人种的杨树之后，曾规划出一块林间空地。而今，空地上又自然生长出了一片小树林，而且都长得很高了。三年前，小树林还没有我高。我们当初并没有在这里种下一棵树，现在却有近十种树木自发地破土而出了。树下还长满了持续繁殖的月桂瑞香和鳞毛蕨。我来到了林地的最高处，从前我经常一个人在这里忙活，趁树木处于休眠期，剥掉不适宜在此地生长的杨树的树皮。这样做至少对山雀和啄木鸟是有好处的。如今，杨树已渐渐枯萎，下方的小橡树不畏阻挡，从枯枝之间顽强地萌发出来，大约有三亩地都是这番景象，与真正的森林一模一样。

還有更有趣的触动人心的事情。1982 年，我从伊夫舍姆谷（Vale of Evesham）一个破败的果园中救出了槲寄生的果实，将它嫁接在林地中唯一一株沙果的树皮里。现在，它已经长到 10 厘米了。那棵被我们特地搭建了保护棚的椴树苗长得又小又矮，只有一旁自然生长的椴树的四分之一高。1994 年秋天的大橡果本该在次年生根发芽，长成茂盛的橡树林，可惜却没能实现，因为橡果都被从橡树上空降的毛毛虫吃光了。林地也有古老而调皮的自身发展规律。

我们曾煞费苦心创造的一处景观，看样子会在林地中永存，

不会消失了。当初，为了行车方便，我们在植被复杂的坡面上开
了一条路。开路时，我心里其实很忐忑，不知道这算不算是人类
自以为是地对自然横加干涉，是否与我们的追求背道而驰。其
实，大可不必为此而担心。这条路很快就成为了社区的一道风
景，或者可以说是公地的一处景观。修这条道路是我的主意。村
里的孩子们将修路清理出来的蕨类植物和各种野花带回家过冬，
降低了修路的影响。开挖掘机的司机师傅给这条小路增添了一些
曲线，使其变得蜿蜒多姿，让我们做梦都想不到的是，这么一
改，春天的阳光刚好能够照射进来。还有很多潜移默化的因素，
使这条路日渐成熟。对于植物而言，这条路只是一个很小的地质
变化，毫不妨碍它们恣意生长，因此没过多久，小路上便生出了
纷乱的杂草。最繁茂的是白垩岩藻，其次是蓝铃花，还有一团团
像老人胡须的铁线莲，珍稀的带条纹的林生野豌豆。在它们面
前，我们根本不是对手。如今，植物开始了自己的计划。坡面逐
渐变得阴暗，长满了青苔。野豌豆向有光的地方偏移了近 20 米
的距离。不过，这条路依然是我们为林地增添的一个美妙音符，
而且更让我感动的是，连我这个已经弃船而逃的船长，都在这里
留下了一处小小的痕迹。

　　但是，奇尔特恩老家在我心中的痕迹依然难以磨灭，才是最
令我欣慰的事情。这次回去，我没有因为离开故乡而感到懊恼，
也没有勾起我对过去走投无路的濒死感的可怕回忆。这里的风景

120

似乎已经完全与娇纵、疾病和退缩毫无关系了。这里只是我最熟悉的地方，且永远都是。常听人们说，奇尔特恩的丘陵和沟壑就像一个握紧的拳头，这里的地形倒也符合这种描述：这里的一切我都了如指掌，尤其是哈丁斯林地，就像我自己的手背。现在，我很清楚，自己随时都可以回来，为爱归来，与束缚无关。

＊　　　　　　＊　　　　　　＊

又到了黄昏时分。我试图回忆在我的"公地空间"发生过的趣事，却一件也想不起来。一个人自己的房间（吉尔伯特·怀特将他的房间称作"冬眠之穴"[hybernaculum]），往往是所有空间中，最鲜于分享的。（对于其他物种而言亦是如此。只有当天气过于寒冷时，大部分物种才愿意在休息时，稍稍放弃对独立空间的渴望。）然而，推及相近的概念，空间和土地是个人私产的想法实则有些弱化："只属于一个英国人的城堡，违背了英国人民与生俱来的权利。"这些完全相悖的观点，随处都是，屡见不鲜，认为土地属于公有遗产的观念根深蒂固，或自生命诞生之初，就本能地存在着。

在我小时候，花园的尽头就是公地，中间只隔了一道带刺 121 的铁丝网。连接居民住宅区和地方议会新区的是一条小路，从一座废弃的庄园遗址上通过。往昔曾是本地景观的华美庄园，变成了无人认领的荒地。荒地面积大约有六七百亩，废弃之后，肉眼可见地迅速恢复了野生风貌，从前庄园里富有异国情调的雪松和银杉，正受到潮水般的荆棘和杂草的猛烈围攻。这里是我们的后花园，也是我们的大草原。那个年代，孩子们总是野性十足，很快就把这里当作自己的自然野地和生态乐园。我们简单地称其为"原野"，不是因为这里的风景原始，而是因为我们只有这一片旷野，也需要这一片旷野。

其实，这片荒地是有主人的，主人正是给我们修建房子的人。他偶尔会来这里犁一犁杂草，或者牵几头牛过来吃草。不过，看到周围的老少邻居们都把这里当成是公地，他似乎也挺乐意。于我而言，最妙趣横生的是，在完全没有任何人指导的情况下，我们这帮孩子在这片草地上，竟然规划出了一个公平的版图和殖民模式，既不影响主人种地的爱好，也满足了家长的功利需求（这里是从家通往车站的近路）。没有人自诩是这里的首领，也没有人倚仗年龄大或身体强壮而自称拥有高于他人的特权。于是，不知不觉间，我们这群孩子在这里规划出了道路网、集会地、露营地、禁区和举行仪式的舞台。我们还发展了一种小农经济模式：从废弃庄园的瓦砾中回收砖块，从沿途的观赏植物上采集核桃、栗子和杏仁。我们用桦树树枝当柴，生火煮土豆；还学会了把自行车倒过来，将奶油罐子挂在车轮上旋转，来制作黄油。我们对万物的全情投入与关注，近乎万物有灵论：探寻哪种质地的木头能当柴火，想象树干上一个个人脸幻影，将打火石赋予英雄主义色彩，感受草地的柔软可亲，

想象人们在草地上活动时给小草造成的痛苦与折磨，品尝树叶 122
的味道，还有我们用来躲避父母搜寻、"进行秘密活动"的地洞。
一到暑假，我们便整日在那里玩耍，只有吃饭睡觉时才会回家。
作为一块栖息地，这里只有一条真正的规矩：此地属于我们这
个部落，是我们这帮人的领地，没有其他人的份儿。草地的北
侧，是议会区子弟的地盘。要是他们胆敢擅闯这里，我们就对
他们不客气，简单又粗暴。

　　小镇真正的公地其实在山上，看上去并没有什么特别。于我
而言，那里是陌生又充满敌意的地方。天气潮湿，不能打橄榄球
时，我们就得去那里长跑。我之所以不喜欢那里，是因为它让我
联想到孤独、乏味与寒冷肃杀的冬天。这种孩子气的厌恶，镇上
的人们并不认同。公地是为数不多的、各个阶层都能达成一致的
事情。1866 年，小镇居民通过一次声势浩大的直接行动，将伯克
姆斯特德公地从自私的非法圈地中解放了出来，镇上的人们不会
忘记这段历史。虽然自古以来，这块长满蕨类植物和灌木丛的土
地就是公地，但小镇人民的法定权利却并不完整。20 世纪 20 年
代，此地的领主布朗洛家族（Brownlows）卖掉这里时，公地一
半卖给了国家信托基金，另一半则卖给了当地的高尔夫俱乐部。
几年之后，依照《大都会公地法案》（Metropolitan Commons Act），
俱乐部总算将公地的"呼吸空气和运动"的权利让与了民众。但
是，土地所有者和公地居民之间的关系仍旧相当紧张，正如我在
《故土》（Home Country）一书中写道：

当地的拾荒者经常在帚石南灌木中穿梭，寻找有钱人遗落的高尔夫球。去公地散步而不打高尔夫球的人，冒着挨骂和被球击中的风险，快速从球道上经过。他们并不是在主张自己的合法权利，而是认为公地是一个属于大家的地方，是一处避难所，也是保佑小镇的一块"宝地"。有一天，天气闷热，我听到商业街上的一个屠夫对顾客说，他总是把肉店的后门敞开，好让"公地那边的新鲜空气可以吹进来"。

后来，我也学会了爱上这里。不过，我所说的爱，更多是作为一名学术研究者对此地的仰慕之情，而不是作为一名公地居民的爱。（我心中的公地一直都是，也永远将是 20 世纪 50 年代我们一群孩子嬉戏的那片芜杂的原野。）从书中，我读到了在公地运作过程中，人们敏锐而周全的考虑和当地习俗中的生态智慧，了解了何时应为禁止砍伐蕨类植物和荆豆的封禁期，对钩镰尺寸的严格规定，以及专门为 60 岁以上的老人和 14 岁以下的青少年制定的关照措施。我读了维诺格拉多夫 [1] 的巨作《英格兰的维兰制》（ *Villeinage in England* ）。书中分析了在全盛

1　保罗·维诺格拉多夫（Paul Vinogradoff, 1854—1925），俄裔英国历史学家与法学家，历史法学代表人物之一。——编者注

时期，公地拥有平衡、封闭循环的能源体系。秋天，动物在公地上排泄的粪便，正好成为第二年公地牧草的养料。在现代的达特穆尔高地（Dartmoor），就有着类似这种古老的生态平衡体系，其中一项激烈的争论是关于蜜蜂。蜜蜂作为野生觅食者的代表，究竟该不该被视作一种公地动物呢？如果"地球之友"组织的口号是"保护本地，着眼全球"，那么公地的口号就是"保护本地，着眼本地"。

现在看来，这种思想可能有些狭隘了，但是它鼓励人们养成独立、节俭的习惯，增进了人与人、人与其他物种之间的亲密关系。法国历史学家皮埃尔·布迪厄（Pierre Bourdieu）发明了"惯习"（habitus）一词，用来描述这种共有居住地的状态："在这种生活环境中，既有各种实践活动，又有期望的传承，还有各类制度规则，比如关于用途和公开程序的限制，以及关于法律和舆论压力的相关规范及处罚等。"

*　　　　　*　　　　　*

回想起东安格利亚的帚石南坡地，我觉得这也是它的原始状态。从小屋的窗户向外极目远眺，我几乎能够望见 1500 亩坡地最远处的边界。地处韦弗尼河的冲积平原，这片坡地和当地的湿地一样，曾经完全被泥炭覆盖。但是，到了 19 世纪 40 年代，人们开始挖掘泥炭，暴露出了一大片较纯的沙地。由于沙土太过贫

124

瘠，即便是在二战时期"为胜利而挖"[1]的运动中，也未能开发成耕地。20世纪40年代和50年代，坡地一直处于半用半荒的矛盾状态。罗伊·波特和他的家人祖祖辈辈都在坡地上生活。白天他是专业的建筑工人，晚上则是摇滚复兴乐队的电吉他手。他对战后的岁月一直记忆犹新。帚石南和荆豆在当地长得最为茂盛，引来许多鸟儿，云雀尤其多。男人们打猎，抓山鹬和野兔；男孩子在坡地上疯跑；女人们把洗完的衣服晾在公共晾衣绳上。谁家有需要的时候，可以随便去挖沙子和砾石，砍掉多余的树木当柴火，偶尔还会放一把火将某处夷为平地。

不过，这里可是放假休闲的好去处。寒冷的冬天，较浅的池塘表面结成了冰，全村人都会来这里溜冰。罗伊的木制溜冰鞋现在还挂在门上。夏天，当地的孩子成群结队地下河游泳。过去，这条河还没有修建河堤，两岸都是沙滩。到了饭点，妈妈们就会来河边吹口哨，喊孩子们回家吃饭。在河水透过采矿钻孔流失之前，坡地上常常笼罩着一层奇怪的薄雾，如梦如幻。雾气大约在人头的高度盘旋，将脚下的路遮挡得严严实实。一天晚上，坡地上又起浓雾。罗伊的父亲喝醉了，结果摸错了家门。在雾气上方，他隐约望见远处有一盏熟悉的灯光，然而实际上什么都没有。

1　"为胜利而挖"（Dig for Victory）是第二次世界大战期间，英国农业部发起的一项全国性运动。为减轻战时食品供给压力，政府鼓励民众在私人院落、公地公园等开辟蔬菜种植地，甚至伦敦塔附近的草坪也被改造成了菜地。此举间接支援了战争，也起到了鼓舞民众士气的作用。——编者注

与所有原生地一样，公地也是一座舞台，一个放大镜。在 125
这里，一切问题都更尖锐，更有戏剧感。这里的霜冻破坏力更
大，洪水更凶猛，蛇生得更长，就连战争年代掉下来却未燃的炸
弹都藏得更深些……我们常常打趣罗伊，模仿他的口头禅"在坡
地上……"，因为但凡有人大言不惭地预测或断言某种异乎寻常
的情形，不论这人是天气预报员还是归乡的旅人，罗伊都会煞有
介事地抛出他的口头禅，接着道出此地更加耸人听闻的故事。然
而，每次他都是对的。经过多年的风吹日晒，坡地的表面的确会
发生一些令人惊叹的情况。在这里，没有什么是不可能的。

然而现在，这里已经变了。公地从前的种种用途，不论是官
方的还是民间的，全都被禁止了。谁都不允许在这里打野兔、挖
沙子，除了新来的环境保护人员，谁都不能砍树。位于 3 公里以
外的迪斯镇逐渐扩张，坐车来到这里的游客，也对环境造成了一
定压力。当地的野生动物基金接管租约之后，巧妙地改变了这片
地区的性质。由于坡地上一大片帚石南是一种罕见的特殊植被环
境，需要有专门的管理机构负责维护，他们先是除了草，然后用
割草机大幅清理荆豆和高生种帚石南，目的是为了促进沙地上矮
生种植被的生长。坡地正变得越来越专一化。

灌木丛是自然保护部门的敌人。灌木丛属于纯天然植被，是
夜莺、黄鹂和许多冬鸟的繁殖地和栖息地，也是害羞的兰花和众
多昆虫的家。但是，几乎所有的自然保护区都会优先把灌木清

除干净，或者至少加以控制。这样做的理由有很多。灌木不过是长势繁盛的林地而已。如果不通过火烧、放牧或人工手段加以干预，其他植被的栖息地，不论是荒地、沼泽还是白垩丘陵，最终都将被灌木丛侵占。可是有时，人们似乎把灌木妖魔化了。或许，灌木的野性、蓬乱和不可预测的繁茂，就是人们对其印象不佳的原因。这是自然生长的必然结果，只能靠人工管理才能得到改善。

126

　　然而，在进行帚石南坡地的灌木清除工作时，不受控制的自然野性再次制造了意外。兔子军团迅速入侵了此地。在草场自然保护区里，兔子往往很受欢迎，因为它们体型较小，吃草就能活，可以有效控制那些容易疯长的植物。然而，新草地上的嫩草美味可口，引来了一窝蜂的兔子，导致许多被割去大部分植被的区域渐渐被毁。平心而论，这种干预是得失参半的。小酸模、蓬子菜、鹿角地衣等各种低矮植物逐渐茂盛起来。遛狗的人走路更方便了，视野也更开阔了。可是，植物的种类却变少了，鸟类和人类的生活品质也下降了。对于公地上的所有物种而言，过去偶尔刀耕火种的共生方式是否更好，目前尚无定论。如果无法做到关心当地所有的生物，那么自然保护很可能会走向单一化。

　　公地的生态体系从来都不是完美的。随着当地人口的增加，放牧压力超过了草地的承受能力。这时，一些耍无赖的内部和外部人士就会违反法律规定，破坏社会惯例，滥用公地。通常情况下，领地法庭会进行处理，居民们也会予以制裁，现存的大量不良记录让人们对公地问题产生了误解。要知道，这些档案只记录出问题的情况，而在一切运行良好时，却没有任何记录。

不过，在整个公地体系当中，并未出现过内部崩溃的情况。这就是美国生态学家加勒特·哈丁（Garrett Hardin）所预言的宿命。他在 20 世纪 60 年代发表了作品《公地的悲剧》（*The Tragedy of the Commons*），在这篇加尔文主义的预言性文章中，他阐释了"公有"资源无法逃脱的命运，产生了深远的影响。哈丁认为，一切不受私有制约束的自然资源，最终都会被过度利用，很可能走向枯竭的终点。"每个人都被关进了一个驱使他养更多牛羊的体系中，只可惜，世界上的资源是有限的。在一个推崇公有制和信仰自由的公地社会中，每个人都抢着养更多牛羊，每个人都追求自己的利益最大化，最后的结局必然是毁灭。公地的自由只会毁掉所有人。"鉴于四处寻找机会的实业家们，一旦找到未经开发的自然资源，就会开采无度，伐木场和捕鱼场就是典型的例子，由此看来哈丁的悲观看法也不无道理。但他显然对英格兰的公地制度一无所知，或者说，对全世界的农业社会一无所知。要知道在农业社会中，世袭基础和邻里关系让自治成为了第二天性。而有趣的是，哈丁所提出的论据，与英国圈地运动中辩护人提出的论据不谋而合：人的贪婪是改不掉的，允许人自由地获得自然资源（尤其是缺乏基本道德的穷人），只会造成经济灾难。圈地者的言下之意当然是，会给他们造成经济灾难。但是，这种灾难，只是在意识形态上虚构出来的一个概念。几乎在所有情况下，导致一个体系消亡的原因，不是其自身的效率低下，而是外部力量的侵占和盗用。

正在发生的现实，在法律框架之下属于合法行为。而这些法规的制定，就是为了让掠取公地的行为变得合法。其基本假设是，公地权利从前是由理论上的土地所有者所"赋予"的，因此，也可以轻易地予以撤销。但是，更早的历史渊源被刻意淡化了，情形于是就变成了，从前的土地所有者似乎突然以某种神秘的方式获得了他们的土地，就像亚当突然得到了伊甸园一样。在这个合法的神话中，法律不再充当仲裁者，而变成了占有财产的工具。历史学家E. P. 汤普森（E. P. Thompson）曾写道："法律假装在很久很久以前，公地是由仁慈的撒克逊人或诺曼人的土地所有者授予的，因此，其使用权与其说是权利，不如说是恩赐。这种法律，就是为了防止人们认为土地使用权是所有者的固有权利。"以这种手段，不需要历史学家来证实公地真正的起源，且这种法律条文规定的共同"权利"，实际上只是政治上认可的公地更广泛用途中的一部分残余而已。

只是，这种法律阴谋所造成的伤害，甚至比废止古代习俗和传统用途还要更严重。它让决定人们生存与否的条件，由是否永久居住，变成了是否拥有财产所有权。世袭的庄园主或许拥有沼泽地的所有权，但佃农却不可能拥有，更别提那些没有土地的穷人了。过去，公地的传统用途就是通过在同一个生态系统中共同生活而获得的；而今，它被物化成了一种财产权。而这种物化的过程，与人们将大自然物化成具体东西的方式一模一样。

E. P. 汤普森还谈到了一种"惯常意识"（customary consciousness）。人们在主张"权利"时，总是说"我们的"，而非"我的"或"你的"。约翰·克莱尔的"惯常意识"还包括非人类，用汤普森的话来说，就是"我早就知道，他（克莱尔）不只是位诗人，还是个抗议生态破坏的示威者：他并不是在写这里的人和那里的自然，而是在哀叹岌岌可危的生态平衡，人与自然都是维持平衡的重要部分"。克莱尔曾在圈地挽歌《追忆》中，写下了守卫者上绞架的诗句：

> ——啊，
> 我不忍追忆那些可爱的地名
> 看到一只小鼹鼠被吊死在风中
> 我却只能留下一声叹息
> 田野里仅存的那棵老柳树上
> 挂着猎人的一条条锁链
> 连老天爷都于心不忍
> 掩面无声地喃喃咒骂
> 这片山林曾是它们的公地
> 它们在这里不断追寻自由
> 一寸寸公地已然不在

一个个陷阱早已埋好

只等着失去家园的小矿工

这首诗虽然讲的是鼹鼠，但诗中"人与自然似乎实现了一种生态上的交融，在对方身上可以看见彼此的影子"。正是通过这种方式，公地反过来也在为自然"服务"：在公地上，人类与其他生物生活在同一个共情、共生的自然环境中。

*　　　　*　　　　*

然而，在没有公地的世界里，狩猎者的游戏仍在继续。春分到来之前的 24 小时，西方国家向伊拉克宣战了，抢在大自然之前，打响了第一枪。波莉和我决定第二天去徒步，从沼泽走到布雷克兰，迎接春天的到来。那天早上，天气温暖明媚，唯独西风强劲，吹得人脸生疼。大风将鸟儿压在低空飞行，或是将鸟群吹散，没了踪影，好在我们此行专门来看的啄木鸟和圆桶鸟还在。沼泽地里，自然保护工作组依然忙忙碌碌，砍伐更多的树，疏通更多的池塘，建造更多的河堤。工作量何其之大，只是为时已晚。在河边的潮湿泥炭中，长着一些白屈菜和驴蹄草（marsh-marigolds，本地人称之为"Molly-blobs"），别的就没什么了。于是，我们选择了一些地图上没有标记的路线，河沟边，树篱下，从不同角度不断寻找，哪怕逆风行走。在植物学中，有种测量方法叫作"等物候线"，就是在地图上，把某种植物同时开花的地点，连成一条线。因此，3 月 21 日，报春花的等物候线可能会连接彭布罗克郡（Pembrokeshire）的悬崖、德文郡（Devon）北部的小巷以及诺里奇市中心的野生植物花园。（不过，韦弗尼河谷并不在那天的等物候线上。）等物候线描绘了春天在全国范围内的到来情况。它就像潮水，曲曲折折地向北和向东漫延。从理论上讲，等物候线的移动速度相当于慢走，鉴于我们在向西走，我们本该以每小时 8 公里的速度全速前进。但由于大地和植物的布局并不规整，因此也不可预测。而且，当地既有向阳的河岸，也有霜冻的河谷，在地形上有自己的变化规律。不管怎样，多一种地形产生的局部变化就完全脱离了既定的规律，也失去了原本的意义。

130

沼泽外的养鸭场围栏挡住了我们的去路。养鸭场大概是 800 米见方，四周围着栏杆，还有看家护院的狗，像个戒备森严的集中营。简易鸭棚没有窗户，废弃的塑料袋被风卷起，挂到了一些观赏树苗上。种这些树苗，是想让鸭棚更隐蔽些。一想到这里是全国餐饮原料的主产地，就让人不寒而栗。而令人震惊的是，全国上下各类家禽家畜的饲养监狱都是同样的建筑风格。在 21 世纪的民主国家中，这种做法居然能够被容忍，真是让人咋舌。

经过了养鸭场，工业化养殖的铁腕统治渐行渐远。我们经过了亨德克莱和布洛诺顿的沼泽，19 世纪时这里尚属公地，如今面积缩小了不少，只剩一些稀疏的芦苇丛和零星的小池塘。小欧斯河滋养着这里的沼泽，蜿蜒的河道和自然形成的河岸已经被慢慢拉直。水利局和当地农民过度取水，导致地下水位急剧下降。干涸的泥炭坑里，长满了蕨类植物和桦树苗。继续向前，眼前的景象令人沮丧：废弃的联合收割机，发芽的干草捆，成堆的旧轮胎和废金属，空气中混杂着的消毒剂和鸡屎浓烈的恶臭。这就是"难以宽慰的农庄"[1] 撞上了欧盟共同农业政策（Common Agricultural Policy），实属一场灾难。

不堪入目的景象终于过去。我们来到了布雷克兰的边缘，这里属于砂质土壤。加斯托普教区（Gasthorpe）的面积非常小，一条长长的羊肠小道横贯其中，一直延伸到河的北岸。整个教区的风景，大概同 19 世纪初期相比并无变化。凤头麦鸡在我们头顶上俯冲，还有当天见到的第一只黄粉蝶和孔雀蛱蝶。野兔在原野上忙着玩闹、跳跃、打架、翻跟头。有三只野兔似乎在玩"三张牌戏法"。最前面的兔子一边追逐打闹，一边在队伍中不停穿插，我也搞不清楚它究竟是如何做到的，转眼这只兔子似乎排到了队伍中间，最后又到了末尾。这让我想起一句关于野兔的诗，

1　"难以宽慰的农庄"（Cold Comfort Farm）是英国作家斯黛拉·吉本思（Stella Gibbons，1902—1989）的同名小说。讲述了受过良好教育的 19 岁少女芙洛拉·波斯特，在失去双亲后，决定投奔素未谋面的乡下亲戚。到了乡下，才发现乡间的景象凄惨阴郁，亲戚们个个稀奇古怪，并患有情感和精神疾病。古灵精怪的芙洛拉发挥自己的才能，帮助每个人走出了阴霾，其中发生了一系列令人捧腹的故事。本书作者借用"难以宽慰的农庄"来形容英国乡间令人沮丧的场景。——编者注

是用中世纪英语写的："身手敏捷，步伐轻盈，静若处子，心似浪子。"

随后，在苍茫的草原上，从远处的羊群后面传来杓鹬的轻快叫声，我们简直不敢相信自己的耳朵。不过才走了短短几百米，东安格利亚大草原就变成了河谷和盐碱地，或许它本该如此，而且也将一直如此。如今，这里已经不再是公地。然而，一些古老的等物候线，一些在自然和人类庆祝活动中依然被人们提起的诗句，仍旧贯穿始终。

第四章 —————————

· · ·

命名之道

Chapter 4

The Naming of Parts

Henry Reed, The Naming of Parts

.
.
.

如你所见，这是一颗螺栓。它的使命
是打开枪炮的后膛。我们可以滑动它
快速向后再向前：我们称之为
松一松弹簧。快速向后再向前
早起的蜜蜂在花丛中飞舞采蜜
他们称之为，为春天松绑。*

——亨利·里德，《命名之道》，1941 年

一定是春天来了。大风转向西南方，吹得人走路都困难。阳光惨淡，笼子里的豚鼠，紧紧地贴在铁丝网上，宁愿被风吹，也要享受片刻太阳的温暖。可我还不能把它们从笼子里放出来，猫咪正在我的小屋里闲逛。我的小屋是整座房子里仅有的温暖一隅。布兰科一向喜欢在户外活动，连他都从猫门钻了进来，身影快得像一颗流星。我从窗外望去，一只大沙狐也想钻进来，身上的毛直愣愣地竖着，好似它才是受到惊吓的那个。

战争仍在继续。受天气影响，加上担心恐怖分子的报复，人心惶惶，村子已经进入围城模式，连超市的饮用水都开始限量销售了。DIY商店的纸胶带已经卖断货了，人们似乎觉得，胶带是某种护身符，可以用来驱灾辟邪。多么美好的愿望啊！我的一个朋友是人类学家，曾经在苏格兰中世纪的战地医院遗址进行考古，那里从前是部落冲突的战场。他告诉我，他发现炭疽杆菌竟然能够存活六百年。每个村里，都只有一栋房子的花园里插着英国国旗。

然而，植物们却都表现得不卑不亢。四月的第二周，倒春寒突然来袭。野生李子树的花还开着，树篱冻得结了霜。我想去探寻一些没见过的花花草草。沼泽地里，不少植物才刚刚发芽，根本别指望能辨别其品种：莎草抽出了第一批细穗，赤褐色的嫩叶，不染一丁点儿绿色，从泥炭中冒出叶尖。路边、教堂庭院和未修剪的草坪上，随处可见早早绽放的黄花九轮草。枯木上长出了一片亮蓝色的金钱薄荷，绚丽的色彩搭配实在难得一见。由于气候和土壤成分发生了一些微妙的变化，黄花九轮草才得以回归。我还发现了一些新朋友。今年，我在这儿遇到的第一朵大型路边花是白色聚合草。早在几个世纪之前，白色聚合草就从土耳其传到了英国，只可惜有些水土不服。它的花瓣像浆洗过的麻布，花朵形状好似红酒杯。看到白色聚合草，就像看到雪滴花一样令人振奋。雪滴花目前尚在花期，从初次开花至今，已经足有三个月了。

而我却在为候鸟担心。到现在为止，我还没有听到一声柳莺或黑顶林莺的叫声，往年在四月初就能听见它们齐声歌唱了。连一只路过的燕子都没有，这说明气候发生了变化，让我不禁又担忧起来。中东地区的沙漠不断扩张，沼泽日益退化，这些都是不祥的预兆。而那里，是回诺福克郡度夏的候鸟的必经之路。至于家里，我们已经为燕子准备好了。谷仓的门全敞开着，家里离燕子窝近的窗户也都关好了。房东凯特在去年的燕子窝后面，挂了一幅无足鸟的画。我们期待着，当布谷鸟归来的那一天，中东的战火已经平息。

*　　　　*　　　　*

　　下着蒙蒙细雨的日子，我会等到黄昏时分再出门走走。我似乎怀揣着一颗苦行主义之心，渴望亲眼看看东安格利亚的农田究竟有多么贫瘠与荒凉，或是其中还暗藏着一种愠怒的决心，去目睹人类犯下的无休无止的错误，并做最坏的打算，想象事情到底会糟糕到什么地步。黑夜让一切卸下伪装，犹如在纯白的雪地上，无处遁形。日光下万物对大地的装饰，生机盎然的春意，在黑夜中全部被遮蔽得严严实实，只剩下最纯粹的土地和天气可以感受。这时，你才可以看清，躲在东安格利亚农业背后的权力的獠牙。昏暗的路灯下，小路仿佛融进了黑夜，边界已模糊不清。两千年前遗留至今的树篱和沟渠，现在看来，不过是农田一旁不起眼的装饰。为数不多的几块林地用来散养雉鸡，从外观上看，与专门饲养某种猎鸟的密集式现代养殖场并没有什么区别。只不过雉鸡场的矮棚里安装了 24 小时照明系统，昏黄的灯光能强迫鸡群不睡觉，更容易养肥。

　　有时，我还能瞥见夜行动物的踪迹：几只春蛾，一只晚归的山鹬，还有伏翼蝙蝠和长耳蝙蝠。当光线恰好暗到它们愿意出动，又恰好亮到足以让我看清时，我见过它们从窗外一闪而过的身影。夜晚，在梅利斯公地，我发现了一只姬鹬正蹲伏在鼹鼠洞口，像只老鼠一样，保持着高度警惕。我原以为那是一只云雀，直到它悄无声息地飞进暮色之中，飞向它在北极的筑巢地。我们都是航船，在黑夜中相遇，又彼此擦肩而过。

可是，如今四月的黄昏，与我以往的经历以及童年的记忆有些不同，似乎有什么东西缺失了。蚊虫的数量越来越少了，黑顶林莺的歌声也越来越小了。最令我痛心的是，仓鸮不见了。听说，有人在河谷西边见过一只。可近半年以来，方圆30公里的范围内，我连一只仓鸮的影子都没见过。大约从50年前起，仓鸮是整个英格兰各个教区的守护神，夜晚，是它们驻守着茫茫牧场。在我儿时，有一对仓鸮在离我家不到300米的谷仓里安了家，它们的活动范围与我们这帮孩子的势力范围几乎刚好重合：从废弃庄园的瓦砾堆，到议会大楼爬满常春藤的院墙。中间是我们滑雪橇的坡地，走运的话，能一直滑到后花园的树丛边上。暮色之中，仓鸮飞过杨树林，金灿灿的羽翼在黄绿色的林中穿梭，此情此景是我为数不多的记忆犹新的童年往事。对于现在的我而言，白面仓鸮不只是一道风景，它更是凝望着我的一个生命。那是一种坚毅的、毫不妥协的眼神，仿佛在说："我就是我，在我的地盘，做我的事情，关你什么事？"仓鸮打破了人类与自然的界限，难怪人们会把它当作守护神。

一直以来，鸮的形象充满争议。灰林鸮属鸮形目（*Strix*，在拉丁语中意为"女巫"）。民间流传着不少中世纪时教堂焚鸮的巫术传说。而乡下的仓鸮（同属鸮形目，两者是近亲）是白女巫，是幸运和延续的象征。过去，农民常常把仓鸮的尸体钉在谷仓门上，以驱赶恶灵。18世纪，塞尔伯恩村（Selborne）的仓鸮曾在教堂的屋檐下筑巢。吉尔伯特·怀特注意到，为了适应建筑物，仓鸮调整了觅食的飞行方式，由于"它们起初常常在教堂的屋顶上栖息，从砖瓦上起飞需要借助脚的力量，于是它们改用嘴来叼老鼠，以便腾出爪子。这样一来，从屋檐下向高处飞时，就能用爪子抓住墙上的木板了"。一位在威尔特郡（Wiltshire）的朋友告诉怀特："那里有一棵巨大的去冠空心梣树，几个世纪以来，一直都是仓鸮的老巢。"他在里面找到了一大团仓鸮粪便。结果发现，其中的成分是老鼠骨头（也许还有鸟类和蝙蝠的骨头），不知已堆积了多少年；粪便颗粒中还有农民世代种植的庄稼。

75 年之后，约翰·克莱尔在精神病院里回忆起教区的仓鸮与人类和睦相处的日常，他写道：

> 仓鸮张开小麦色的翅膀
>
> 白色的脸盘上双眼怒视
>
> 猝不及防地凌空一跃
>
> 穿过谷仓三角形的洞口，飞去无踪。
>
> ——摘自《黄昏》，作于 1847 年 2 月 14 日

20 世纪初，仓鸮依然徘徊在熟悉与神秘的边缘。诺福克郡博物学家基金会记述了一件不寻常的事。二月，有人在离河谷不远的地方，看见了一对"闪闪发光"的仓鸮，当时空气中弥漫着一层薄雾，它们像一团鬼火，飘浮在沼泽上空。"一只仓鸮出现在

200 米开外的隐蔽处,在野地上来回盘旋,离我最近时,不过 50 米。它飞过丛林,把树枝都照亮了。"这很可能是因为,仓鸮曾在长着蜜环菌[1]的"好运木"上栖息,因此身体沾上了磷火。这种现象太神奇了,诺福克郡的一位博物学家为此而坚信,仓鸮可以自己发光。仓鸮不仅处于大自然和人类文明的边界,也是科学争论的主角。

在东安格利亚,人们将无人打理或有问题的角落称为"烂摊子"。战后,人们开始治理这些"烂摊子",力求整洁高效,这也成为了仓鸮命运的转折点。几乎所有的绿道和路边的植物都被过度修剪,且喷洒了大量的农药。牧场变成了耕地,堆谷场变成了筒仓。谷仓要么被推倒,要么被改造成了智能房屋。许多仓鸮死于车下,只因它们过去通常觅食的道路突然变成了交通主干道。到了 20 世纪 90 年代,英国仓鸮的数量已经下降到 5000 对以下,仅 50 年前的三分之一。大约就在那时,吉尔伯特·怀特在 18 世纪 70 年代的考古经历又神秘重现了。在距离怀特所在的村庄不到 2 公里的地方,人们从 1917 年封顶的一处旧烟囱中,发现了 3 堆保存完好的仓鸮粪便颗粒,其成分涉及种类繁多的食物。在 800 多种可识别的食物中,有 14 种哺乳动物,例如水鼩、纳氏鼠耳蝠、黄鼠狼、睡鼠,还有青蛙、燕子、金翼啄木鸟和各种昆虫。在现代仓鸮的粪便中,从未发现种类如此繁多的食物。这些

_____

1　蜜环菌(honey fungus)因体内富含磷类物质,可以发出幽暗的银光,俗称"鬼火"。——译者注

保存在原地的排泄物就像化石一样，时刻提醒着人类，在第一次世界大战之前，乡间的物种曾经何其丰富。

该如何看待仓鸮的消亡？诺福克郡的比利·怀斯，约克郡的珍妮·豪勒，还有萨塞克斯郡（Sussex）的莫吉，越来越多的人再也没有在野外看见过仓鸮。假如仓鸮灭绝了，恐怕也无人哀悼。很少有鸟儿长得如此美丽，也很少有鸟儿能够如此近距离地、面对面地向人类展示其精湛的飞行技巧。不过，仓鸮的意义其实远不止于此。生态学家将"顶级捕食者"当成一种标准，来衡量人们赖以生存的生态系统是否运转良好。仓鸮也是一种文化指标。我们从心底里承认仓鸮在原野中飞行的意义。这是一种神圣的仪式，是对"风调雨顺"的献祭，它代表着光明与黑暗的边界，以及万物生存的秩序。就像夏季候鸟代表着新生一样，仓鸮代表的是生生不息。它的离去，也让我们缺少了骄傲的底气。

*　　　　*　　　　*

有趣的是，不知不觉间，候鸟逐渐飞回河谷。好消息与流言的发酵过程颇为相似。"最新消息！我们回来了！"流言总是先从一个村子开始传，接着传到下一个村子，之后又激起新一轮发酵。

138

4 月 15 日

草地上空，红隼和雀鹰正在进行飞行表演。谷仓里，一小堆夹杂着田鼠毛的粪便上方，我惊奇地发现了两只红隼。当天晚些时候，在 10 公里之外的迪克尔堡村（Dickleburgh），我又看见了三只雨燕停在电线上。

4 月 16 日

天气很好，经历了一场轻微的霜冻后，气温终于回暖了。野樱桃也开花了。在路边几百米处的一座农场里，我又看到了一只燕子。随着体内的激素水平直线上升，猫咪也开始春心萌动起来。天刚蒙蒙亮，猫咪小黑就当着莉莉的面，在我床上伸了个夸张的懒腰，想勾引莉莉来帮她舔脸。莉莉顺从了，一点点啃咬着小黑的脸和脖子，认认真真地帮她舔得干干净净。床的另一头，布兰科默默观察着一切，头微微探向前。这种紧张的姿势，通常代表着嫉妒或怨恨的情绪。我猜，他应该是准备扑过来了。可他只是缓缓地朝小黑和莉莉走来，然后在距离她们 15 厘米的地方停住了。他目不转睛地盯着，同时弯下后腿，俯下身子，和用前爪踩奶时的姿势一模一样。最后，他发出了一声高潮时的微弱呻吟，踱着碎步回到床尾，舔了舔自己的私处，接着昏昏睡去。屋外，帚石南坡地上，远远传来布谷鸟的第一声啼鸣。

4 月 17 日

天气依然和煦温暖。我悄悄来到大房子的院子里，想看看湖面上有没有家燕和岩燕的踪影，可惜并没有寻到。四只小海鸥在湖面上飞翔，黑色的尾翼不时轻点着水面。它们是路过的，从地中海向波罗的海迁徙，途经此地。后来，我去了罗伊登的小沼泽。那真是一片不可思议的绿洲，占地 240 多亩，在通往迪斯镇的主路上，一眼便可望见这片小沼泽，也能听到传来的声音。由近及远，映入眼帘的是芦苇丛的第一茬新穗儿，以及错落有致的唐松草叶子，上面有浮雕似的回纹。更远处，赤杨林中，遍地都是一簇簇的黄菖蒲。我不再焦急地四处张望，试着放松自己的耳朵，让此地的清灵荡涤我的心胸。沼泽在大太阳下晾晒着，像是在等待风干。去年的莎草似乎已经干透了，刹那间让人产生一种错觉，仿佛此刻不是夏天的伊始，而是夏末的尾声。柳树下出现了一只旋木雀，攀着树干向上爬，细细尖尖的长喙探寻着一处处缝隙，眨眼间又俯冲到另一棵柳树的树根，用保罗·埃文斯[1]的话说，这是在"将树木编织在一起"。目之所及，尽是葳蕤蓊郁的青枝绿叶。在这里，一些本地的灌木丛成为了我眼中的奇葩之王。野啤酒花从成片的潮湿土壤中破土而出，尽管通常距离其他植物有几米远，但总能设法缠绕上其他植物的细长叶片或草丛，甚至还会相互缠绕。波光粼粼的池塘和浅水湾里，生长着

---

1 保罗·埃文斯（Paul Evans, 1931—1987），美国著名家具设计师、雕刻家、艺术家。——编者注

本地的红醋栗。嫩叶泛着紫色的光泽，好似刚刚蘸过红酒。黄绿色的新蕊藏在五片花瓣中央，像极了中世纪精致的雕刻品。普通植物在沼泽地里更为常见，比如荨麻、白英，还有长得与芦笋颇为相似的木贼嫩芽。沼泽地的环境向来变化无常，正是这种多变性，造就了本地植物极强的适应能力。它们从沼泽的淤泥中冒出芽来，有些还经常会在农田和菜园的肥沃土壤中安家。

我继续向着沼泽的深处走去。头顶闪过一声低沉的鸟鸣，像是鸫的啼音。接着，一只鸟儿凌空而过，朝对面的赤杨枝头飞去。这不是一只歌鸫，它的眼睛旁边有一条深色的纹路。透过望远镜，我瞧明白了，是一只白眉歌鸫。一会儿工夫，又飞来一只。两只鸟就这么一动不动，齐齐地望向南方。第二只鸟慢慢转头，凝视着起初唱歌的那只。鸟儿翅膀下露出温暖的赤褐色羽毛，与赤杨新芽的颜色刚好一致。它们的心里是否涌动着早日飞回斯堪的纳维亚半岛的渴望？或许，此地恰到好处的阳光和温度，以及初生的新叶，引得它们在这里歇息片刻？究竟是什么打断了鸟儿义无反顾迁徙的脚步？安定或是迁徙，两种截然相反的本能相互拉扯，会不会让它们难以抉择？白眉歌鸫在英格兰的肯特郡繁殖，在萨福克郡度过盛夏。在奇尔特恩老家，几乎就是在今天的日子，我曾见过这样一幕：树篱上，一只白眉歌鸫刚刚离开此地，接着又来了一只红尾鸲。红尾鸲、白眉歌鸫、树上的红色嫩芽、红醋栗，树荫下传递着如此多的春天的讯息。然而，白眉歌鸫走后，春天的沼泽陷入了沉寂，这让我不安地想起，蕾切尔·卡逊（Rachel Carson）的那本预言之书[1]。

4月18日

　　上午9点，一只白尾巴的小鸟从窗外一闪而过，留下一阵叽喳的叫声。一只毛脚燕猛地飞向去年的燕窝，脚站在窝边，而转眼间又迅疾飞走，像来时一样毫无征兆。

　　然而，就在这一刻，在这万里晴空的一刻，在这与阴云密布的寒冬截然相反的一刻，我的旧病复发了。一连数日，我陷入一种无缘无故的焦虑之中。这种感觉不是恐慌，也不是虚弱，可是恰好能够刺激到我，让我又开始胡思乱想。从担心那些候鸟，到开始为自己焦虑的状态而担心，我本该去享受在东安格利亚的第一个春天，享受这一季发生的种种际遇，可我却亲手毁掉了这一切，实在太不应该了。目之所及，我的周围尽是春天的足迹：沟渠里的报春花，成群的秃鼻乌鸦，还有在半空中盘旋的快乐的小蜜蜂，毛茸茸的一大片。这些新生命宛若细密的游丝，牵动着我的心，让我着迷沉醉，我想大概是自非洲大陆吹来的大风将它们送至此地。

　　思绪一旦脱缰，焦虑的魔咒便再难停下。当外界的关注突

1　即《寂静的春天》（*Silent Spring*）。——编者注

然中断时，会产生一种奇怪的不真实感，一种脱节的感觉。面对眼前熟悉的场景，你的注意力却在别的地方，全部聚焦在你的脑中。你与世界之间，似乎横亘着一面玻璃墙，或是一块镜片。它使人的正常感知力和直觉出现摇摆，将感官意识推上可怕的高度。有一次，我在深度焦虑的状态下出门散步，结果发现，我的眼睛竟然能看清 400 米远的鸟儿的轮廓。这像是一种超自然的神奇天赋，可也让我感到怪异和不安，与我小时候一想到出生的渺茫概率，心中涌起的感觉，别无二致。

只是这次，我似乎隐约知道产生这种焦虑的症结，也清楚什么才能帮我驱散焦虑。有各种说得通的解释：比如，燕子归来对我而言的重要性。从前，在奇尔特恩老家时，燕子会风雨无阻地定期回到我的老宅筑巢。对燕子的担心，又会引出一些更切实的忧虑。我想起了泰德·休斯的诗句"它们又一次做到了，这代表着，地球还在正常运转"。我开始思考诗句背后的潜台词，假如燕子没有回来，这意味着怎样可怕的后果？我明白，这些沿途穿越纷飞的战火和变幻莫测的天气的候鸟，已成为当代"矿井里的金丝雀"[1]，鸟儿也想让支离破碎的世界重新复原。不过我也知道，自己担心的不只是这些，还有我个人的因素。只有看到候鸟时，我才能校准自己的生物钟，才能确认此刻是

1　金丝雀的特点是极易受有毒气体的侵害。矿工下井作业时会带上金丝雀，将笼子悬挂在工作地点，当观察到金丝雀晕倒时，便知道危险来临，需要及时撤离。——译者注

什么时节，确认我身在何处。它们就像圣诞活动一样，是属于我的保留节目。

　　说白了，我很清楚，我这是在想念从前的林地、山毛榉树和蓝铃花了。这些我在奇尔特恩的老朋友。然而，在此地的新生林以及沼泽边上茂密的赤杨林和柳树林中，却看不见它们的踪影。这里有的是英国蓝铃花和西班牙蓝铃花的杂交品种，生长在树篱下，是当地最受欢迎的一种园艺植物。如今它们已跃出苗圃，通过了野外的生存考验，实现了自然繁殖。和许多杂交品种一样，这里的蓝铃花比其任何一种母本都更具活力，而且已经长得"到处都是"了。记得在我那片老树林中，也有几丛蓝铃花。它们与本地植物和谐共生，逐渐形成了各类杂交品种，并开始向着过去从未生长蓝铃花的区域蔓延。我很喜欢蓝铃花，尤其钟爱一种开小绿花的稀有变种。从美学角度看，它们与英国物种并不相称。它们看起来苍白而僵硬，缺少那一丝微妙的新派艺术感，更像是罗兰爱思牌床单上的小碎花。但我钟爱它们，小小的一簇，那么特别，为整片蓝铃花海增添了一抹亮色。在东安格利亚的这片河谷，蓝铃花是早春时节为数不多的蓝色存在。

142

　　然而，在这个春天，耶利米[1]们却抱怨起蓝铃花的西班牙母

1　耶利米（Jeremiah，前650—前570），希伯来先知，也被称为"哭泣的先知"，他预见了亚述的灭亡和耶路撒冷的毁灭，《圣经》中有《耶利米书》等。后也引申用来形容不停抱怨和预言灾祸的人。——编者注

本。坚称维护生态系统稳定和"物种完整性"的人提出了一种神奇的说法，认为外来物种将"通过杂交，让本地的英国物种走向灭绝"。生活在老城区的人们，对这种论调应该再熟悉不过了。不过，在植物界，这种说法的确切含义，以及外来物种导致本地物种灭绝的情况在现实世界中是否真的存在，尚未可知。例如，英国橡树和无梗橡树已经自由杂交了上万年，至今也没有任何迹象表明，其中某个"纯种母本"快要将另一个赶尽杀绝。（而且，除非是在遗传学实验室里，否则我们又怎么会知道呢？）其实，大自然本身对于物种的纯正性并无偏好。而且，自从地球上出现生命以来，大自然就在不断尝试各种新的物种配对，不断形成新的杂交物种。

但是，我们还是要持续观察这些杂交植物，这背后有充足的缘由。杂交植物（往往在人类的帮助下）并没有经历漫长的进化考验，只是更换了栖息地，在不该出现的野生环境中生存了下来。在地球上一些更温暖的地方，生长着大量在全球各地皆能生存的物种，它们已经取代了那些适应性较差的本地物种。不过，如果因此而对大自然产生了某种刻板印象或观点，也是不明智的。因为大自然本身是最务实的，也是瞬息万变的，每个"外来的恶棍"（某个环保主义者提出的叫法）作恶的时候，其实也是让荒芜变为繁盛、向新的领地拓展、充分利用空窗期的好机会。我们需要对它们心存感激。随着人为造成的气候变暖和季节反常，像蓝铃花这种易受影响的本土物种，自然也有了生存压力。而其他适应力更强的新物种，则将填补大自然优胜劣汰后形成的空地。

或许，就连这个风和日丽的四月也是人为制造的结果。一个奇妙的早晨，我在早间新闻中，看到野生动物基金会的发言人在讨论，西班牙外来物种对英国本地物种造成的"威胁"。那日的天气美好到让人想为一片嫩草做祷告。可他却站在自己家乡的自然保护区里，公然宣布只要他看到外来物种，不管是什么，都会义无反顾地"踩死"它。

除了对候鸟的担心，我心里还多了一丝怨恨。我想让保护区的管理员们都尝尝痛苦的滋味，于是立刻动身，前往威兰德林地（Wayland Wood），去寻找传说中的黄色虎眼万年青（star-of-Bethlehem），又名黄色顶冰花（*Gagea lutea*）。假如春天的奇迹不愿意主动来找我，我就会气呼呼地去找它们。这就像心情不好时想奔向大海一样，合情合理。25年前，在这里我没有找到它；不过，比起偶然中遇见虎眼万年青，我更希望的是自己能够找到它，以确认植物群落依然安好。更重要的是，我想确认，自己追踪植物的能力依然天下无敌。

威兰德林地离河谷只有半小时车程，是诺福克郡现存为数不多的古代林地之一。它的名字源自古挪威语"Wanelund"，意思是"神圣的小树林"。早在诺曼人征服英格兰之前，这里一直是人们集会的地方，通常在这里进行一些异教徒活动。到了中世纪，当地庄园发生的虐童事件让这片树林化身为"林中宝贝"[1]恐怖传说的原型。此后，威兰德林地的名字又多了一层引申含义，那就是"哭泣的树林"（Wailing Wood）。一到晚上，这里就能听见小孩的哭声。

黄色的虎眼万年青本身就象征着古老悲伤的哀鸣。我初次来这里寻找它时，有一部分原因也是缘于一个悲惨的传说，那是虎眼万年青出现在我的家乡赫特福德郡（Hertfordshire）的唯一记载。传说中的女孩也是一个"林中宝贝"。她是威尔文法学校的学生。根据本郡植物志的记载，她"曾经在布罗克斯伯恩林地（Broxbourne Woods）里见过这种虎眼万年青"，可令人懊恼的是，"她记不清准确的位置了"。

如今，25年过去了，我依然没有头绪。我依旧没有见到虎眼万年青，对其了解仅限于书本上的插图，样子有点像矮小、不起眼的白屈菜。我对它的行迹一无所知，不知道怎样的春季天气才有助于帮它摆脱不愿开花的名声，也不知道它喜欢生长在什么样的林地环境中。我就像一只失去了鼻子的松露猎犬，循着林中的神秘地形，转了一大圈。我仔细搜寻着所有隐秘的角落，矮树丛

1　"林中宝贝"（Babes in the Wood），英国民间传说，相传发生在诺福克郡的威兰德林地。故事讲述了父母双亡的两个孩童被叔叔和婶婶收养。叔叔盯上了孩子继承的遗产，于是雇来两个恶棍，命他们将两个孩子带到林地里杀死，并骗妻子说他们被送到伦敦抚养。然而，执行任务时两个杀手起了争执，一人将另一人杀死，活着的杀手谎称去找食物，让孩子们在原地等候，从此便销声匿迹。两个孩子苦等未果，最终死在林中，知更鸟衔来树叶盖住了他们幼小的尸体。——编者注

中，山坡边缘，高大的树下。我自作聪明地沿着灌木丛生的小路前进。我觉得，灌木之所以如此茂密，或许是故意想让虎眼万年青猎人知难而退。但我也清楚，自己是在盲目地打猎。我一无所获。我不过是个生手，一个有收集植物癖好的人，找不到虎眼万年青也是活该。

　　我认输了。当我开始四处闲逛时，这片树林变得分外迷人，遍地盛开着白屈菜和第一批绽放的紫色兰花。还有丛林银莲花，生着空灵的玫瑰色。它们就生长在树下，这画面带有一种日式的素雅质感：浅色花瓣宛若剪纸花，有棱有角；地上长满了青苔，后面是深色树干。比银莲花高一些的，是盛开的一簇簇白色的稠李花，散发着面粉与杏仁混合的馥郁香气。说实话，于我而言，它们甚至比虎眼万年青更特别。恍惚间，我似乎回到了1985年的约克郡谷地（Yorkshire Dales），当时，我与摄制组顶着恶劣的天气，完成了长时间的拍摄，正在依依惜别。刚刚经历了一场倒春寒，稠李依然怒放，只是叶子快被巢蛾毛虫吃光了。远处，英格尔伯勒峰（Ingleborough Hill）像一个巨大的圆锥，在乌云中若隐若现，那正是我们刚刚逃离的暴风雨。从此，每当我看到稠李花，就会想起那一天，想起那些蛾子的茧，想起最后我们是如何战胜恶劣天气的。

　　从前来威兰德林地时，我曾碰巧遇见这里的最后一名樵夫。他买下了这里几十亩地的砍伐权，正在大路边上砍树。他用榛树枝做围栏，用桦树干做扫帚柄。他告诉我，稠李花的嫩枝可以做

145

出完美的菊花苗圃的篱笆桩。目前，这里的林地即将改造成一个
自然保护区，他也对自己的未来忧心忡忡。不过他发现，林地正
在逐步恢复昔日的繁盛。他指了指路边紫色兰花抽出的新芽说，
这是"布谷花"。而他，也从未见过虎眼万年青。

＊　　　　　＊　　　　　＊

　　我和几个老朋友有着在塞文山脉消夏的传统。那里的田园
生活，总是充满了各种有趣的植物名字，给人一种昔日重现的感
觉。在去过多次之后，对于什么时间该去哪里，我们已形成了自
己特殊的仪式感。每天早上，洗漱完毕后，在回去的路上总会
听到本地金丝雀悦耳的叫声，我们称之为"梳妆之歌"。我们会
单独盛一碟果酱给黄蜂当早餐，省得它们老是绕着羊角面包飞。
下午，大家会去杜尔比河（River Dourbie）游泳，胸口探出水
面，脖子伸直像天鹅的颈。河里的动物并不介意我们的到来，就
像它们对偶尔顺流而下的大块塑料泡沫也习以为常一样。岩燕在
我们的眼前轻轻点着水。有毒的小蛇蜿蜒而过，捕食着三角形翅
膀的苍蝇。带条纹的灰蝶个头似柳莺一般大，成群地从我们头顶
飞过。天气炎热，众人悠闲地聊起了蝴蝶，看着它们逐渐排列出
希腊戏剧的阵容（其中有埃及艳后、半人半羊的森林之神萨梯和
树神得律阿德斯）。或许是被热浪冲昏了头，我们开始幻想一场
146　昆虫大戏：坚定的保守党、腐败的警察、沧桑的船长（又名"老

希思"[Old Heath]），还有白人至上主义者尤金·特雷布兰奇
（Eugène Terre'Blanche）。这是一种另类的幽默，带有中年人的
特征。不过，所有这些经典的标签，都是一群中年老学究在消夏
度假时发明出来的。晚上，我一边在户外小憩，一边听着朋友的
孩子在吊床上叽叽喳喳。他们刚刚步入青春期，便已经开始在自
我与大自然之间，加入属于他们的游戏了。一天早上，他们在路
上留下了奇怪的记号，将大蒜串成串挂在树上，还挤出一坨坨带
条纹的牙膏，假装是天堂鸟的粪便。

　　不过，我们最悠久的传统当数晚间植物沙龙。大家和野外
向导坐在一起，将捡到的一大堆叶子和花朵摊在桌上，逐一品头
论足，思绪天马行空，交流畅所欲言。兰花（虽然我们从不摘兰
花）有其独特的迷人之处。许多兰花看起来像精致的瓷器摆件，
实则是昆虫孵化的产房。为它们命名的植物学家还看出了兰花与
蜥蜴、蜜蜂、虫子、蝴蝶、蜘蛛甚至金字塔的相似之处。然而，
在最常见的兰花族群红门兰属（Orchis）中，我们看到的主要是
小型兰花，其花朵由花头（又称盔状花冠）、花被片和下垂的苞
片构成。苞片的大小、弯曲的花茎和腰肢，以及优雅下坠的花
叶，让兰花呈现出丰富的造型，有人形兰、士兵兰、淑女兰，还
有一种特别瘦长的品种，名叫猴子兰。但我们很少能将它们区分
清楚。山坡上到处长满了难以辨认品种的、雌雄同体的兰花。兰
花植物群进化得比较晚，以至于它们的身份至今仍不易分辨。而
且，兰花杂交的情况也相当混乱。

有时，我们会去圣让迪布吕埃（St Jean du Bruel）的蝴蝶
餐厅（Le Papillon）用餐，这里也是一次与植物亲密接触的机
会。蝴蝶餐厅供应野生芦笋，还有往年从羊群吃草的牧场里采
摘的野生蘑菇，以及添加了野生百里香的本地蜂蜜。有一年春
天，一位德国摄影师下榻在餐厅隶属的酒店里。他在吧台留了两
本厚厚的兰花相册，供顾客们翻阅。他想方设法地找到了欧洲西
部的绝大多数兰花品种，从圣简区（St Jean）到喀斯石灰岩高
原（Causses），都遍布着他寻花的足迹。这位摄影师拍的一张张
照片，充分显示出他细致入微的观察和对风景的独到理解。但
是，他最有魅力的地方在于，他对每一个物种内部多样性的不懈
探索。他的相册引起了人们对当地特有的兰花品种的关注，例如
倒金字塔兰、无翅蜂兰、白美人兰等等。这些都是法国兰花品
种，像法国葡萄酒一样馥郁芬芳，别具一格。看到有人也和我们
一样，痴迷于这些形态万千的兰花，我感到十分欣慰。然而，某
种想为它们命名和摆造型的原始冲动，依然困扰着我们一行人。
尤其是其中一个特殊品种，非常稀有，是介于人形兰和猴子兰之
间的神秘存在。我们给它起了个绰号，叫"走失的兰花"（missing
link orchid），但并不确定，我们是不是第一个给它命名的。

　　有时候，我会回想起这些文字游戏，它是联结我们与塞文
山脉里其他物种的特殊纽带，是我们这群人与大自然交流的方
式。在野外的几个星期中，陪伴我们的有犯困的海狸，还有活蹦
乱跳的红嘴山鸦。我们逍遥自在，放下了自我意识，或者更确切

地说，暂时放下了自我意识，变得随遇而安了。我们与当地人一起，搜寻、嗅探、品味着各种植物。但是，可千万不要以为我们就此变得粗野了。我们脑子里的幻想和拙劣的文字玩笑，只是一种放松方式，也是我们享受阳光的方式，而可笑的是，太阳可比文字要古老、深刻得多了。

＊　　　　　＊　　　　　＊

后来我发现，就算我独自一人研究植物时，也总想给它们起个名字。这似乎是人类的一种本能反应。在开启一段关系时，我们的第一句话通常是："请问怎么称呼？"但在沼泽地里，各种各样的植物藏身于人迹难至的莎草中，彼此交错，杂乱无章。要想推断出它们是什么，就像玩魔方一样困难。我的大部分书还存放在伦敦北部的仓库里。冬天和春天连续两个季节我都没有深入原野，已无法分辨出什么是什么，真是令人沮丧。

即便如此，又何必烦恼呢？一个轻松而陌生的声音从我心底传来。行行好，单纯去欣赏春天的生机勃勃（还有你自己崭新的生活），难道不好吗？感受春日的斑斓，黄色绿色的苔藓相映成趣，金丝般的莎草，茂密厚实的草丛，这些都是万物生长的写照。我想，这些我可以做到，但是让我就此止步，却并不容易。不只是求知的条件反射，而是心中的某种挣扎，敦促着我去弄清楚它们究竟是什么。或许，这种冲动与男孩子刚开始集邮时的心

148

血来潮同样的道理。不过，有名字是讨论植物的先决条件，这不仅是科研需要，还具有重要的文化意义。几年前，作家约翰·福尔斯（John Fowles）在初涉禅宗时说，"植物的名字就像是在你与它之间隔上一道脏兮兮的玻璃。"虽然我能理解他想说什么，但是这种感受我从来无法认同。在我看来，为一种植物命名，或为任何生物命名，体现的是对其个性的尊重，且将之与其他绿色植物进行区分。在某种程度上，这种做法是一种指引方向的手势，自然而明确。至于名字是科学的、流行的、梦幻的，还是宠溺的，其实根本不重要。名字的意义只在于让人们能够交流。

历史学家玛丽亚·本杰明（Maria Benjamin）将博物学描述为"具有思想意识的家务劳动"，并将事先的命名和编号视作"将世间的奖赏分为严格的等级模式"。而"为动物命名"（亚当所做的第一件家务），自然是现代社会占有和驯服自然、将自然物化的关键基础。但是，这是你口中的生态学命名的结果，以及由此产生的文化和自然观的结果。而命名本身，并没有比洞穴壁画更具侵占性或"掠夺性"。

我一直都在查询威兰德林地中这些植物的名字，比如虎眼万年青、稠李。我在想，这些名字是不是反映了东安格利亚人在发现它们时的所见与所思。在林肯郡（Lincolnshire），稠李是欧洲甜樱桃（mazzard，通常是野樱桃）；在约克郡，稠李则是朴树果（hagberry或hackberry），这个词来源于古北欧语中的 "*hegge*" 或 "*hagge*"，意思是"割"或"砍"。这或许是在含蓄地表达朴树果带着苦味，即果子的"锋芒"，也可能是在说修砍灌木丛的事实，还可能是说大树在修砍之后重新枝繁叶茂。也许这三层意思都有，只不过没有明说而已。可在这里，却找不到任何关于这些植物本地名字的记载。也许，稠李只是被归为"灌木"、"春季植物"或"乔木"等某种大类。这种分组和分类方法，在部落和农耕文化中十分常见，直到今天依然存在。分类标准包括植物的用途、能否食用、可能的亲缘关系、季节属性、耐热性、苦味、外观等。最常见的标准是按照大小来分。植物学家坚持认为，草和树都是花的变种，这一点毋庸置疑。但是，在世界各地的普通人眼里，这些植物显然属于不同种类，不仅因为其大小高矮各有不同，它们在自然界中的生长环境也十分迥异。

就连科学家，也时常会按照功能性对物种进行整体分类。调香师会按照相同的芳香化合物，将生物学上毫无关联的物种归为一类。生态学家经常使用所谓的"指示物种"（indicator species），将代表特定生态系统特征的物种归为一类，并记录土壤、气候、时间和地点对植被的影响情况。在我们当中，大多数人也有自己不太严格的分类标准，用植物分组来代表一年中最特别的时节或最喜欢的地点。根据解剖学和亲缘关系，对物种进行分类和命名是很有用的。为物种起一个独一无二的名字，至少能够使该物种在理论研究中，被世界各地的研究者们正确理解。但是，这种做法未必就比当地老百姓的日常归类更真实或更"自然"。例如，根据某种高地岸壁分类法，朴树果在真实世界中的

150

亲戚是石灰岩、巢蛾和白鹟鸰，而并非其近亲野樱桃，或欧洲甜樱桃。换言之，上述分类是按生态系统划分的。

约翰·克莱尔十分尊重野生动植物的隐私和身份。在确认动植物身份时，他的用语非常谨慎。有一次，他提到了"沫蝉"（froghopper），使用了民间叫法"树先知"（Woodseers），出版商对此提出了质疑。克莱尔毫不留情地反驳道："树先知就是这种昆虫，我敢说你很清楚。"

　　　　不管这算不算正确的名字，我们就叫它"树先知"；而且你也很清楚，这样的称呼我们完全能听得懂。这种昆虫趴在叶子和花瓣的背面，藏在白色的小泡泡里。我不知道它们从哪里来，不过在天气潮湿时，到处都可以看见它们的身影。牧羊人将之视作指示天气的晴雨表。树先知的头向上代表好天气，头向下则说明快下雨了。

"树先知"意思就是"树上的预言家"。克莱尔并没有将这个名字局限在昆虫界，而是放在了更广阔的生态背景之下，将它和牧羊人以及其他对天气敏感的昆虫联结成一个整体。科学命名的目的，是从亲缘关系角度区分物种；民间叫法与之相似，试图在更广阔的生态体系中，体现物种之间的相似性和相互联系。

但是，在这种情况下，强调相关性的代价具有两面性，克莱尔对树先知的溯源佐证了这一点。不论过去或现在，人们通常称沫蝉的白色泡泡为"布谷泡沫"（cuckoo-spit）。而在英格兰北部地区，草甸碎米荠（*Cardamine pratensis*，即草地水芹）也叫这个名字；在英格兰其他大部分地区以及东安格利亚，则叫这种植物"布谷花"（cuckoo-flower）。诗人杰弗里·格里森（Geoffrey Grigson）发现，约有 25 种英国植物的名字与布谷（cuckoo）有关，或为独立单词，或为词组。比如，斑叶阿诺母叫作"布谷丁丁"（cuckoo-pint），苏格兰的玉米花叫作"布谷帽"（cuckoohood），英格兰西南部诸郡的牛蒡叫作"布谷扣"（cuckold buttons）。之所以起这些名字，是因为这些植物的开花时间，刚好与布谷鸟出现的时间重合；此外，它们也都是双关语，再现了草地上布谷鸟放声歌唱和女士长裙随风飘舞的画面。

克莱尔对物种身份的忠诚，与威兰德林地的樵夫如出一辙。克莱尔坚持认为，真正的布谷花毫无疑问就是兰花：

> 我的布谷花，是那些在春天和蓝铃花一起发现的"小嘴布谷花蕾"，我曾多次提到，这种小嘴布谷花是紫色的，里面有浅色斑点，叶子上有类似白星海芋的花纹。它们与布谷鸟一同出现，一起消失。在我看来，这种花才是英格兰唯一的布谷花。任由莎士比亚们评说去吧。在这个问题上，莎士比亚并不权威。不论我走到哪

里，老百姓都只知道它们叫布谷花，老百姓永远是最懂
这些植物最佳叫法的人。

152　　克莱尔提到的布谷花其实包含了五六种兰花，他通过花名的
前缀及具体描述，对兰花加以区分。另一个能区分兰花品种的特
征，就是它们的生长地点。公地上的兰花和林中小径上的兰花是
不一样的。威廉·哈兹里特（William Hazlitt）在他的文章《论
乡村之爱》（*On the Love of the Country*）中认为，"我们对人性产
生的兴趣是独有的，仅限于个人，而我们对大自然产生的兴趣却
是共通的，而且可以从一个对象身上，转移到其他所有同类身
上。"这种看法不无道理，人们对于报春花、布谷花等植物的感
情，的确是普遍存在的。实际上，所有生物都能体会这种感情，
尤其是对本地植物的感情。植物是构成本地环境的一部分，也是
这个地方与其他地方的区别所在。植物让一块随机的土地变成了
一个地点、一块领土和一处地址。克莱尔曾经将野花称作"绿色
纪念碑"，这种叫法与罗纳德·布莱特[1]提出的"一种永恒的环境
特征"遥相呼应，只是有些过于乐观了。克莱尔的兰花，是生
长地点已知的个别的兰花，就像其他独株兰花一样，在某种程
度上，要比其他同类的兰花更加脆弱。他列出了 12 种"英国兰

---

[1]　罗纳德·布莱特（Ronald Blythe, 1922— ），英国作家、散文家，代表作《阿肯
菲尔德》（*Akenfield*），记述了 20 世纪初到 20 世纪 60 年代英国萨福克郡的农业生活。——
编者注

花"，其中就包括3种"布谷花"。他提到，肉色掌裂兰（*Orchis latifolia*）"生长在罗伊斯林地（Royce Wood）的低洼处，这里属于克拉克·克罗斯先生（Clarks Close）所有。在圈地运动之前，在皮斯菲尔德（Peasfield）附近的帕克斯沼泽（Parkers Moor）、斯内夫绿地（Sneef green）附近的死亡沼泽（Deadmoor）以及摩尔克洛斯（Moorclose）旁边的罗腾沼泽（Rotten moor）中，这种兰花长得很好。可是现在，这些地方都已变成了耕地。"

*　　　　　*　　　　　*

正值四月下旬，花园里满是报春花和求偶的鸟儿。一群兔子丝毫没有察觉到危险的气息，懵懂地误把此地当成安全的世外桃源，在梨树下刨了一个兔子窝。猫咪小黑一直躲在暗处，观察着它们的一举一动。此刻，她就蹲在客厅的窗户边，盯着这群天真的兔子。猫咪是大自然的一部分，同时又独立于自然。不过，小黑并未因此而感到任何哲学上的困扰。窗户玻璃正好框住了她命中注定的战利品，却没有让她感到任何困惑或疏离。她不打算冲破玻璃，也没有认输撤退的意思。她完全明白玻璃在中间所起的缓冲作用。她只是盯着那群兔子，朝着门的方向挪了一步，又往后退了一点，好看清楚兔子的位置。接着，她飞快地冲出猫门，一口气绕过房子的三面墙，紧贴着第四面墙的墙根蹿了出去。

大地上，一场精密又无情的捕猎正在上演。梨树上，三只大

斑啄木鸟站在高高的树枝上跳着希米舞，看得人眼花缭乱。其中
两只的颈背处有一点红色，应该是雄鸟。书上说，雄鸟爱打架，
红色尾部覆羽常常被误认为是打架后流的血。其实，啄木鸟相互
追逐或求爱时，是很有礼貌的，就像在跳三维立体的方形舞：带
着舞伴向前一步，侧行两步，步伐稳健，节奏规整。

在草坪边上，公雉鸡大摇大摆地踱着步子，奋力拍打着自己
华丽的翅膀，力气大得恨不得要仰过去。母雉鸡几乎把所有时间
都花在了闲聊与聚会上。我很好奇，它们究竟什么时候才会着手
去做窝。不过，用不了多久，绝大多数雉鸡都会成为冤死鬼。在
春天发生的所有离谱事件和死亡事故中，雉鸡的命运无疑是最悲
惨的。它们被人们从遥远的栖息地专门引进到这里，圈养在鸡舍
中，还未成年，就被放到野外，任由猎人射杀。而最常见的结局
是惨死在车轮之下。河谷周边的公路就是雉鸡的墓地，路面上全
是被压扁的雉鸡尸体和断臂残肢，厚厚的一层。我亲眼见过，柏
油路上，被碾断的鸡头怒目圆睁，像是在发出某种巫术的警告；
还有，在木屋外的小路上，一只折断的鸡翅膀挂在了路边的峨参
花上，诡异地随风摆动着。风吹在羽毛上，才让它们的尸体得以
保留了一丝温度。我想，这也正是我不愿将它们捡回家、煮熟吃
掉的原因：不是因为它们已经死了，而是因为它们是冤死的，而
且，它们看上去似乎还活着。

154   历史上，人们曾多次将雉鸡从亚洲引入英国。古罗马人引进
的雉鸡品种（*colchicus*变种）以黑色脖颈为特征。在他们的专制

统治之下，雉鸡被关在笼子里，没有机会实现野生繁殖。一千年后，诺曼人再次引进了雉鸡，这次是大家熟悉的、有白色颈环的品种（*torquatus*变种）。在故乡，雉鸡习惯在稀疏林地和灌木丛中生活，来到英国的林地之后，也成功适应了这里的野外生活。它们四散在田野各处，被人用网捕猎；当它们休息时，还常常受到人类的惊吓和攻击。不过，雉鸡主要还是被当作野生鸟类对待。但是，二百年前，自人类开始有组织地用枪狩猎以来，它们再次变成古罗马人手中的商品。雉鸡蛋在孵化器中孵化，雉鸡在围栏中饲养，由于过度喂食而丧失了飞行能力，在对危险和领地一无所知的情况下，被放归山林，像野生鸟类一样生活。狩猎者在自己的车上贴了标语："请为比赛猎物减速慢行。"每年夏天公布的数字让人瞠目结舌：在英格兰有两千万只雉鸡，在东安格利亚，平均每个庄园有五千只雉鸡。夏末秋初，雉鸡是这里最常见的鸟类。

据记载，略多于半数的雉鸡死于人类的射杀，这个数字甚至比食用雉鸡的需求量还要高，即使在农村，雉鸡也是一种不受人待见的食物。成堆的雉鸡尸体被焚烧、掩埋，或者直接扔进鸡舍附近的树林里，它们本来就是从鸡舍中放出来的。（树林里有喂养雉鸡和掩埋尸体的痕迹，地面的植被是一片片人工杂草。人类不论走到哪儿，都会留下某些高贵的足迹。）幸存的雉鸡在小道上漫无目的地走着，在被人类随意抛弃后，迫不得已寻找着哪儿才是自己的新家。雉鸡的遗传基因决定了，它们更倾向于逃跑来

155 躲避危险，而不是飞翔。因此，它们经常被汽车碾死，被人类和
猎狗追杀，也就不足为奇了。

　　作为一种失去了家园也毫无方向的生物，雉鸡的悲剧是命
中注定的。野生动物与文明力量之间的碰撞是不可避免的，这一
点很可悲。但是，故意将圈养长大的鸟儿置身于野外的危险环境
中，则体现出一种蓄意的冷漠。这是人类对大自然管家这一角色
冷酷无情的诠释。

　　　　　　　　＊　　　　　　＊　　　　　　＊

　　但是，候鸟的归期依然难以捉摸。几周前见到的燕子已经从
农场飞走了。沼泽地里，本应该出现大量的黑顶林莺，可我却没
有听到它们清脆的叫声；而作为春天到来的另一个迹象，叽喳柳
莺的影子我也没寻到。难道它们迷路了？在地中海的风暴中迷失
了返航的方向？我反复做着同一个噩梦，梦见候鸟与南方的古老
生态链最终被打破。同往年的这个时候一样，我照例四处奔走，
寻找让我安心的迹象。我去萨福克郡的海边，在那里听到了一只
夜莺的啼音。我缠着朋友打听，他们看到的夜莺似乎都比我多，
听到的歌声也比我多。我给鸟类热线和候鸟观察热线打了电话，
他们说，的确是欧洲大陆上空的气团阻挡了候鸟的归途，导致归
期推迟，不过它们最终还是会归来的。于是我开始怀疑，我是不
是和候鸟一样，也被什么东西"阻碍"了。在过去的十年中，我

的听力每况愈下，我不得不面对这样一种可能性：绝大多数夜莺的颤声高音，恐怕我已经听不见了，如同我听不见燕子嘹亮的尖叫一样。这样下去太可怕了，唯一让我感觉不孤单的联系也被切断了，这种感觉糟糕透了。吉尔伯特·怀特在中年时曾一度失聪，失去了"乡间声音带来的好消息和小暗示"。他还在一封信的结尾援引一句话来表达感受："就连智慧也被拒之门外了。"

　　四月下旬，我和波莉又去了一趟布罗兹湿地，看望我们的朋友玛丽和马克·科克尔。马克的敏锐让人羡慕，他对野外环境明察秋毫的程度，不亚于他对自己写作的一丝不苟。我知道，和他出去散一次步，就能解决不少问题。我们一群人中，除了三个大人，还有马克八岁的女儿米里亚姆和邻居的儿子凯文。凯文非要跟我们一起过来。我们沿着切特河（River Chat）前行。河畔是长满了芦苇的沟渠，以及柳树林和灌木丛。几步之外，就是碧波荡漾的河面。当我盯着地上看时，马克发现了崖沙燕。他还分辨出了宽尾树莺拍打翅膀的声音。我太了解这种声音了，我确信自己也能听出来。马克似乎有本事凭空变出鸟儿。接着，他又机智地在我们正前方的上空中发现了雨燕。没想到，今年我和雨燕的初次见面，竟是以这样的方式，在我完全没有注意的方向，由别人指给我看。这是我生病之后，第一次正式遇见雨燕。我觉得很丢脸，也很难过，就像是自己的礼物被别人事先打开了。雨燕就在这里，我却没能发现它们。难道，我的听力比我以为的还要更差？我的注意力呢，是否还停留在我一直盯着的那面墙上？

156

　　我望向马克。他站得笔直，眼睛向前方扫视，一边牵着女儿的手，一边指给她看，这是一群燕鸥，那是一只沼泽白头鹞，那边还有许多燕子。我居然全都没看见。我看了看自己。我很清楚，自己时常会心不在焉。我的双眼看向地面，盯着脚前方大约一米半的某个重要位置，在紧张地盯着自己的脚与目视前方探寻之间，草率地做出了折中的选择。这既是作为一个植物学家的姿态，也是一个抑郁症患者的直觉。观鸟者用"浅尝辄止"（dipping）一词来形容没有看到稀有鸟类。而在那一刻，这个词用在我身上，真的是再合适不过了。

157　　与此同时，凯文正双手叉腰，喋喋不休地谈论着电脑游戏。他捡了几块石头打水漂，接着又放下我借给他的望远镜，用手扯了几把芦苇，还差点掉进沼泽里。他患上了注意力缺失综合征。米里亚姆看着他，摇了摇头，又告诉我，她的姐姐蕾切尔即将参加学校的话剧演出《柳林风声》，扮演一只黄鼠狼。米里亚姆把动物围攻蟾蜍的家描述得像林地的宣传片似的，被压迫的动物一起冲向特权之首府。我想，我大概也得了注意力缺失综合征。我将自己的弱点投射到大自然身上，体会到了一种荒谬的悲天悯人（这是浪漫主义者对大自然借景抒情的一种倾向）。候鸟的归期或许会推迟，数量或许会减少，但是，真正错过上船时间和提示的人，其实是我。

　　我被沮丧和失落的情绪淹没。我的生命中，还剩下多少个春天？这个问题让我陷入了罕见的忙碌之中。我可以做一些事情，来提高自己的注意力；至于我的听力，真的是需要帮助，才能巧妙地摆脱无声的春天。我去看了听力医生，他说戴助听器是最好的解决方案。我记得，吉尔伯特·怀特也有助听筒，但又觉得，在沼泽地里戴这么个玩意儿，是不是有点太招摇了。戴维·科巴姆另辟蹊径，建议我去侦探所打听打听。可是侦探所的人告诉我，能够调节远处声音的便携式设备，只存在于虚构的电影中。所以，我只能靠自己了。我逛了一些专业的电器商店，买了高品质的定向话筒、数字录音机和一副随身听耳机，自己组装了一台助听器，将之命名为"听力宝"（Auric）。我第一次戴上它时，有一种如释重负的感觉：那些我以为被困在巴格达和阿尔卑斯山之间、被毒气熏死、被饿死或被撞死的鸟儿，似乎就在我跟前欢乐地歌唱着。这大概是我三十多岁之后，第一次真正听到芦苇莺的优雅小调，灰白喉林莺抓挠树皮的声音，还有叽喳柳莺尖尖细细、忽高忽低的胜利的歌唱。

158

恍惚间，我有一种返老还童的感觉。不过作为代价，我也听到了被放大无数倍的噪音，比如远方飞机的轰鸣声和路上汽车的喇叭声。我觉得这样的交换是合理的，因为这就是候鸟回归的真实世界。它们回到了自己的地盘，也回到了我的脑海里。

*　　　　*　　　　*

几天后，我们又来到了布罗德兰最荒凉、最潮湿的一个地方。我带上"听力宝"，用圣诞节我装扮牧羊人时的那个背包装好。至于波莉，我真心希望，她永远不要忘记这辈子在布罗兹湿地留下的足迹。一路上，我们路过了多个野外观察的辅助设施：带门的小屋，五种颜色标记的一条条小路，写着该寻找什么、感受什么的提示牌，集安全护栏和无障碍通道于一体的、彰显着新安全文化理念的房屋。这一切，似乎都在传达着一条不祥的信息："不鼓励寻找第一手经验。容易受伤。生活不易，切勿擅闯！"

我们来到了一片大约 15 平方公里的开阔水域和沼泽地。中间只有一条弯曲的大路，将此地一分为二。沿着古道、堤岸和河畔一路前行，在这里，随处可见沼泽鹞，它们在远处的芦苇荡中，乘着回暖的气流起飞，雄鸟翅膀上有灰色、栗色和黑色花纹，好似臂板信号机。有时候，我们一抬头，可以同时看见五六只鹞在天空徘徊。1971 年，整个英国，只有一对沼泽鹞栖息。现在，仅诺福克郡就有 150 多只沼泽鹞，其繁衍方式为一夫多妻制。它们的眼珠在眼睑下滴溜溜地快速转动，多希望我也会这项技能。它们活脱脱一副探路者的模样，探寻着前方的未知领域。

夕阳落山时，三只鹞鸟从沼泽上飞了起来，身影快得像火箭。它们加速飞到约 30 米高，接着像照明弹一样炸开。我拿着双筒望远镜，追踪着其中的一只。它的翅膀在用力地上下舞动，掠过夕阳的余晖越飞越高。忽然，它张开尾翼，陡然俯冲，仿佛一把利剑。整个过程大概只有两三秒钟。多亏戴了"听力宝"，二十年来，我第一次听到了风吹过紧绷尾翼时的摩擦声，恰如一支箭正中靶心后的颤音。鹬鸟确实会唱歌，当它们受到冲撞时，会发出细小的呼哧声，以示抗议。而这种低鸣，就是它们在春天里的歌唱，在风吹动空气和它们的羽毛时奏响，是一首应景的芦苇风声狂想曲。

夕阳看上去硕大无比，将沼泽地染成了黄褐色，一如秋日胜景。影子落在我们身后，视线的边缘渐渐变暗，这是我的另一种官能退化。在我听力的极限附近，我捕捉到了一些杂音，我不禁抬头望去，三只鹤低低地飞着，几乎就在我们头顶正上方。它们的翅膀展幅宽达两米半，足以遮天蔽日。它们的轮廓呈弯弓形，双脚和脖子略低于身体，似乎像海洋动物或是远洋巨轮。它们排成一行，朝着夕阳飞去。即使经过我俩时，也无动于衷，完全没有看我们一眼的意思。鹤已经在这片沼泽生活了四分之一个世纪，也赢得了对这片土地的共同权利。鹤群在离我们数百米远的地方降落，两只消失在芦苇荡的深处，而剩下的那只，独自起舞了片刻。它交替抬起双脚，不时地点着头，随后便飞走了。我猜，它是困了，想必今晚它能睡个好觉。

鹤的完整舞蹈一直让我魂牵梦萦，这是沼泽地里的一种美妙仪式，只可惜，我似乎还不够资格去欣赏一回。纵观历史，鹤舞一直都是一个引人入胜的有趣主题。特修斯（Theseus）从克里特岛（Crete）返回时，与被他救下的童男童女一起跳了鹤舞，即

"迈着仙鹤的步伐跳了一段圆圈舞"。公元前500年，中国也有一种"白鹤舞"，其形式与之非常相似。这很难不让人怀疑，两者之间存在着某种关联。约翰·克莱尔曾写过一种名为"人鹤模仿大赛"的游戏，主要在庆祝丰收的家庭聚会上进行。这说明，在英格兰东部，当时的人们对鹤十分熟悉且印象深刻。他写道："男人的手里拿一根长棍，顶端绑着一截木棍，整体呈倒置的L形，代表鹤长长的脖子和喙，再用一大张布将木棍和自己的身体绑在一起。在这项活动中，大家往往玩得很尽兴，'鹤'专挑年轻女孩和老汉的光头啄，把大家搞得一团乱。"（众所周知，模仿是人与鹤之间的相互行为，鹤之所以跳舞，或许是在看到了人类欢欣雀跃、手舞足蹈之后，受到了启发。）

杰出的鸟类学家和民俗学家爱德华·阿姆斯特朗（Edward Armstrong），关于人类和动物的仪式活动具有同源性的观点，他表示深信不疑：

无论是出于生理或情感需求、社交需求、对节奏感的追求，还是生命体通过行为模式进行自我表达的内在倾向，鸟兽与人类都产生了相似的行为。因此，当人们在描述鸟类的舞蹈时，使用了"四重奏""小步舞""华尔兹""回旋舞"和"确定搭档"等术语，并非刻意拟人，而是承认了鸟类舞蹈和人类舞蹈之间的相似性，我们可以从中总结出两者的共同点。在舞蹈中，人类超越了自身的孤立世界，寻求实现人类与自然的和谐共生；
否则，人类既无法健康生存，也无法获得幸福。

　　阿姆斯特朗将舞蹈的基本形式（静态舞、圆圈舞、线条
舞、换位舞、独舞、双人舞、双人群舞及群舞等）列成表格，
结果发现，鹤精心设计的仪式几乎符合每一种类别。不过，他
对这些仪式活动的整体观点，现在已经不流行了；而我，始终
没有机会找到一份关于鹤舞的完整描述，来弥补我的缺憾。不
过，在19世纪，美洲鹤在美国还十分常见，佛罗里达州的乡
村小说家玛·金·罗琳斯[1]曾经描写过美洲鹤的晚祷仪式，令人
浮想联翩：

　　　　美洲鹤跳着集体沙龙舞，就像在沃卢西亚县
　　（Volusia）起舞时那般自信。两只白鹤各自领舞，它们
　　身形挺拔，通体洁白，发出了一种奇怪的乐声，既像在
　　哭泣，又像在歌唱。曲子的节奏没有规律，舞蹈也是一
　　样。其他的白鹤将领舞的两只围成了一个圆圈。在圆圈
　　中央，领舞的鹤跳着逆时针舞步。乐师们只负责歌唱。
　　只见舞者先抬起一侧的翅膀和脚，随后换到另一侧；接

1　玛·金·罗琳斯（Marjorie Kinnan Rawlings, 1896—1953），美国作家，创建了佛
罗里达边远林区的"地方文学"。她的代表作《鹿苑长春》《十字小溪》先后获得普利
策文学奖。——编者注

着，它们将头埋进自己雪白的胸脯中，再高高抬起，又深深埋入。它们跳得很轻巧，姿势稍显别扭，却自带优雅，流露出一种庄严感。它们的翅膀不停地扇动着，像伸出的手臂一样，上下起落。外圈的群舞不停地转着圈，中间的领舞则慢慢酝酿。霎时间，所有动作都停止了。两位乐师来到圆圈中央，原来的位置则由其他白鹤顶替。短暂的停顿之后，舞蹈又重新开始了。在沼泽清澈的水面上，十六只白鹤的倒影正翩翩起舞。

162　亲眼目睹布罗兹湿地的白鹤起舞，领略这种善于交际且纵情享乐的动物的乐趣，至今仍是我未偿的夙愿。可我不确定的是，假如我有意识地去努力，能否就一定如愿。或许在不经意的瞬间，鹤会出现在某地，与我不期而遇，带给我狂野的惊喜。

*　　　　　*　　　　　*

雨燕或许已经回到了布罗兹湿地，只是还没来得及回教区，自然也就没驾临我小屋上的阁楼。往年，五一节那天，我都会整装以待，迎接它们的归来。我再次来到公园的湖边，可什么也没看见。这时，我忽然想起一条观鸟的老规矩，于是将双筒望远镜微微向上倾斜。看，它们在那儿，密密麻麻的一大团，天边的云朵底下有一大群浮游生物，那是用肉眼难以看清的远

方。古老而浪漫的呐喊从我心里呼之欲出："它们回来了！雨燕
回来了！"也许它们的归途并不是一帆风顺，它们遭遇了恶劣
天气，因此有所耽搁，但它们还是风雨无阻地回来了。安妮·史
蒂文森（Anne Stevenson）有一首绝妙的现代诗是为雨燕而写
的，在这首诗中，她帮助鸟儿挣脱了人类的期待和象征意义的
束缚：

> ……事实上
>
> 寓言不需要雨燕，而我们的世界需要
>
> 雨燕并没有受罚，也未曾狂喜
>
> 它们不过是在海上睡觉的无足鸟
>
> 在这万物呼吸的尘世间
>
> 优雅地唱着，"自己生活在另一片苍穹"
>
> 以另一种方式证明，"奇迹不会发生"
>
> 看着奇迹
>
> 这就是关于雨燕的真相
>
> 也是雨燕送给我们的礼物。

随后，寂静笼罩了大地。风向转为西风，天气渐暖。一只
斑鸠在沼泽地里咕咕叫。一天早上，透过厨房的窗户，我看到
一只布谷鸟在后院的草地上飞得很低，它拖着尾巴，翅膀快速
而轻微地颤动着。难怪人们常说，布谷鸟在冬天会变成鹰。九

163

点半的时候，小燕子飞回来了。这次有两对。燕子开始在去年的老窝上继续筑巢。我回想起在我的生命中，将近半数的年份都见证了这一刻，这是奔波的房客许下的夏日承诺，它们带给我欢乐、陪伴和灵光乍现的启迪。但是，最近以来，它们带给我更多的却是失望。

　　我来到屋外仔细观察，就像雨燕在奇尔特恩老宅安家时那样。我小心翼翼，尽量不靠得太近。在最初的几个小时，甚至最初的几天中，雨燕有些紧张，性情不定，甚至还没开始筑巢，就一连换了好几个地方。我蹲在草坪上，一群群燕子从我身边飞过，动作流畅轻盈，像是在空气中游泳的小海豚。有时候，它们会错误地判断跃上屋檐的飞行弧线，结果只好重新再来，飞回谷仓，下降到电线以下的高度，双翅轻拍，调整降落的角度。它们时不时地离开窝，但总是不到一分钟就回来了，我很好奇它们是从哪里采集的泥土。我顺着雨燕飞行的大致方向，绕到了树篱外面的谷仓，发现它们在离小屋不到50米的甜菜地旁边的水坑里戏水衔泥。那摊水好似糖浆一样黏稠。我很想知道，几天之后，燕子窝会变成什么样子，会不会像烙饼一样在日头下烘烤。

　　筑巢进程过半，雨燕开始了团队合作。一只燕子负责将泥巴衔到窝边，另一只留在窝内，将泥巴快速涂抹堆砌起来。有时候，筑巢的技术也会适当调整，它们张开嘴，用较慢的速度将泥团压实。窝的弧度是最难处理的，有一部分弯曲的窝底已经脱离

了屋顶，必须从下向上反复修补，就像刚开始筑巢时那样，而不
能一味地向外延展。到了11点，它们就停止工作。这大概是为
了让新铺的泥层有晾干和硬化的时间。雨燕到底是如何即兴发
挥，用这种奇怪的建筑材料，在没有经验的陌生环境中筑巢的？
单靠本能，绝对无法完成筑巢的任务，在这个过程中充满了太多
的不可预测性和不断变化的挑战。燕子懂得思考，能够一边筑
巢，一边考虑对策。本能或许可以提供某种基础和架构，但是要
想每分每秒把握细节，恐怕这些只有9个月大的燕子必须像许多
其他动物一样，具有创新和创造的能力。

　　20世纪70年代，在奇尔特恩老家一个燕子飞舞的夏天，我
和姐姐合写了一本手记，详细记录了燕子的飞行运动，我计划
绘制一幅关于燕子生活和决策的示意图。这本手记我一直保存
至今。它主要是由一张张图表组成，形象地再现了燕子进窝出
窝的方向，停留时间和离开时间。我原本以为，能够从纷飞的
箭头中窥探出某种节奏，可惜并没有实现。它们并不如我预想
的那么果断和聪明，主要还是凭借直觉。我隐隐觉得，有时候，
当天气不好时，燕子会离开很久，时间漫长到令人心焦，我不
禁担心起窝里雏燕的安危，害怕它们会冻死或饿死。一天下午，
我决定骑车去寻找燕子父母的觅食之地。我依稀记得，公地上
有个投喂站，那里总是挤满了教区各处的鸟儿。然而，我一连
找了好几个小时，都没有找见它们的踪影。不过，我在那儿倒
是看到了不少觅食的鸟儿，它们躲在任何可以避风的角落。我

164

注意到，有一只鸟儿在运河船闸处不停地进进出出，还有一群鸟儿在酸橙树的树冠和树枝间穿梭，翅膀与树叶摩擦时，拂走了上面的虫子。

手记中也有文字部分，记录了十月份出生的最后一窝雏燕，当时天气冷到窝里都结了一层霜；记录了有次我情绪完全失控，在路边冲着打作一团的两种动物大吼，好让它们彼此保持距离；还记录了另一个夏天，一只大斑啄木鸟袭击了燕子窝，雏燕全都掉到了地上。（那天晚上，燕子父母花了很长时间在被捣毁的窝里激烈争吵。到了第二天，它们开始拼命修补，把洞堵得严严实实，连它们自己进出都不太方便了。）

当雏燕第一次从窝里试飞并远走高飞的那天，我写下了这段话：

这些天，雏燕一直很活跃，在窝里兴奋地上下扑腾，伸展翅膀，跃跃欲试，想要体验窝外的世界。它们扭动着身子不断向前，将窝口的雏燕挤到身后，如此循环往复。有时候，我很肯定它们踩到了彼此身上。它们看上去就像在洞口翘首以盼的小水獭。它们一定是想要飞走了。

今天，最大的雏燕从窝里探出头来，胸口抵在窝边，通体已经附上了近乎成鸟的羽翼。蓬乱的幼毛已经褪去，取而代之的是光滑的黑顶和绸缎般雪白的前胸。

165

它像往常一样四处张望，抬头看着自己的影子，低头望向窝底正在织网的蜘蛛，又向外看看路人和汽车，尤其是从窝前翩翩飞过的甘蓝白蝴蝶。它目不转睛地盯着蝴蝶飞过，头几乎转了180度。接着，它突然变回了雏燕的样子，不由自主地张开嘴巴，想必是饿了。

这会儿，燕子父母飞了过来，似乎打算给雏燕喂食，转眼间又飞走了，像是在故意逗孩子。父母的爪子勾住窝边的墙，不时探头向窝里看，好似耍蛇人，暗中观察雏燕的反应。这时，一辆英国电信公司的亮黄色的面包车突然出现，两只鸟儿匆忙缩回窝里，有一只还差点掉了下来。

166

到了午饭时间，那只最大的雏燕又来到了窝的入口处，好奇地向前伸着脖子，发出欢快的颤音，接着一跃而下，迅疾的身影仿佛软木塞从香槟酒瓶里迸了出来。不一会儿，第二只雏燕也起飞了，很快它们就飞得像父母那样随心所欲，在窝边自在徘徊，催促着窝里的雏燕赶快试飞。

*　　　　　*　　　　　*

在我们的农舍，雏燕试飞估计要等到几周之后了。在燕子蛋孵化之前，我却意外卷入了一场离奇的小风波。故事的主角有岩

燕、雨燕，还有一段吉尔伯特·怀特笔下的紫杉木，我特地将它
带到了诺福克郡。故事的结局涉及"自然叙事"的一些启示。关
于它们之间不可思议的背景关系，我有必要先解释一下。

　　吉尔伯特·怀特曾经写过一本不朽之作《塞尔伯恩博物
志》（*The Natural History of Selborne*）。其中，有四篇关于燕子
（hirondelles，法语中的"燕子"）的散文颇有见地。（我之所以用
了这个模糊的词，是因为与"hirundines"不同，"hirondelles"
包括了雨燕、燕子和岩燕，根据普遍的分类方法，它们都属于人
类的夏季房客。）燕子通常是自然写作的"客观"对象。这是我
喜欢上怀特的部分原因，并最终促使我执笔为他立传。那段时
间，我经常待在塞尔伯恩。这里乡村风光的一大特色，就是圣玛
丽教堂墓地的紫杉古树。据说，它的魔力似乎已经超出了科学能
够解释的范畴，甚至连怀特也这样认为。

167　　从此，便开始了我与这棵紫杉树的纠葛，至于是谁在纠缠
谁，现在已经说不清楚了。这棵紫杉树是塞尔伯恩村的地标。它
既不卑贱，也不高贵，容易滥用在古树身上的陈词滥调都不适合
它。除了周长惊人之外，它甚至都不算特别大，一直默默无闻
地生长在教堂的西南侧。怀特的博物志首次出版时，赫罗纳穆
斯·格里姆[1]为这棵紫杉树创作了一幅版画。可他明显把树画矮

1　赫罗纳穆斯·格里姆，全名塞缪尔·赫罗纳穆斯·格里姆（Samuel Hieronymus
Grimm），18世纪瑞士风景画家，从事油画、水彩画及钢笔画创作，画作大多记录历
史场景和事件。格里姆曾为吉尔伯特·怀特的作品绘制插画。——编者注

了，画得和周围的农舍差不多高。

这棵紫杉树已经很老了，看上去矮矮壮壮的。如果非要把它拟人的话，它不像一尊佛，倒是更像莎士比亚笔下的福斯塔夫（Falstaffian），大腹便便，一身怪癖，给人一种无序感。近看，它的确与众不同，树干的拐角处有许多深邃的凹槽和横生的枝节。树干内部，大部分芯材已经烂完了，柔柔地泛着好似珠母层的紫绿灰色光泽。树的四周，是一圈椅子。

怀特曾详细写过这棵紫杉树的故事。然而奇怪的是，该文章并没有收录在《塞尔伯恩博物志》中，而是收录在《塞尔伯恩古物志》（Antiquities of Selborne）中，仿佛这棵树不是濒死，而是已经死了。怀特知道，这棵紫杉已经很老了，并认同它或许"与教会同岁"。他认为，教堂墓地里之所以经常看见紫杉树，可能是为了让"最受尊敬的教区居民"能够在紫杉树下乘凉，或成为一道挡风的屏障。此外，紫杉木还可以用来制作长弓。而最有可能的原因是，紫杉树拥有悲伤的外表，因此作为死亡的象征，人们特意将其种在了教堂的墓地里。

几乎可以肯定的是，怀特设想的各种理由都不对。现代人认为，紫杉树不仅不是死亡的象征，相反意味着不朽。其部分原因在于，紫杉的树叶四季常青。随着人们逐渐意识到紫杉树的寿命可以长达千年，这种观点也越来越成为主流；而紫杉出现在教堂墓地中的原因，与基督教传统也并无多大关系。从历史记录、年轮分析和景观变迁的证据来看，目前似乎可以肯定的是，教堂墓

168

地里的众多紫杉，与其说是"与教会同岁"，倒不如说比教会更古老。许多紫杉树在基督教诞生之前就已经存在。最可能的情况是，紫杉像磁铁一样，吸引着早期的异教徒在树下进行宗教活动，并由此发展成了基督教做礼拜的原始场所。毫无疑问，塞尔伯恩的紫杉树至少有1500多岁了，浑身散发着古老的气息。几个世纪以来，一些作家或出于对怀特的敬意，或为了在紫杉树的历史中添上属于自己的一笔，纷纷前去塞尔伯恩朝圣，不断测量着紫杉树干的周长。W. H. 哈德逊[1]也来过此地。威廉·科贝特[2]在写《骑马乡行记》（*Rural Rides*）时，曾发现这棵紫杉树的周长比怀特时代增加了约20厘米。

然而，1990年初，这棵紫杉树却不幸被大风刮倒，躺在了墓地的西南方。当时的牧师有感而发："教堂墓地淹没在风暴的海洋中，树枝和叶子被风卷起，冲向沉船似的白色墓碑。"墓碑之下，是30具遗骸，其中有19世纪初带头抗议什一税的志士。塞尔伯恩的紫杉树正在向世人展示着它的千年记忆。

1987年飓风肆虐之后，当地人无法接受汉普郡（Hampshire）大名鼎鼎的紫杉树被风刮倒的事实，于是开展了多番营救行动。当地的农业大学派了一队人，锯掉了紫杉树沉重的树冠，用吊车

---

[1] W. H. 哈德森（William Henry Hudson，1841—1922），英裔阿根廷作家、博物学家和鸟类学家。——编者注

[2] 威廉·科贝特（William Cobbett，1763—1835），英国作家、记者、政客，拥护英格兰传统农村，反对工业化带来的不良影响。——编者注

帮它重新站了起来。牧师带领村里学校的孩子们，手拉手环绕着
紫杉树的树干，祈祷它能活下来。奇迹正渐渐发生。然而，种种
救援过后，紫杉树正下方的一条地下主线管突然破裂了，市政用
水完全淹没了紫杉树的树根，一直泡了 36 个小时。讽刺的是，
这成为了压垮紫杉树的最后一根稻草。数月之后，老紫杉树在抽
出了几根新芽之后死了。

169

　　不过，在紫杉树还没死之前，就有数百人来这里表达他们
最后的敬意，走时还不忘带走一些剪下的杉木做纪念。木工们
的生意好极了。凡是在紫杉树下聚餐、求爱或求婚的塞尔伯恩
市民，都可以得到一个用这棵紫杉树的木头制作的木碗或伞菌
菌棒，其中甚至还包含了他们呼吸的空气分子。不知他们是否
还记得，这棵紫杉曾经为他们遮风挡雨？教堂用紫杉木做了一
把琉特琴，我带走了两根原木。你或许以为，这就是故事的结
局了。

　　可是紫杉树还不想走。村子举行了一场感人的告别活动，
村里的老老少少都参加了。人们将它的一根树枝种在了离现在
空心紫杉不远的地方。我的那两根原木一直在车库里放了十几
年，被压在一堆旧书和园艺工具下面。后来，我带着它们一起
来到了诺福克郡，送了一根原木给大卫和莉莎，我以为他们会
拿来雕刻心爱的仓鸮，但他们并没有这样做，而是将原木转送
给了木雕艺术家马修·沃里克（Mathew Warwick）。马修用这块
木头给他们做了一只木碗，上面还雕刻着吉尔伯恩·怀特的燕子

图案的微型镶饰。

　　于是，我趁着周末，把剩下的那根原木也搬到了马修的工作室，想请他帮忙雕刻，并尽力阐明我对岩燕、雨燕的模糊印象，以及仓鸮在庄稼地里的犀利眼神。马修耐心地向我解释，为什么我的要求难以达到。紫杉木是一种不太硬实的木材，经常会出现难以预见的缺陷和裂缝，处理起来十分麻烦。你没办法先在心里想好一个固定方案，然后期待木材能够完全配合你的想象。所以，站在马修的立场，他希望像打开牡蛎壳一样，去探索原木内部的瑕疵和缝隙，然后再设计该怎么雕刻合适，这样才能做到"因材制宜"，打造最适合燕子的造型，而燕子从此也将栖息在这个木头做的安乐窝中。从某种程度上讲，怀特本来认为，有一部分燕子在过冬时，就是藏在塞尔伯恩公地的树根下冬眠的。虽然他从来没有明确承认过这一点，但在过去的传说中，燕子的确是在教区的池塘底部冬眠的。（塞缪尔·约翰逊[1]专门为这些池塘里的燕群发明了一种迷人的说法："一群燕子聚在一起，一圈圈地飞舞着，随后一股脑儿地冲进池塘。"）马修理所当然地认为，怀特当真是这样想的，并认为这是一个与安居和归属有关的传奇神话。而我一直认为，怀特之所以愿意接受燕子冬眠的可能性（以至于他真的会去当地的帚石南坡地和小屋阁楼上寻找冬眠的燕

170

1　塞缪尔·约翰逊（Samuel Johnson，1709—1784），常被称作"约翰逊博士"，是英国历史上著名的文人，最显著的成就是他独立编写了《约翰逊词典》（*A Dictionary of the English Language*），对后世产生了深远影响。——编者注

子），与其说是出于开明的科学态度，不如说是源自他对燕子的留恋与不舍。挚爱的燕子飞走了，标志着夏日的终结。心力交瘁的怀特，只能在内心深处的角落，期盼着有些燕子并没有飞走，而是留在自己的教区过冬。这是完全可以理解的。但是马修却认为，怀特所相信的是一种寓言。不论他的话是有心还是无意，都让我吃了一惊。二十年来，我与怀特一直都是文学上的挚友，可我从未想到，怀特笔下竟蕴藏着如此心思缜密的隐喻。当然，这本书本身就是一个关于栖居的寓言，是万物生灵群落的一个缩影。然而，怀特是一个有着强烈的人文情怀，兼具扎实的理性思考的作家，他与自然写作历史上的前辈和后辈形成了鲜明的对比。你必须改变思路，把他当成一个极富想象力的小说家才行。

　　于是，我又重温了怀特于1774—1775年在英国皇家学会发表的四篇精彩的论文。时至今日，这些文章读起来依然十分引人入胜。怀特对鸟类的观察"细致入微"，无可挑剔；同时，他的文章从文字上看，丝毫没有科学论文的艰深学究之气。结构自由，内容涉及许多有趣的奇闻逸事，从字里行间还可以感受到怀特的深情。文章中也提出了不少问题，但往往缺乏跟进。他在调查方法和陈述方面并不擅长。然而，一些其他的目的代替了传统科学中先入为主的主客体及因果分析，在不知不觉之中，一直指引着怀特。此外，如果你考虑到作者在写作时的处境和大概的精神状态，你会对这些文章的深度有新的理解，也会与作者产生新

171

的共鸣。一个中年单身汉，只身留在英国的偏远乡村，内心渴望着知识分子的陪伴和都市的快乐生活。在描写候鸟的栖息、迁徙和家庭责任时，他考虑的不仅是鸟类的处境，还有自己的处境和人类的处境。

描写毛脚燕筑巢的文章，实则是一个关于生活的小故事，怀特用这种方式思考了如何平衡工作与玩耍的关系。文章集中描写了鸟儿作为筑巢者和居住者的充实忙碌与天然的幽默感。怀特用了一半的篇幅，描写这些"勤劳的工匠"是如何工作的，"一天漫长的劳作，从凌晨4点前开始。燕子只在清晨筑巢，白天其他时候则用于觅食和娱乐，为新窝的晾干和硬化留出足够时间。"燕子的故事是关于家庭生活的，而怀特作为一名乡村牧师没有孩子，自然也就没有体验过家庭生活。他讲述了雏燕是如何在"无微不至的呵护"下长大；面对猛禽的捕食，母燕在保护孩子时是多么"为母则刚"；在飞行中又是如何对孩子照顾有加："母燕和雏燕发出默契的信号，相互交错着越飞越高，朝着一个角度在空中相遇；小燕子不停地发出短促的鸣音，充满了感激与满足。"崖沙燕是一种相对陌生的野生品种，"在此地的乡村并不常见，与英国的其他燕子品种也都没有什么关系"。崖沙燕非常神秘，在崖壁上"凿洞为巢"（terebrating，这是怀特想出来的科学术语），在黑暗中育雏，悄无声息，也不爱交际。它们的故事，向我们暗示着大自然的多样与神秘。

172　　　　但是，对于雨燕，怀特是再熟悉不过了。他赞美着雨燕节日般的聚会和永不停歇飞翔着的一生："如果有人愿意在五月的清晨观察雨燕，将会看到成对的燕子从高空中乘风而过，其中一只不时落在对方背上。随着一声刺耳的尖叫，这对燕子双双坠落数米。正是在这个'结'骨眼[1]上（怀特的双关语从来都不过关），它们完成了繁衍后代的任务。"这是一个关于野性与自由的故事，写的是怀特错失了大展宏图的机会。怀特一直是孤身一人，他没有志同道合的邻居，还饱受晕车之苦。在文章的结尾，他陷入了对两只雏燕的深思：

> 它们像新生儿一样柔弱无助……一想到这些无所事事的小生命在短短两周之后，就能像流星般，以不可思议的速度冲向天空，甚至踏上漫漫迁徙之路，穿越广袤的陆地和海洋，一直飞到赤道遥远的另一边，我们就忍不住为之感叹。大自然如此迅速地将雏鸟训练到了完美的状态；相比之下，人类和大型四肢动物的成长发育过程却如此缓慢而乏味！

当然了，燕子会在英国乡村过冬的观点，在科学上纯属无稽之谈，怀特究竟是否"相信"这种说法的字面含义，也很值得怀

1　原文为juncture，有"关键时刻""节骨眼"之意，也有"接合""交接处"之意。——编者注

疑。不过，虽然这种观点不靠谱，但怀特对燕子的感情却是真真切切，恰如雨燕在我们肉眼看不见的高空边飞边睡的事实一样，毋庸置疑。

几周之后，马修过来找我。他告诉我，一想到要把这根紫杉原木切开，雕一个"有限而清晰"的冬眠之地，他就感到紧张。不过，他还是打算按照这个想法，先把构思画出来。顺便提一下，共有六对燕子在我家外面筑巢了。他及时将脑海中酝酿已久的想法画了出来，手稿带着花边，剪成了一对翅膀的形状。其中一幅画刻画出了燕子在紫杉原木中安眠的样子，燕子的身影倚在非洲乌木上，做着南飞的美梦。另一幅画的是紫杉原木本身，想象着它的年轮犹如一本打开的日记，每一页都标记着树的年纪。马修写道："或许，紫杉树就是一座贮存着无穷想象的宝库，传达着各种信息和消息。"他很好奇，"这根木头中蕴藏的种种可能性是否具有一种撩人的特质"，因此它才能够在人间一直流传下去，不同的人对其所包含和呈现出来的信息也会有新的解读。

紫杉木、燕子与艺术家之间的这轮迂回交锋，似乎让一块木头变成了富有创造力的批评家，对此人们当作何感想？在这个世界中，记忆、情感、自发意识以及不断增长的对事物整体的把握，相互交织。若想对这种复杂的感觉进行描述，仅凭有限的简单术语和自然科学的因果模型，显然是行不通的。我在农场观察筑巢的燕子时，发现它们拥有一种创造力，这种创造力无法简单归结为由燕子的自然本能触发。怀特在写燕子时，他不仅将燕子放在由众多物种组成的真实环境中（他本人也是环境之一），还进一步探索了不同动物在不同生活中所产生的共鸣。

至于那段紫杉原木，它帮马修和我找到了探索所需的领悟力。或许，我们可以简单认为，它是一位理想的倾听者或是一面回声墙，能够在获得了深刻体验之后，将自己的想法以微妙的方式，重新折射到观察者的脑海中。不过，这种比喻似乎太过被动。一个历史如此悠久、经历过无数风雨、在逆境中得以生存的有机体，理应获得更高的评价才对。摆在我面前的有一种选择，即追随新时代的人们对于紫杉树的崇拜，将之视作生命之树，并赋予其进取精神，这种想法似乎让人很动心。但我不能踏上这条神秘主义之路，无论从何种意义上，我都觉得，这不过是人类作为主体，将大自然视作客体的另一种形式，而这段紫杉木也仅仅被当作大自然的一个离散的个体。或许，恰如安妮·史蒂文森诗中的"雨燕的礼物"，紫杉树的礼物就是帮助我们领会，生活"在万物呼吸的尘世间"的意义，让我们意识到，思想是一种比意识更博大之物，未必会局限在一个个独立的小包装之中。思想是所有生命都具备的功能，是后天习得的、能够产生共鸣的经验，是我们生活的组成部分。它可以是文化的、合作的，甚至是大家共有的。或许，基于我们对生命统一性的新的理解，更有助

174

230   心向原野

于我们摆脱"思想乃是个体所有之物"的谬论，拥抱"思想乃是万物共有共享之物"的观念，就像一片原野。

*   *   *

在过去几个月中的大部分时间里，雨燕和岩燕之所以能够热闹忙碌地生活，主要归功于啄木鸟的踏实可靠。它们无处不在。大斑啄木鸟还会飞到梨树上，它们的鸟巢肯定离花园不远。它们也经常出没于沼泽地带，流连于长虫的赤杨林和柳树林中。在帚石南坡地上，绿啄木鸟就像长着青色绒毛和火舌的幼龙一样，在草坪上跳跃着，接着飞上天空，大喊大叫。这两个物种，或者说这两只不同的鸟，都喜欢停在花园外的一根电线杆上。啄木鸟奋力朝着电线杆飞去，尽可能地在起伏的飞行过程中保持直线，随后像沿着绳子下滑的攀岩者一样，躯干贴在电线杆的表面。它们并不是在这里觅食或探察，而是扮演着哨兵的角色，四处张望，相互对视，将这里当作一个视野极佳的瞭望台。不论我走到哪里，都能看见一两只啄木鸟，不是在大笑，就是在盘旋上升。

因为难以言喻的巧合，在我的生命中，啄木鸟第三次成为了让我愉悦的信使。我看到一只啄木鸟，就收到一条爱的讯息。波莉正在想我，而我也正想着她。

关于啄木鸟，不同的时代、不同的人们，却不约而同地产生了类似的想法，这是为什么呢？啄木鸟作为神话中的预言家，具有悠久的历史。人们相信，啄木鸟能预言雨水，能影响庄稼的生长，甚至能预测世界的未来。在法国的吉伦特（Gironde），流传着一个关于啄木鸟能预示下雨的民间故事。上帝创造了地球之后，命令所有的鸟儿用它们的喙，啄出大海和湖泊。除了啄木鸟表示拒绝之外，其他鸟儿全都照做不误。鉴于啄木鸟不愿意啄地球，她（谬误，原文即如此）就惩罚啄木鸟永远啄木头。而且，由于啄木鸟在啄出湖海这件事上没有任何功劳，所以只配喝雨水。因此，可怜的啄木鸟永远都在望着天空笃、笃、笃，不论是在天上飞行，还是在地上落脚，它们总是抬头向着天空，张开嘴巴等待着接雨水喝。

　　然而，在希腊和东欧等神话中，绿啄木鸟和黑啄木鸟被视作生育或丰产的象征。这主要是因为，啄木鸟在挖蚂蚁时，同时也是在掘土。这些神话的背后，究竟隐藏着什么？公认的说法是，这是一种交感巫术。绿啄木鸟的进食技能与耕地颇为相似，让人联想到肥沃的土壤和生育能力；而大斑啄木鸟的笃笃声很像打雷，所以才有了啄木鸟求雨的传说。交感巫术通常可以简单解释为"相似物治愈（或产生）相似物"；在探索自然界的秩序和关联性方面，交感巫术的确是一个更全面、更普适的方法，几乎无所不包。其核心思想是类比，是一种"非科学"的自然信仰，认为生命的不同层面不仅是彼此关联的，而且在某种程度上，还会相互产生物理影响——可以称之为"隐喻"。外在的相似性，就

176

是内在过程和潜在共鸣的线索。植物的形状和颜色，反映出它们
蕴藏的力量。人类模仿了动物的交配舞蹈，就可以促进这些动物
的繁殖，或许也会让舞者生更多的孩子。而啄木鸟笃、笃、笃，
老天就会打雷下雨。

　　交感巫术并不是通往真正科学的初级阶段。它属于另一种
理解方式，其信众希望以此来影响世界。交感巫术始于观察和经
验，但它并不是试图通过简化的方式来解释世界，比如将其分解
为更小、更细微的部分或"原子"，而是通过更宽泛的视角来审
视，直到对象似乎已融入这个盘根错节的世界之中。克洛德·列
维－斯特劳斯称之为"具体性的科学"（the science of concrete）。
吉尔伯特·怀特对燕子冬眠的误解，从某种意义上讲也带有巫术
的色彩，这表达了，他希望燕子能够留在自己身边，与自己一生
相伴。

　　这让我又想起了啄木鸟，以及它们带给人们的奇怪感受。
我是生活在 21 世纪的人，自然不会真的相信，啄木鸟能够预测
或召唤雨水。但我会聆听它们的叫声，抬头看它们飞翔。啄木
鸟粗粝的嘎嘎叫声、向上倾斜的喙、盘旋飞行的身影、笃笃笃
的声响，还有红色、黑色和白色的油亮绚丽的羽毛，所有这些
曾经吸引我们祖先的特征，今天也同样吸引着我们。啄木鸟的
节奏已经在我们的大脑中形成了定式。如今，人们对它的解读
更加实事求是，甚至可以说有些草率，不过好在并没有完全丧
失同理心。啄木鸟带给人们警示，让我们时刻小心。它们是感

叹号，是人们在祈福时，彼此交叉的食指与中指。当你做出这个祈福手势时，在别的地方，一定有人也在仰望苍天，做着相同的手势。

第五章 ————————————

．
．
．

漂亮摆设

Chapter 5

Fancy Work

一只可爱的小篮子，或许是女人或孩子在采摘水果时使用的。上等柳条编成的篮子倘若不是用来盛放果蔬，还可以用作漂亮的摆设。

——诺福克郡博物馆格雷森霍尔
乡村生活展览的展品说明

Rural Life at Gressenhall, Norfolk Museum

接着，就到了五月末。经过了一次次失败的启动和半路夭
折，夏天终于来了，仿佛是在特地等待一个合适的时机。这个夏
日不同以往，满眼都是瑰丽的色彩，空气中弥漫着微醺的气息，
驱散了日子不过是"一如既往"的颓丧挽歌，点燃了东英格兰人
共同的回忆。幸运的是，夏天开始的那天清晨，拂晓时分我便已
经醒来。屋后的草地上升起了一层薄雾，像牛奶似的，白茫茫的
一片，与最后一朵峨参小花的花边融为一体。过了一会儿，太阳
出来了，雾气渐渐散开，阳光拂去残存的一丝夜色，生命迎接着
新一天的到来。夏天似乎是在斩钉截铁地告诉我，此后天天将是
如此。

接下来的几个月，骄阳似火，野花争奇斗艳。我已多年不曾
见到这种场面，怎么都看不够。在黑暗中度过了两个夏天之后，
我觉得自己就像一个开心的孩子，生日礼物多到数不过来，心里
不断地打着各种如意算盘。令人意想不到的是，我的愿望是去看
地中海的碧海蓝天，看长着青绿和浅黄褐色羽毛的蜂虎鸟。我想
聆听夜莺的歌唱，随便哪儿都可以。我想在伦敦街头，吃一顿希

178 腊大餐。我特别想回趟老家，在山毛榉树林中漫步。我想躺在花园里，一躺就是一整天。我想去体验那种期待已久的水上顿悟之旅，开着波莉的快艇，在布罗兹湿地航行。我想知道，在如此不可多得的日子里，我们会决定去做些什么。

面对这些胡思乱想，以及拥有自由后的选择困难症，最管用的方法当然是什么都不做，放任夏天将你淹没，等待放眼皆是华英成秀、枝繁叶茂的时刻到来。据说，当葡萄藤开花时，就算是已经发酵成熟的葡萄酒，也会出现嗞嗞冒泡的迹象，仿佛残留的葡萄细胞依旧记得自己刚开始成熟的时刻。或许，我们的身心在成熟时，也同样会冒起泡泡。

不承想，老天爷已经替我安排好了意外，跟我开了他最爱开的玩笑。这次意外让我有机会躺在床上，反思人生。就在波莉和我准备去西班牙南部度假的前几天，我做了一次膀胱镜检查。这次检查让人很不舒服，也很难为情。医生把内窥镜插入膀胱，一边检查，一边现场解说着体内的状况。结果并不严重，无非是膀胱过度活动症，也没有发现任何不好的苗头。医生称之为"例行检查"，但没想到却出了问题。检查时，医生从我发炎的膀胱上切下了一小块活检标本，结果导致我内出血。到家后不到一小时，我就开始尿血了。又过了一个小时，尿里出现了血块，再后来，就什么都尿不出来了。我的尿道堵死了。我的身体被无法缓解的疼痛占据，我完全无法集中注意力，去思考任何事情。我连动都动不了，只能坐在马桶上，独自煎熬。我想，对于每个想适应沼泽生活的人而言，这简直就是一个黑色幽默。我的膀胱破了。趁自己意识模糊之前，我拨打电话，叫了一辆救护车。可想而知，英雄们赶来救我了，我被放在担架上，从几乎垂直的 17世纪螺旋楼梯上抬了下来，他们成功发扬了救死扶伤的美德。

笑气的麻醉效果让大口呼气的我满脸通红，我甚至唐突地跑到急诊室里，要求医生给我打吗啡，希望获得更多平静。不一会儿，我的膀胱重新和外界取得了联系，我感到了真正的解脱。但我的膀胱还在渗血，导尿袋的颜色像李子酱一样红。我必须留院观察。于是，我的假期泡汤了。在此之前，我只在 19岁时不得已住过一次院。这次被迫卧床的经历让我深感不安。不过，它倒是为我打开了观察东安格利亚的另一扇窗户，一扇从内向外的窗户。

男性泌尿科病房，活像是勃鲁盖尔[1]笔下的一个场景。穿着长袍的倒霉男人缓慢地挪动着，提着尿袋的样子像是去献祭。尿袋都是用混凝纸做的，看起来和中世纪农民背的皮包或口袋差不多。（这正是荠菜被叫作"牧羊人口袋"的由来，因为荠菜曾经是治疗膀胱疾病的一味草药，尤其常用于治疗膀胱出血。）这显然是农村赤脚医生的治病风格。菲律宾护士不怎么会说英语，但通

1　彼得·勃鲁盖尔（Pieter Bruegel the Elder，约 1525—1569），文艺复兴时期布拉班特公国画家，以风景画与农民景象的画作闻名，人们称他为"农民的勃鲁盖尔"。——编者注

过各种肢体语言和手势、夸张的叹气和一些混杂语，我们交流得
也挺好，让我成功地少受了一些罪。波莉擅长即兴发挥。看到医
院的饮食过于清淡，她就给我带了一些夸张的食物，比如放了很
多咖喱的酸奶，多半都是医生不让吃的。周围病床上的病友，也
都是肾病患者。有一位肾结石患者在他不该去的地方发病了。一
整个早上，他都在面无表情地打电话，试图证明自己当时不在那
里。还有一位，周六晚上在布罗兹湿地游玩时喝了过多的啤酒，
结果前列腺直接坏掉了，得了急性尿潴留，和我一样。恍惚之
间，一幅膀胱病的宣传画吸引了我的注意力：膀胱是体内和体外
的排水口，它就像一座无法控制的堤坝，随时可能停止流动，在
体内形成一个沼泽，滋生菌群。

180

　　我还在尿血，这时的尿液看起来很像梅子酒。住院的第四
天，医生说我的尿道已经被未溶解的血块堵死了。毫无疑问，我
的体内已经非常接近泥炭沼泽。我需要放水，只好接受了膀胱
冲洗治疗。与膀胱镜的舒缓按摩相比，这种治疗简直就是一种
水刑。尖头注射器反复伸进我的膀胱抽出液体（就像抽水泵一
样），我觉得好像护士的整只手都侵入到了我的体内。我与外界
亲密互动的浪漫愿望，被现实狠狠地打脸了。小说家乔伊斯·卡
罗尔·欧茨（Joyce Carol Oates）也曾有过类似的经历。每当她
因阵发性心动过速而晕倒时，她都会体验到一种强烈的、被大自
然漠视的感觉："当你发现自己躺在地上，浑身无力，头栽在泥
里，万般无助时，整个大地似乎都在向前平移；强硬而有力，这

种移动不流于表面，而是真的有一股力量在推动——除了'存在'（presence），没有其他词可以形容……有东西正在从外向内入侵。当外物想要入侵时，你只能靠自己虚弱的那层薄膜来抵抗。"躺在操作室的病床上，我感觉外物正在入侵我的身体，层层突破着我体内虽尽力抵抗却依然脆弱的薄膜。

　　不过，膀胱冲洗似乎起了作用。尿袋里的尿液变成了清澈的黄色。当天下午，我就出院了。可我的确也体验了令我手足无措的冒犯。我的身体似乎变成了一个不可靠的陌生人，不再是属于我自己了。这种不安的感觉似曾相识，逃跑的路线已隐约可见，可这种逃避世界的做法是毫无意义的。我心里很清楚，考验我的时刻来临了。

　　感谢理智的波莉，直接将我带到了荒野，让我能够在更加平等的环境中，直面那个"强有力的存在"。我们去了布罗兹湿地西边的斯特鲁普肖沼泽（Strumpshaw）。那是一个雾气迷蒙的下午，天气挺暖和的。我虽然腿有点抖，但还是不住地为自己打气。你听，你抬头看。要想做到，实属不易，但这次你有最好的理由。沼泽地的野花在我的脚边铺开，有剪秋罗、勿忘我、黄菖蒲，还有一种重瓣的布谷花——这还是我第一次见到野生布谷花。一片薄薄的草叶上，飞来一只雌性红襟粉蝶，几乎半透明的翅膀上染着一抹橙色，还点缀着些许灰色的云彩。一阵风吹过，粉蝶缩成了一枚雨滴的形状。我觉得自己也快被风吹跑了，但我要挺住，不能畏缩。我们继续蜿蜒前行。我向

181

波莉介绍了草甸碎米荠的辣味，她用两块燕麦饼干夹着水薄荷叶子，给我做了个水薄荷三明治。她的包里总是随时带着燕麦饼干。在沼泽边缘的柳树林中，一只宽尾树莺正在放声歌唱。我虽然没戴"听力宝"助听器，但也听见了它的歌声，还有芦苇莺和柳莺的歌声。在我视线的尽头，沼泽鹞正在芦苇荡里逡巡，沼泽表面的交错纹理映射到空中，形成了气流的轮廓，鹞正好随之顺势滑行。我觉得自己仿佛也在展翅，重新与世间万物恢复了联系。我们沿着堤坝走着，河水清澈见底，四周点缀着野生黑醋栗灌木、唐松草和毒芹的新芽。准备回家时，我们在沼泽的对岸发现了一座孤零零的小屋。小屋边上是长长的花坛，从门口一直延伸到沼泽边，里面种的是飞燕草和成簇的羽扇豆。花坛赏心悦目，我们继续向前走，发现了路旁立着的一个路牌，或许是从公地时代遗留下来的。上面的文字喻示着，这里是荒野慷慨开放的可透膜："假如你追随燕尾蝶来到此地，那么欢迎你继续跟随它们，进入我们的地界。"

*　　　　　*　　　　　*

我和沼泽恢复了一些联系。我照例会出门散步，走到大汗淋漓再回家，但我依然没有发现沼泽向松软的泥地扩张的迹象。我开始想其他办法，观察植被的微妙层次和纹理。植物呈现了一台精彩的演出，尤其是在韦斯顿的沼泽。人们常常用壁毯来形容这些植物，不过这种比喻听上去似乎过于均匀了。实际的情况是，植物也在钩心斗角，巧妙地占据着各自的地盘，非常灵活，有取有舍，最终，所有的植物都发挥了各自最大的能力。

这是一片由众多小池塘组成的宽阔水面。狸藻的花茎长得大致一般高，顶端开着亮黄色的小花，在水面上随风摇曳。叶子完全浸在水中，叶柄上长着捕虫囊，用来筛选、捕捉并最终消化水里的微生物。狸藻通常生长在沼泽植被的边缘，这里的生态就像一个小型的鲸落。较浅的池塘周围布满了苔藓，苔藓就像吸水海绵，在腐烂后会变成泥炭。目前，它们构成了沼泽地暂时的表面。茅膏菜属是另一种食虫植物，曾经生长在湿润的苔藓上，但现在已基本绝迹，或者说，因为数量太少，已难觅踪迹。但是，在韦斯顿沼泽还有第三种食虫植物，那就是开紫花的捕虫堇。有时，人们也称其为"海星植物"，因为其底部的莲座是黄绿色，像海星一样，黏糊糊的平趴在泥炭表面，它在质地较硬的泥炭土里更为常见。在这些地方，池塘的水和泉水可以透过草坪，渗入沟渠。沼泽缬草常与捕虫堇生长在一起，粉红色的花朵呈精致的伞房状，散发着香气，让人联想到比它个头更大、香到作呕的近亲香子兰。从池塘边到最茂密的芦苇荡，水薄荷散落在这些植物中间，随处可见。

所有植物中，最重要的主角还是兰花。这里的兰花由普通斑点兰花与三种沼泽兰花杂交而成，看起来形状有所不同，十分有趣。从植物学角度看，它们的身份并不比塞文山脉的兰花

183

更好辨认，甚至让人毫无头绪。这种兰花长着紫红和粉白色的斑点，像一个锥形的蟾蜍的小脑袋，真是变化万千的品种，也算千里挑一了。在植物学家为兰花系统命名之前，兰花的杂交品种就已经出现了，而且兰花可能还在持续杂交，或持续进行相关的探索性实验。

　　但是，有一个品种的身份是不存在疑问的，也不会因为杂交而变得模棱两可，或出现退化的情况。七月，是沼泽地的火烧兰开花的时间。韦斯顿沼泽的对岸，俨然变成了热带风光的前哨站。于我而言，这是所有兰花品种中最迷人的一种，最接近于热带雨林的空中盛宴。当我第一次在这里看见它们时，我惊讶到连数都不会数了。此前，我只见过它们一次。那是在英格兰北部一处沙丘洼地的芦苇荡中。而在韦斯顿沼泽，这里有成百上千株火烧兰。每棵兰花的植株都会开 10 朵到 20 朵兰花，花茎像天鹅脖子一样弯曲着，三枚上唇花瓣形状尖尖的，下唇为纯白色，边缘有褶边，像花花公子的手帕。它们太好看了，而且还是免费看。它们身上穿的是沼泽里流浪风格的服饰，是周末派对上的最佳造型。但同样引人注目的，是它们带来的家的感觉。它们泰然自若，在离水面仅两三厘米的地方，轻点水面，微妙地盘旋着。它们紧紧抓住凸起的地方，仿佛这是它们的救生筏。

　　所有这些较矮的植物，基本上都生长在那些每年都进行修剪的沼泽地带，也就是说，它们周围的植被在初夏时节也都很矮。而在不太密集的地区，比如堤坝或沼泽边缘等宽广水域，较高的

植物占据着主导地位。这里全部都是向上生长的植物，比如宽叶
香蒲、芦苇、黄菖蒲的叶片、唐松草、紫红色的大麻叶泽兰，还
有随处可见的绣线菊的新芽。绣线菊就像沼泽中的泡沫，这种植
物带着蜂蜜和杏仁糖的香气，给人一种清新的感觉。其叶片几乎
是一尘不染（因此有人将其作为求婚和婚庆植物），而气味辛烈
的水薄荷则刚好相反。水薄荷似乎将沼泽里全部味道都糅在了一
起，既有盛夏黄瓜的清爽，又带着水的生涩，还有些许干草堆的
气息。

　　在芦苇和莎草之间的空地上，常常看到一垛垛隆起的莎草丛。
在沼泽地里，这里的草长势最为茂盛、最欣欣向荣，却并没有变
成真正的林地。莎草丛长得和树一样高，下面是堆叠的根团和枯
叶，因此莎草能高高地矗立在沼泽上，有时能超出水面1米多。
在布罗兹湿地，有些地方特别潮湿，又无人管理，莎草便成为另
一块悬空的地面，就连赤杨和柳树幼苗都能在这里扎下根。当赤
杨或柳树长到足够高大、足够重时，它们就会倒下，带着底下的
莎草一起遭殃，连周围的水体都会出现部分堵塞。于是，树木和
水域之间的推搡与循环再次开始了。我怀疑，正是因为在这片河
谷中的任何沼泽里，都有可能发生这种情况，所以当地人才会一
心一意地保护沼泽的纯粹。不过，这只是一种阶段性现象。至少，
在一段时间之后，古老沼泽里会再次重现莎草纤柔的倩影。

　　沼泽里，植物的风格千篇一律，几乎都是向上延伸的细长
型，远远超出了禾本科的范畴，这一点难以解释。这里的土壤如

此肥沃，至今仍有园丁特意从这里挖土。可是，在沼泽植被中，却没有出现独自霸占光线的大坏蛋，没有那种爱出风头的、叶子像阳伞一样的植物，没有那种"沼泽大码头"[1]，这是为什么呢？（真正的"水上大码头"，其实是最节制且对环境很挑剔的植物。）这里的植物，似乎就是为了多元化文化生活而专门设计的。根据原始的达尔文主义和自私基因理论，植物谱系（以及它所代表的物种）追求的是不断扩大自身领地，赶走附近的邻居，以便为自己的后代争取最多的生存机会。但是，真实世界中发生的情况，却并非一场简单的赢家通吃的比赛。沼泽存在着向林地发展的普遍趋势。除非发生了洪水灾害，或受到人类放牧或故意砍伐等行为的阻碍。砍树是因为树荫会在一段时间内遮挡阳光，从而减少物种的多样性。但与外力相对应的，还有一种内在驱动力，以一种微妙的形式，不断推动着物种朝多样化、灵活性、共生与伙伴关系发展。树冠上出现的每一处轻微破裂或是任何的机会，都会被寄生于大树的植物或动物利用，在其表面生长繁殖，不断向土壤和潮湿的土层延展，日复一日地发展并丰富自身的多样性。在任何生态系统中，自然的长期发展趋势都是逐渐变得更加多元、复杂且合群。在沼泽中，植物以如此密集的方式生活在一起，这已经不是一个被动地相互容忍的问题了，而是每个物种都坚守着自己的阵地，其他物种难以再侵占一分一毫。

1　"沼泽大码头"（Greater Fen Dock），是作者化用大水生酸模（Great Water Dock，俗名"水上大码头"）的名称自创的词。——编者注

不同物种在一起亲密混杂着生长，在彼此的陪伴下相互受益，享受着周边土壤的改善，通过根部分泌的特殊化学物质，培养共生真菌，阻止捕食者的偷袭，这是不是一种最佳状态？例如，阿司匹林（aspirin，又名乙酰水杨酸）是世界上最有效的药物，在它的英文名中，就借用了绣线菊（20世纪初，其俗名为"*Spiraea ulmaria*"）的部分字母组合。它是一种抗应激化学物质，在柳树等植物中的浓度较高，在其他物种中的浓度较低。当绣线菊中的阿司匹林渗透到沼泽的土壤中时，是否也给其他物种带来一种偶然优势，从而成为了天然的伴生植物呢？而这种共生现象，会不会才是外来物种有时会反客为主的原因？也就是说，反客为主的原因，并不在于新物种缺乏"天敌"（本地绣线菊能有什么天敌？），而是因为，原来的植物本身就不是从远古进化而来的化学互惠体系中的一部分。

用皮埃尔·布迪厄的话来说，沼泽体现了一种生存常态，是一个供万物生存且充满自然可能性的场所。沼泽是河谷水系的交界，从燕子衔泥的甜菜地，穿过路边的草丛和排水沟，流向芦苇荡和柳树林旁的沟渠和小溪，与地下的暗河、池塘和温泉沿线的泥炭坑相连，最终汇入河流，联通并供给着从黑水鸡饮水到绣线菊根系滋长的整个水域生态体系。今年夏天，我在沼泽地里巡游，突然受宠若惊地觉得自己被水重塑了，并与自然融为了一体。我暂时成为了大自然的一员。我帮忙运送粘在鞋子上的种子。每当我望向对面的池塘时，我会拨开芦苇，短暂地留出一个

186

缝隙。夏季，烈日炙烤着大地，每次我踏上泥炭滩涂，湿气就会
从我的脚边微微扩散，我觉得自己似乎把水挤压到了几米或几公
里之外的某个酣睡的水生动物身上。风也在造物，将散发着香甜
气息的青草拢在一起，缠绕成网，抵挡着泥炭的灰尘，也让流浪
的种子得以歇脚安家。风中夹杂着各种气味，薄荷味、花粉味，
还有泥炭土自带的炭烤蘑菇气味。在我的脚边，第一批变身成功
的小青蛙像泥鳅一样，争先恐后地游出泥潭。蜻蜓从我的眼前一
闪而过，迅疾的速度好似动画片，仿佛从一处瞬间幻影移形到另
一处，不曾穿过其中的空间。我不清楚它们的翅膀是否发出了声
响，但它们移动的速度如此之快，突然的转弯和急停简直让人难
以置信，以至于让我怀疑，它们似乎在空中发出了清脆利落的啪
的一声。

187   烈日炎炎，沼泽似乎不只是一处栖息地，也是连接着不同生
命脉动的一层薄膜，不停歇地进行着双向流通。当乔伊斯·卡罗
尔·欧茨生病倒地时，她也是靠自己那层脆弱的薄膜，去抵抗自
然世界"强硬而有力"的入侵。梭罗对"自然的薄膜"也持有相
似的观点。不过，与欧茨相反的是，梭罗在薄膜破裂时，体验到
了一种狂喜。当他完成了自己史诗般的创举，登上了荒凉的卡塔
丁山（Mount Ktaadn）的顶峰，他像个虚脱的朝圣者或自笞者
一样发出了感慨："谈到神秘，想想我们在大自然中的生活，每
天看到各种事物，接触各种事物——岩石、树木、拂过我们脸颊
的微风！坚实的大地！真实的世界！人类的共识！除了联系！还

是联系！"沼泽这层薄膜则更加慷慨。它不脆弱，更不设防。当然，它不是完全神秘的，而是可感知的、包容的、与人方便的。在所有古老的泥炭地上，靠水而生的生灵都是敏捷的，具有很强的适应能力，能够随遇而安。

19世纪30年代，克莱尔并没有住在自己家里，而是住在剑桥郡（Cambridgeshire）沼泽旁的赫普斯顿村（Helpston）以东几公里的诺斯伯勒村（Northborough）。他的朋友和赞助人出于好意，为他在那里找了一所房子，想帮他减轻与日俱增的家庭压力，改善每况愈下的身体状况。但是，离开自己熟悉的家，恐怕就是压垮克莱尔的最后一根稻草。这种无法抵抗的终极疏远，加重了他生活中的痛苦。正如他曾经说过，他被带到了"自己完全不认识的地方"，在诺斯伯勒，他写下了关于流放的诗《逃之天天》：

> 陌生的场景，于我不过是浮光掠影
> 眼前尽是模糊而疏离的景象……
> 每一棵树，无一例外的陌生
> 走到哪里，都是他乡
> 年少时上房揭瓦、春风得意之地
> 而今在何处。

188

重点并不在于诺斯伯勒的风景与赫普斯顿有着显著的不同，
而在于诺斯伯勒的某些细节，是克莱尔完全不熟悉的。不过，他
还是渐渐找到了安慰：旧日花园中种过的一簇荠菜，长在门边的
一株忍冬；还有鹬，他的老朋友。（六年前，他在公地上发现了
鹬筑的巢，并在日记里记录了当时的情景："在夏天常常看见它
们。"）而现在，鹬是湿地中的另一位隐居者，也是他的新盟友。
他最优秀的沼泽诗歌正是在诺斯伯勒写的，名为《致鹬》。出于
对鹬的尊重和共情，他写下了这首诗，从鹬的角度，描绘了沼泽
这片耸立在泥潭之上的荒野：

　　　　一丛杂草……

　　　　或生在你常常流连的森林

　　　　树木的枝杈如迎风的旗帜

　　　　或长在古老的柳树桩旁

　　　　在夹缝中茁壮成长

　　　　微型小岛不断膨胀

　　　　从淤泥中拔地而起的一座小山

　　　　刚好合了你的心意。

克莱尔还逐渐掌握了当地的方言，绝妙地抓住了它们共同流
亡于这片沼泽的陌生和隐秘：

> 一条细密深邃的沟渠
>
> 点缀着这片荒野，泛红的泉水
>
> 从苔藓环绕的泥潭中涌起。

和克莱尔一样，鹬也在寻找避难所，以躲避"人类可怕的视线"，躲避那些可能会破坏或"暴露"其"神秘巢穴"的"海盗"。克莱尔在对居住地点的痛苦挣扎中获得了灵感，认为鹬是自己走投无路的同类。在诗的结尾，他表达了内心的感激，"你教会了我，如何去正确地控制情感"：

> 我抬头望天
>
> 朝着最卑微庸常的事物微笑
>
> 为所有爬行的、跑动的、飞行的动物
>
> 提供一方安宁而亲切的乐土。

189

　　　　　　　＊　　　　　　＊　　　　　　＊

烈日烘烤着沼泽，整个乡村变得热闹起来。在迪斯镇，半数居民都穿起了夏天的衣服，参加派对。就连雨燕也不例外。它们在水面上飞行嬉戏，好似一场烟火般短暂的自我放纵。在最热的几个星期里，我看着它们故意穿过电线，背靠着背，像纵横交错的丝带极速猛冲。雨燕在扎堆筑巢的村庄外游戏喧闹。兴奋的年轻雨燕，在父母的巢前推推搡搡，想挤进去，之后又回到燕群中穿梭，疯狂地低空飞行，你追我赶，几乎撞上了汽车的引擎盖。（不过，在我记忆中，还从未见过雨燕命丧车底的惨剧。）

　　只是四处闲逛了一会儿，就让我觉得仿佛参加了某个夏天的节日。夏天往往让人感到沉闷，有种一切都已结束、时光被浪掷的感觉。可在这里，情况却完全不一样。这里的夏天似乎永远不会结束。帚石南坡地上的情景与你想象中的"公地悲剧"相去甚远。这里上演的，应该是公地喜剧才对。克莱尔也写过"公地的狂野与欢乐"，而这里的一切，只能说有过之而无不及。紫色、淡紫色和黄色的野花散落在被烈日暴晒、被野兔啃食的草地上。柳兰和第一批帚石南花交相辉映。那些自古就归化为本地野生物种的植物，比如河畔消失已久的肥皂草，还有来自地中海的宽叶香豌豆，就在诸如唐松草这样的后冰川本土植物附近盛开着。一小片日本玫瑰也开花了。它们的花茎被啃食过，增加了它们与野蔷薇的稀有杂交品种犬蔷薇（*Rosa x paulii*）出现的可能性。这是一种奇异而神秘的攀缘蔷薇，长着浮华的白色长花瓣。沼泽中的绣线菊见证了地质奇特性和坡地整体矛盾性的并存，竟然与其白垩岩上的近亲水芹并排生长着。

　　夏天正在演变成一场众生的狂欢。蜂兰花在路边和屋后的草地上随处可见。在沃瑟姆村（Wortham）沟渠旁的带状绿地上，出现了沼泽兰花和斑点兰花的杂交品种。而且，克莱尔曾表示，这种杂交品种的"数量很多"，具体位置在战争纪念馆附近，就在通往斯皮尔斯山（Spears Hill）的路上。路上随处可见农民摆的小摊，他们将多余的鲜花和蔬菜摆在旧桌子上出售：50便士一颗卷心菜，花瓶里还插着三束香石竹。在一些绿地上，陆续出现了许多帅气的骑马者。我开始明白，这些看起来并无用处的马，究竟是用来做什么的。和阿拉伯骆驼一样，这些马既是身份和地位的象征，又可以进行买卖。大黑斑点和长长的金色马鬃代表着马的最高价值，这种品相的马可以直接卖钱，或进行其他交易。

接下来该说说昆虫了。屋子的墙上，好似点缀着许多旋转的象形文字和生动的涂鸦，看上去就像生活在胡安·米罗（Joan Miró）的画中。有评论家表示："米罗的符号和标志，徘徊在他用斑驳的色彩打造的模糊而浅显的空间中"。这句话用来形容伊恩花了好几个晚上才刷好的墙，似乎也很贴切。首先出现的是飞蚁，平淡无奇，但胜在数量众多，它们从地板和墙壁之间的缝隙中涌出来。从前在奇尔特恩老家时，我见惯了草坪上黑蚂蚁秩序井然的飞行表演，当时的一幕，同样发生在与今天一模一样的高温天气和开阔草地上。长着翅膀的雄蚁和雌蚁一边螺旋飞行，一边交配，霓虹般闪闪发亮的鞘翅堆叠在一起，它们蜂拥而上，场面颇为壮观，于是"蚂蚁婚飞"成为了我们家族日历中一年一度的节日。然而，在这里，每一天都是"蚂蚁婚飞"日。我猜这大概意味着，蚂蚁的繁殖或许与这栋房子一样古老吧。

随着气温继续攀升，小豆长喙天蛾也从欧洲大陆飞回来了。早餐时，它们一直在忍冬藤和装着牛奶麦片的早餐碗之间徘徊飞舞。一天晚上，我看到了四只蝙蝠蛾，表演着令人着迷的"求偶"塔兰泰拉舞。雄蛾绕着雌蛾盘旋舞蹈，翅膀振动得飞快，看起来活像一团小雾球。沼泽中再未见到磷火闪烁，不过，这算是件好事。天黑时，窗户上趴满了各种各样的蛾子，有接骨木尺蛾，小小的醋栗尺蠖，还有双翼像羽毛的鸟羽蛾，好似错综复杂的纹章图案。

在黄昏时分，观察这些小动物的活动，从某种意义上说，让我得以真正了解昆虫世界。人们常拿昆虫来开玩笑或讲寓言故事，它们成为了炎炎夏日里的滑稽担当。但是，在我长时间观察昆虫之后，发现它们的行为与那些无聊的卡通动画其实没有半点相似之处。在家喻户晓的神话中，飞蛾愚蠢到去扑火，宁愿让火焰吞噬自己，是一种容易被光迷惑的动物。而在户外，真实的情况是，飞蛾只会成夜地守着灯光，冷静沉思。与更复杂的动物一样，飞蛾也有位置感和领地意识。时而还有蟋蟀闯入，它们明显也希望像燕子一样，成为这家的客人。吉尔伯特·怀特最喜欢的昆虫就是蟋蟀。在怀特平淡无奇的园艺日记中，第一篇富有想象力的散文，就是赞美他家附近田野里的蟋蟀。雌性的颜色"暗淡"，而雄性是"闪亮的黑色，肩部有一道金色条纹，像一只大黄蜂"。他觉得，"蟋蟀在夏天悦耳的叫声为他增添了更多的欢乐"。蟋蟀在"表达一种被迫离开熟悉环境的痛苦"，而怀特则想到了一个好办法，帮它们走出洞穴，"用一根柔软的草茎轻轻推入蟋蟀洞，一推到底，然后快速带出住在里面的蟋蟀；这样既不会伤害蟋蟀，又可以满足人类的好奇心。"

　　继绿色卷叶蛾之后，绿色的螽斯也登场了，它们抬着弯曲的大腿到处溜达（就连我的床上也难以幸免）。这只深色的螽斯是我在针线盒里找到的。当时，它正在研究一块大磁铁。当天晚上，我又发现它蹲在灯的旋钮开关上。我猜，它多半是一只嬉皮士蟋蟀，热衷于抖动身体。我的野外向导说，夜里它一直在断断续续地发出嘶嘶声，想必一定有事情发生。

　　与昆虫意外产生的亲密关系，也影响了我。我不再将房子幻想为一个被入侵（或是正在被入侵）的殖民地，而是将房子视作一个甲壳，一个由其内部的居民生成的复杂的外壳。当然，猫也是其中的一分子。猫咪小黑秉持着万物有灵的精神，特地参与到这出新戏之中。她对我使了手段，这种做法我以前在其他猫身上也领教过。我走路时，她会跑到我面前，直接卧倒，勾引我去抚摸她最柔软的肚子，接着开始来回扭动身体，再起身跑到几米之外，故技重施。这已经不光是肉体上的享受了；她是在故意挑逗我，等着看我的反应，好奇我会追她多远。我意识到，巴甫洛夫的小白鼠是我，而不是她。成年猫咪之间的玩耍，仿佛回归了猫的小时候。这是件有趣得令人着迷的事情，完全不该被简单地解释为一种成年后锻炼捕食能力的训练。通常，这种互动被视作一种奢侈，因为家养的猫多少会有一些"自由时间"，而野生动物是没有这种闲暇的。在整个自然界中，动物对感官体验及同类互动的享受是显而易见的；有时候，这

193

种互动甚至可以是跨物种的。

　　猫喜欢重复做一些平淡无奇的事情，以满足其传闻中的好奇心，猫能从中明显体会到一种毫无保留的快乐。而这些事情，与生物学上的实用意义相去甚远。在奇尔特恩老家时，我的老猫皮普（他的英文名字之所以叫"Pip"，是因为他出生时看起来并不像一只小猫咪，更像一只大耳伏翼蝙蝠，英文是"pipistrelle"）会经常尝试一些新玩法。在探索的过程中，皮普经常会跨越物种间的障碍。一遇到蜻蜓，唉，他真的是完全不拿自己当外人。有一次，皮普还遇到过一头鹿。与他相比，我与鹿的那次偶遇就显得有点随意和胆怯了。皮普一直都是个伟大的嗅探者。每天早上，他都会躺在院子里，眼睛睁得大大的，却又似乎什么都没看；接着便开始了他的早课，而且永远都从同一棵玫瑰开始。他闻得很仔细，不难想象，他戴起眼镜做学问会是什么样子；当然，他是在闻昨夜发生的事。他用鼻子小心翼翼地嗅着树枝，仔细分辨着自己和其他动物的气味，其他的猫、人、獾或狐狸，又或者是鸟粪颗粒，也可能是正在生长的枝丫，味道闻起来比之前更成熟了。有一天，他闻到了一只麀鹿的气味。当然，他也听到了鹿的声音。就在大概几小时之前，我刚跟这头麀鹿打过照面。当时，它正在灌木丛里吃草，给玫瑰花丛进行着一次迟到的修剪。皮普一看见它时，便匍匐着跟上前去。它俩先是站着一动不动，试探着嗅着对方的气味，接着又因为彼此的唐突而闪身分开。不一会儿，它们又进行了二次试探。这次，皮普允许麀鹿用舌头舔自己的脸。结果，麋鹿造访的消息不胫而走，短短几分钟的时间，附近所有的猫全来了，大摇大摆地朝着这只外来动物走去，一个个用震惊的表情注视着麋鹿，一边嗅着气味，一边摇着爪子。麋鹿似乎不为所动，继续吃着玫瑰花，时而用舌头舔脸，时而冲着猫群点头示意。只有当猫群的注意力过于集中在自己身上时，麋鹿才会翘起屁股或者向后跳。矛盾的是，这样做的效果却更加适得其反。麋鹿在花园里待了好几天，一直在我们的紫杉树下休息。当麋鹿反刍着玫瑰花，五六只猫都蹲在周围，或近或远，不知疲倦地望着它，被眼前的场景深深地吸引，看麋鹿反刍简直成了它们的一种放松和享受。那场面一度变得像文艺复兴画家笔下的伊甸园。

194

　　炎热的天气似乎在强化这个世界的感知力，就像冬季的严寒会让感官变得麻木一样。河谷渐渐弥漫着一种不寻常的气味，好似这地方南移了一两千公里。野玫瑰的香气萦绕在篱笆周围。荆豆灌木丛像椰林似的沙沙作响。泥煤灰变成了一种原始的蒸汽，如同每到十月份，木屋里的木制品散发出的难闻的瘴气。而且，难闻的气味是夜以继日的。夜晚寂静的空气中，同样充斥着从迪斯羽毛加工厂里飘来的杀菌剂和生长抑制剂的味道。

　　我还记住了一些新的声音。巷子里，沥青破裂时会发出轻柔的啪啪声，就像并紧嘴唇发出的声响。这声音我长大后就再没听到过。在帚石南坡地上，干枯的鹿角地衣在脚下嘎吱作响。

六月间一个闷热的夜晚，我和波莉专程去西部聆听欧夜鹰歌唱。
欧夜鹰悦耳的歌声，是夏日黄昏的缩影。奈蒂谢尔荒野保护区
（Knettishall Heath）曾是欧夜鹰最爱出没的地方，可是这次，我
们却没看到它们的身影。昔日的帚石南草地，如今已被四处生长
的松树所占据。这里应该是最好的观察地点了，我们在花丛中还
意外发现了一只长耳鸮，可是却始终不见欧夜鹰的踪迹。

195　　　　于是，一个月后，我们开车去了布雷克兰。那里发生了一
系列奇怪的变化：鸟儿离开了帚石南草地，开始在砍伐后的人工
林的大片空地上定居了。在一定程度上，这可能是它们某些深层
记忆编码的觉醒。在历史上的大多数时期，布雷克兰都是从原始
森林中短暂开垦出的一块空地。我们在桑顿·道纳姆村（Santon
Downham）的河边野餐。村子的名字来源于 1668 年的一次沙尘
暴。我们欣赏着雨燕在护林人的小屋上空飞翔。然而，沉醉于此
并不明智，我们快赶不上原定计划了。欧夜鹰通常会在日落后的
45 分钟左右开始歌唱，要想欣赏到完整的表演，我们只剩下大约
10 分钟了，得赶紧找到欧夜鹰出没的角落。我们把车开进了塞特
福德森林（Thetford Forest），行进了大约 1.5 公里，在遇到的第
一块空地处停了下来。这块空地大约 120 亩，被一圈树苗和老松
树环绕着。我们跌跌撞撞地穿过齐肩高的欧洲蕨，心想着这些植
物很快就会变得稀疏。然而并没有。一刻钟之后，我们依然在这
片茂密的丛林中艰难前行，几乎都看不到彼此，更别提外面的世
界了。但是此时，我们也来不及掉头了。欧夜鹰歌迷们耳熟能详

的仲夏黄昏序曲已经奏响了。

　　暮色降临。我们的双眼还没来得及适应黑暗，就产生了短暂的发光幻象，也就是人们常说的光幻视。丘鹬从左边登场，像根结实的木头，开始在自己领地的舞台上卖力地表演。它咕哝着，身体里发出了一种好似爬行动物的低鸣，听起来算不上是交流。几百米之外，一只狍子叫了几声。我们置身于茂密的欧洲蕨深处，感到一阵窒息。飞蛾几乎是在我们的头发中穿梭。刚开始，欧夜鹰发出的声音就像远处传来汽车启动时的那几下引擎声，不易察觉，但也绝对不可能听错。接下来是越来越强的、引擎持续运转的声音。欧夜鹰离我们至少有 100 米远，它颤动的啼鸣却响彻了整个夜空。我们还在欧洲蕨丛中跟跄跋涉，希望能靠得更近些。这声音似乎有一种致幻的效果，能把其他所有声音都拒之门外。欧夜鹰转过头，呼吸之间，不断排空肺里的浊气，再吸入新鲜空气。它的声音也随着呼吸，忽高忽低。我们缓缓地向它站着唱歌的那棵树靠近。突然，声音戛然而止。这片刻的安静让人心惊，就像是突然拔掉了电源插头。接着，欧夜鹰飞了起来，目光向着树林外，拍着翅膀，几下就飞到了欧洲蕨的上空。还有一只鸟儿也跟着它一起飞走了。我们看清了，那是一只雄鸟，翅膀和尾巴上有白色的斑点。两只鸟儿双双消失，飞进了对面松树林的深处。我们只好继续等待。此刻天已经完全黑了。在遥远的北边，另一只欧夜鹰开始了歌唱。那声音很细，断断续续的，就像自己脑子里的某种声音。突然，第一只鸟飞回来了，和我们只隔

196

了几棵树的距离。它的叫声实在不同凡响，有种远古的韵味。它
向高处飞去，在空中与松树产生了共鸣，而后又向下俯冲飞行了
两三分钟。欧夜鹰意欲何为？它的歌声如同夜莺般婉转、即兴，
毫无疑问极富乐感，于是人们倾向于认为，欧夜鹰从自己的表演
中收获了兴致和乐趣。对于我们而言，欧夜鹰粗粝的啸叫有些陌
生且极其古老，那种机械的低鸣虽然还没有完全成形，却已经让
人感到珍奇与惊艳了。"我在这里，你在哪里"，这是鸟类歌唱
确认身份的共同声明。可是欧夜鹰的声音，即便是听力不健全的
人，也能在800米开外听得一清二楚。它还在说什么呢？"请你
保持距离好吗？"这是不是对北边的另一只欧夜鹰说的？"亲爱
的，我还在呢。"这是不是对它的爱人说的？今晚的欧夜鹰是活
泼的、饥饿的还是多疑的？或许我不该去寻找准确的答案。在某
种程度上，鸟儿的歌唱可能只是一种纯粹的情绪宣泄，或是一种
单纯的活着的证明，并没有什么参考价值，甚至连一些科学家也
开始接受这种观点。在这种情况下，欧夜鹰的歌声其实更接近于
音乐，而非语言。

　　它的歌声是一种个体表达，也属于一种社会交流。如果是
近距离倾听的话，有的人可以分辨出每只鸟不同的声音。其他动
物也能做到这一点吗？对于听觉灵敏的狍子来说，这响彻天地的
歌声意味着什么？对于几乎是哑巴的丘鹬呢？正在睡觉的树莺会
被这歌声打扰吗？这歌声是不是夏日大合唱的一部分，而这里所
有的动物，是否也在根据这歌声来划定自己的栖息地范围呢？

197

刘易斯·托马斯曾写过地球的"巨正则系综"（grand canonical ensemble）：

> 每位乐手独立演奏的部分，例如蟋蟀或蚯蚓等，可能本身并不具有音乐感，但是我们是从整个环境组成的和声中听到了它们的声音。如果我们能够聆听它们组成的交响乐团齐声合奏，那么我们或许就能感受到其中的复调旋律配合、音调和音色的平衡，和声与音强……而这种复合的旋律，或许会令我们兴奋不已。

我终于等到了夏季在布罗兹湿地泛舟的机会，我们乘坐的是一艘漂亮的"小白船"。不用说，计划总是赶不上变化。出发的那天，刚好刮起了大风。波莉和她的姐姐克莱尔花了整整两个小时，才把船从停泊处开了出来，只因大风屡屡将小船顶回岸边。我有自知之明，清楚自己的驾船技术不值一提，所以尽量保持安静，不去添乱。我想起了G. 克里斯托弗·戴维斯（G. Christopher Davies）有一次写到女士坐船。戴维斯几乎是凭一己之力，使布罗兹湿地在19世纪末期声名大噪，甚至当他所著的《诺福克和萨福克地区河流与湿地手册》（*Handbook to the Rivers and Broads of Norfolk and Suffolk*）再版时，他还专门为自己吸引来的大量游客制定了文明游览守则，加到了书中。他呼吁："女士们，请不要大把大把地采摘野花、浆果和野草，而等到枯萎干

198 瘪了就扔在船上不管，让倒霉的船长替你们收拾干净。不要一年到头只顾着自己弹琴，芦苇莺在宽阔水域的歌声更加甜美；也不要在早上八点船还没靠岸时就出来。"要是他有机会见见波莉姐妹就好了，她俩胳膊上全是蚊虫叮咬的包和绳索勒痕，正努力地在为小船松绑，活像两位游击队战士。终于，我们出发了。船开得很快，似乎已跃出水面二三十厘米。她俩让我来掌舵。在整整五分钟的时间里，我用尽办法避免翻船，避免出其他洋相。我尽可能地放轻松去握住船舵，感受船身的倾斜和水的阻力，心算着二者之间的几何方程。我恨不得长三只眼睛，一只看水面，一只看桅杆上的风向标判断风向，一只观察远处芦苇荡里的动静。那里有一团野火正在冒烟。几只沼泽鹞在一旁巡逻，寻找逃难的动物。其中一只鹞的前进方向，刚好与我们相同。不知道从哪里来的疯狂自信，我试图让船帆与这只鹞的翅膀呈同一角度。鹞靠着翅膀向前飞，而我们则靠着鼓起的风帆航行，这看起来就像是一个逆风前进的奇迹。紧接着，鹞在空中90度转弯，假如我也跟着照做，一定会翻船的。虽然我开得越来越好了，但心里也明白自己的技术究竟如何。我的脑海中浮现出一句话，就像曲奇纸托上印的格言一样寓意深刻，也道出了我在过去一年中的感悟。这句话是："逆风时，船是不可能在两点之间按直线航行的。"

我思考着自己的感官系统发生了多大的改变。两年前，我的脑子里还时常出现俄罗斯东正教音乐的低音幻听。现在，我听到

的已经是欧夜鹰荡气回肠的歌声和芦苇莺的窃窃私语了。我在热
浪中体会着感官洪流的冲击，蝙蝠在暮色中电光般的闪烁，杂草
被晒焦的气味，蜂兰天鹅绒般的光泽。夜间，我的视力和嗅觉都
变得更灵敏了。最重要的是，我的注意力变得更集中了。大自然
里的其他生物又拥有怎样的注意力呢？是否具备辨别力，且有能
力在感官上屏蔽一切无关的"白噪声"？蝙蝠蛾会不会"注意到"
被烈日灼烤的泥炭气息，又能否闻出其他可食用植物的气味？大
黄蜂会不会去蜂兰上采蜜，完成兰花理论上的使命？当雨燕整日
在城市上空尖叫着掠过，它们又是如何看待手机铃声和摩托车轰
鸣的声浪的呢？

　　不同生物之间的无数次交互，似乎全都是偶然的、无端的。
夏末，我在屋舍旁的湖边打发时间。突然，一只小鹭飞来，雪
白又纯洁。它飞翔的样子似乎不像鹭，倒像是一只仓鸮。估计这
里的鸟儿从未见过这样的小动物，从黑水鸡到灰雁，所有的鸟儿
都扑向了它，像治安警察一样边叫边啄，将它赶到了对岸的一棵
树上去。然而，当我第二天再去时，鸟群似乎已经冷静了下来。
我又看见了那只小鹭，飞得像一条轻飘飘的丝巾。它加入了一
支 500 只凤头麦鸡的飞行队伍，进行着一次"要么接受、要么放
弃"的飞行。小鹭跟随着它们的每一个动作，配合着它们的每一
次振翅，着陆之前，还模仿着它们突然"倾倒"的动作。小鹭的
这次飞行究竟是为了寻求安慰、寻求陪伴，还是只是为了在外面
晒晒太阳？有时候，大自然中的陪伴似乎都是游戏，我们人类也

199

不例外。

1974 年，也就是越战的最后一年，一位美国的英语语言学教授约瑟夫·米克（Joseph Meeker）写了一本书，名叫《生存的喜剧》（*The Comedy of Survival*），将文学批评与动物行为结合起来。这在当时那个年代并不多见。其主旨是探讨将"喜剧方式"作为感知世界的一种立场和生活策略的价值。他努力阐明，喜剧未必是幽默的，但却能与悲剧形成鲜明的对比。悲剧标榜的是抽象的道德、权力的斗争和灾难的必然。用米克的话来说，大自然的运行从本质上讲，是喜剧的。它强调的是持续、生存与和解。

200

> 进化本身就像是一出不择手段的机会主义喜剧，其目的似乎是尽可能多地繁殖并保护多样的生命形式。能在进化中胜出的参与者，都是那些在艰难和危险的时刻，依然能生存和繁衍的个体，而不是那些最善于摧毁敌人或打击竞争对手的个体。对于包括人在内的参与者而言，大自然的基本原则也同样适用于喜剧作品；生物必须以各种可能的方式，去适应其生存环境，必须有意识地去避免"非生即死"的选择，必须想办法寻找死亡的替代选项，必须接受并享受最大程度的多样性，必须去适应出身和环境带来的偶发性的限制，必须选择合作而非竞争，但在必要时也必须争取胜利。喜剧是一种包

含着生态智慧的生存策略。当我们试图在以喜剧的方式
与其他动物共存，并为自己保留一席之地时，这或许才
是我们最好的路。

以喜剧的方式生活，其最终的表现形式就是游戏。在更高级
的动物中，游戏几乎是一种普遍现象，这其中也包含了人类所谓
的艺术。在全然的漫无目的中，游戏近似于整个生活的核心。游
戏是目标管理的对立面，目标管理的信条是将自发性、想象力和
惊喜感完全排除在创作过程之外，而游戏的标准则恰恰相反。不
过，米克还提出了一个适用于一切生物的权利清单，当然，清单
上的内容还是需要继续追溯、讨论和日常修订：

> 所有游戏参与者都是平等的，或有办法使之平等；
> 观察边界的好办法是跨越它；
> 创新比重复更有意思；
> 规则可以随时进行修改；
> 为了赢而冒险是值得的；
> 最好的游戏是精彩且有风度的；
> 游戏的目的就是游戏，仅此而已。

第六章

∙
∙
∙

随遇而安

Chapter 6

The Wild Card

"荒野蕴藏着这个世界的救赎。"

——亨利·梭罗,《行走与荒野》,1851 年

"野东西,你让我想放声歌唱。"

——雷格·普雷斯利,穴居人乐队,1965 年

　　九月初下了第一场秋雨。雨下得不大，时间也不长，却改变
了一切。几乎就在一夜之间，雨燕和岩燕都飞走了。它们按照自
己的秘密计划，决定不生最后一窝。旅行的人也骑着马走了，公
地又回归了暂时的空旷，费尔格林（Fair Green）草场也被允许
放牧了。不过，在草场上出现了一片奇怪的花，看样子很难让人
相信，它们是自然而然长出来的。花丛之外围着一大圈像仙女花
环似的青草，让这些花多少有了一种床品展示的既视感：内圈长
满了纯白色的蓍草；外圈是粉红色蓍草和深黄色篷子菜组成的棉
花糖似的花冠。

　　150 年前，费尔格林有着东安格利亚最繁荣的集市之一。集
市上有上千头羊，成群的小马，摔跤表演，"机械模型展览"，生
鲱鱼，海滩礁石，还有大量的酒。1872 年，英国内政大臣以集市
过于喧闹为由，将其关闭。而今，这里延续了往日的特色，摒弃
了混乱的管理，成为秋季的绿色农贸市场，也是在丰收的季节，
除了韦弗尼河谷之外的另一处交易圣地。就在燕子飞走的第二
天，我们就去赶集了，这里洋溢着一种丰收之家的感觉。

203　　　　集市上有一支东安格利亚的雷鬼乐队正在唱歌，还有一些很
不错的弗拉明戈舞蹈表演。舞台的供电来自于一台自行车驱动的
发电机，虽然没有绿色集会时使用的六座车发动机气派，但在不
知疲倦的志愿者们手动操作下，倒是也能源源不断地输出电力。
年轻人搞起了地摊经济，卖着手工珠宝首饰和中国台湾生产的衬
衫，恨不得将自己的所有财产都摆在草地上：旧毛巾架、生锈的
园艺工具，穿到磨损的衣服，过期的《生态学家》(Ecologist) 杂
志，其中还夹着《亚洲美女》(Asian Babes) 杂志。这些都属于
反主流文化的汽车后备厢大甩卖。我们在帐篷餐厅里吃了泰式咖
喱，又从一位看起来很有学养的女士那儿买了一筐色泽鲜亮的罗
宾梨，这是诺福克郡的特产，是她在自家院子里种的。一个跳萨
福克桑巴舞的醉汉晕倒了，波莉被喊去帮忙，用一些土法子进行
急救。我和几个卖电炸锅的小贩吵了一架，因为这些炸锅是用来
炸昆虫的。我坚决主张众生平等，蜜蜂和鲸都应该享受同等的尊
重。"干点正事儿吧！"他们对我嗤之以鼻。一切欢乐到近乎疯
狂。我啃着梨子，听着自行车驱动的发电机发出刺耳的噪声，心
想为什么生活不能永远都像现在这样。我的想法也并不是完全异
想天开：我打算明年也来这里摆摊，卖掉剩下的书，换几盘蒸粗
麦粉和几件旧衬衫。

　　　　雨天很快就过去了，秋老虎接踵而来。沼泽两岸盛开着啤酒
花。野果子多到惊人的地步，这是严冬即将来临的征兆。可以预

见的是，接下来，全国都不会有好日子过。我们将为那个夏天付
出代价。受旱情影响，收成反倒并没有那么差，这是因为树木在
面临生存压力之时，将最后的精力全部投入到了生产果实上。（不
过，我的朋友苏·克利福德 [Sue Clifford] 却表示，从生物学角
度，更合理的说法是，植物在没有任何压力的状态下，才会结出
更多果实，并享受完美的生长条件。）

　　我又开始尝百草了。早在春天的芦苇抽出第一批嫩尖时起，
我就已经开始了。我依稀记得，美国野生食物小册子讲过，芦苇
尖是可以吃的，于是便掰下一根来，尝了尝里面多汁的白色嫩芯
（其实是我记错了，我应该是看见了一根已经折断的芦苇尖，于
是尝了一口从断面渗出的芦苇汁）。那味道着实惊艳，令人为之
一振。它带着一股柠檬皮的清香和蔗糖的甜味，有点像大一号的
黄花茅。20 世纪 30 年代，水果美食家爱德华·邦亚德（Edward
Bunyard）提出了"行走消费"（ambulant consumption）的概
念，而芦苇尖就是阐释这个概念的一个好例子：芦苇尖难以采
集，所以并没有人愿意耗费心力去采太多，但偶尔品尝一下，还
是一种非常不错的体验。不一会儿，我就恢复了什么都嚼的习
惯，就像三十年前那样。我掐了些啤酒花藤极嫩的细尖儿，这是
沼泽的慷慨馈赠，一开始，我只是生吃（略微涩口），后来又做
成煎蛋卷，带着坚果的风味，就是纤维有点多，吃着塞牙。我在
加油站附近的荒野中发现了一丛山芥，于是便摘下几片叶子，尝
了尝。叶子老了，吃起来又硬又涩。我又尝了尝黄色的花蕾，味

204

道有些像撒了胡椒的西蓝花。从这里起，每走几步，就能从农田边上顺走不少油菜花。在我看来，征收什一税也是有道理的，谁叫这油菜花的气味如此难闻。我尝遍了所有能吃的无毒植物，从紫花野芝麻到聚合草，不一而足。仲夏时节，最开心的事情莫过于在草地上采酸模，尤其是在傍晚，酸模花好似一片亮晶晶的橙色云彩，与夕阳的余晖交相辉映。人们通常会用酸模兑酸奶，做成一道沁爽的绿色汤羹。夏季接近尾声，我们去了一趟沼泽的深处，寻找诺福克郡特有的蔓越莓，只可惜无功而返。回来的路上，在树篱旁我发现了一棵野生梨树，生得高大，大概有 12 米高，周长足有 1 米多。树下的梨子掉了一地，是我们在集市上买到的那种罗宾梨，像一片砖红色的池塘。我们从边上捡了将近十斤梨。真没想到，能碰上这样的意外之喜。

205   在美不胜收的秋季，李子无疑该当选为年度水果。波莉和我发现了一片矮树篱。这里从前或许是某个果农的果园边界。树篱中长着各种野生李子树，包括已经开花的西洋李子和黑刺李，其中有一株长得格外茂盛，结的李子也熟了，摘李子就像挤奶一样简单：你只需将手在李子串下面轻轻一放，果实就会自动滚到你的手中，就像开水龙头一样轻松。有的李子掉进了麦茬地里，刚好串在了麦茬上，看起来就像是一堆奢侈的水果棒棒糖。

　　人工种植的李子品种，其实就是由普通的欧洲黑刺李与中东的樱桃李杂交而成。因此，西洋李子的名称damons，古代也叫Damascenes（大马士革），后简化成Damasks，再演变成如今的名字。17 世纪的李子品种与《所罗门之歌》（*Song of Solomon*）中描写的一致，包括大马士革紫罗兰（Great Damask Violet）、福泽林汉李子（Fotheringham）、珀迪格伦李子（Perdigron）和金布李（Cloth of Gold）。我希望，我们采摘的，是约翰·伊夫林（John Evelyn）最喜欢的原始黑李子。李子上覆盖着一层好似清晨霜花的白霜，个头像鸡蛋似的，让我想将它放进蛋盅里，用勺子挖着吃。不过，我们最终将其晒成了李子干，还用吉赛尔·特鲁切（Gisele Tronche）的秘方做了一瓶黑李子酱。她挑选了西洋李子与其他浆果一起做果酱，还加入茴香籽这味神奇的调料，美其名曰"黑色心情"（*humeur noir*），称这种果酱具有"可口而健康的躁动滋味"。她所言非虚，这款李子酱的确保留了一种原始而浓烈的风味。约翰·伊夫林或许也会喜欢这种味道。这位 17 世纪的日记作家是保皇党支持者，曾经为布雷克兰的植树造林事业据理力争。而令人惊讶的是，他也是水果和蔬菜的狂热爱好者。他的猎奇之作《沙拉略谈》（*A Discourse on Salletts*），揭示了他是一个福音派素食主义者和动物权利支持者。他将"创世记"的故事进行了精彩的改编，认为人类的堕落并不是由于从树上摘了果子，而是不摘果子："黄金时代 1 植物的不竭与丰饶不论在什

1　黄金时代（The Golden Age），源于希腊神话，在古希腊诗人赫西俄德的田园诗歌《工作与时日》中多次出现，柏拉图在《克拉底鲁篇》中也有所涉及。黄金时代是人类世纪的第一个时代，之后人类逐渐堕落。在黄金时代，人类生活在神祇之间，与神祇任意来往，整个时代充满和平。人类并不需要为了养活自己而辛勤劳动，土地会自己长出食物。——编者注

么时间、什么地点、对什么人都适用；当人类返璞归真，回到原始状态时，自然也将会恢复其最初的模样。"

我慢慢迷上了做面包。从春天起，我就在波莉每周例行的影响下，开始学习做面包了。我喜欢看她揉面团，喜欢体验那种面团的踏实感，揉面的节奏感和指尖的触感。不可否认，这个过程是性感的。当然，这其中也存在着某种固有的吸引力，就是当你出色完成了一件事情后，会体验到成就感。我想试试，想自己做面包，所以边看边听，还试着用手指去戳面团，感受面团的软硬度。我读了美食作家伊丽莎·阿克顿（Eliza Acton）的书，她在1857 年写道，倒入温水，"轻轻搅拌酵母周围的面粉，从外向内，持续搅拌，然后像一只心满意足的猫咪一样，用轻快的小爪子拍打面团，直到面絮完全成团，变得温暖、柔软而富有弹性。"自从我第一次在手推车上安装了猫网以来，这个动作对我来说简直是再熟悉不过了。

渐渐地，我揉面也揉出了手感。我开始忽略酵母包装背面的说明。或许是过于担心自己的健康了，我开始尝试做不含小麦粉的面包。而这简直就是灾难。荞麦面团就算是放了酵母，揉起来也像泥巴一样瘫软。不放酵母的话，烤好的面包会散发出一股陈年霉菌的味道，久久不去。我还尝试了小米面和玉米面团、纯燕麦面团，以及三者的混合面团，但烤出的面包不仅颜色奇怪，内部结构也与传统面包大相径庭，哪一种都比不上加了小麦粉做的面包有嚼劲。当我试着往面团中加入坚果粉时，奇妙的事情发生了。我在搅拌机里放了栗子、杏仁和榛子，磨成坚果碎。接着，我发现坚果碎和小麦粉堪称绝配。坚果中的油分均匀地包裹在面包外面，烤出了一层像饼干一样、香喷喷的外皮。现在，这成了我的拿手面包、节日聚会时的保留项目。不过，明年我打算重回新石器时代，试着用杂草种子做面包。这里最早的乡民曾用杂草种子做过死面大饼，可以保存一整个冬天。

*　　　　*　　　　*

从十几岁起，我就梦想着去美国。我自己也不知道为什么，只知道听了半辈子美国音乐，看了不少公路电影，也读了许多关于美国西部沙漠的书。这一切都将美国最粗俗的元素整合成了一个异常迷人的形象。在我心中一直有个执念，想去路边不起眼的小馆子里吃饭，想坐美国的黄色出租车，就好像这些都是我最钟爱的童话般的瞬间。只是，这个愿望从未实现。我内心一直对长途旅行有着莫名的恐惧，不肯走出自己的"舒适圈"，这使我接连错过了两三次去美国的机会。这种恐惧是内心胆怯且高度紧张的童年带给我的后遗症，我一直没能完全克服。不过，现在我长大了。我又鼓起了勇气，计划去一趟美国。这是我对自己的最后考验，就像雏燕试飞一样。我有一个能让自己变得更勇敢的借口。我想见识一下野性的极限，去体验什么才叫真正的荒野。或许，我只是想多了解一下，为什么在政治上咄咄逼人的美国，从

207

来都不肯完全接受英国人的观念，不愿接受每一寸土地都必须由人来管理的想法。美国人很重视大自然。安妮·迪拉德和加里·斯奈德都得过普利策奖，我想去感知他们的文化脉络。

在纽约，我和波莉住在阿尔冈琴（Algonquin），吃着来自五大洲的食物。我们在中央公园度过了欢乐的星期天。波莉去滑了冰，我在树丛中看见了一只巨大的角鸮，从玩飞盘的人群头顶上飞过。我们离开了市区，坐火车南下。在铁路和住宅区之间，整个城市大草原的风光尽收眼底：大片大片的芦苇沼泽被漆树丛猩红色的叶片点亮，白鹭弓着腰，伫立在纽瓦克（Newark）的码头。突然之间，眼前的一切变得异常熟悉，全无陌生之感。

我们前往的目的地是切萨皮克湾（Chesapeake Bay）。波莉还是婴儿时，曾在新泽西州生活。她想去那里看望老朋友；而我则要去那里做一场演讲。我们住在房东家。房东的儿子是个农民。按照联邦环保计划，他同意将自己一半的土地种植大豆，用于生产天然气，而剩下的一半土地则恢复为草原。我们一起在田间穿行。房东一家对这里的自然条件了如指掌，这里的景象使我时时想起东安格利亚的平原、沼泽和稀疏的林地。他们带我们见识了有毒的常春藤是多么危险，又带我们闻了檫树根的气味。我们看到帝王蝶从豆秆上飞过，翅膀像带斑点的琥珀色玻璃。一群鸟在我们头顶上湛蓝的天空中翱翔，挥动着黑白相间的翅膀，排成一个"人"字。起初，我不确定这是什么鸟。我想起了家乡，心中怀疑它们或许是鹤。但我瞬间又意识到，这是正在向南迁徙的雪雁。此地距离它们南迁的目的地，尚有一半的路程。也就是说，它们还得再飞5000公里。

我们在马里兰州的一家民宿住了一段时间。这是一栋殖民地时期的三层楼，被翻修成了当年鼎盛时的样子，或可能是它梦想成为的样子。屋里有手绘壁画。一眼便可以看出，天花板上的檐口是模仿了阿尔罕布拉宫的特色风格。房间里陈设的都是游船上的常见家具。这里有一种纯粹的美国哥特式风格，清晨醒来，倘若你看到卧室窗户上悬着一只红头美洲鹫的翅膀，也不必感到意外。屋外到处都是这种鸟，争抢着游客扔到草坪上的食物，像是观赏针叶林中的稻草人一样随处可见。我们的女房东正是翻修房子的人。当我们提到这些鸟儿时，她双手扭绞在一起，无奈地说："美洲鹫总是在万圣节前后到来，因此给客人留下了错误的印象。我丈夫会朝它们扔网球，把它们从屋顶上赶下来。"显而易见的是，这些鸟儿啄坏了屋顶的保温材料，还留下了难闻的气味。在我看来，红头美洲鹫是我在美国见过的野性之王。

但讽刺的是，如果我们想领略真正的荒野，就必须自己驾车去找。我在地图上找到了大迪斯默尔沼泽（Great Dismal Swamp），正好位于弗吉尼亚州的诺福克市（Norfolk）和萨福克市（Suffolk）之间。鉴于这里的地名如此有缘，要是我们错过这里，简直就是个天大的笑话。于是我们租了车，开始向南出发。于我来说，这是一次文化冲击之旅。我低估了路程的遥远，也没有考虑到在美国公路上长途跋涉时，吃住是否方便。你简直找不到公路的出口。想绕点儿路，找个地方溜达一会儿或停下车睡一觉，都是不可能的。路边不是建起了楼房，就是用栅栏围了起来。才刚刚傍晚六点钟，村子里就一片漆黑了。鉴于我们只剩下几天的时间，这样长途自驾去南方沼泽显得越来越不切实际。我们索性及时止损，沿着66号公路一路西行，朝着阿巴拉契亚山脉（Appalachians）驶去。

我们开到山脚下的那天，正好是万圣节。在浸信会教堂和小鹿斑比雕像花园的周围，上演着一场不同寻常的死灵展览，有现成的骷髅，定制的墓碑，还有用塑料袋装扮的鬼魂。整条街上的房屋好似点着鬼火的巫师山洞。此时，南方的热浪刚刚涌起，人们都在阳台上乘凉。在哈泊斯费里镇（Harpers Ferry），古董商杰森睡眼惺忪地躺在摇椅上。在他的古董店里，谢南多厄（Shenandoah）粗陶的标价高达几千美元一件。在他隔壁的院子里，正在进行大甩卖活动，与东安格利亚的绿色农贸市场差不多，不受传统思想束缚的国际基甸会版《圣经》才卖10分钱。我们尽可能地选择走人烟稀少的乡间小路。黄昏时分，我们经过了谢南多厄河（Shenandoah River）上的一座桥，桥面仅高出水面不到30厘米。一对年轻夫妇在河里洗轮胎，成群的蝙蝠在他们头顶上盘旋。我们开到了普莱森特瓦利（Pleasant Valley），一群男人正在垒各自的柴堆。商店里出售罐装的苜蓿种子，旁边是"山里人动物标本馆"的戴恩摆在这里的四色宣传册，上面写着"鹿头标本，鹿眼修长；张嘴鹿头，合照加收75美元"。只可惜，我们没有找到去他那儿的山路。狭窄的乡间小路两侧都是民房。而其他地方，路边的树上钉满了私人张贴的狩猎告示。就连国家森林的深处，也修建了长长一排夏季避暑板房，每一户都有刷好油漆的独立邮箱和卫星天线。沿路的风光带给我一种开疆拓土的感觉。在这里，谁都可以坚持自己的主张，摆自己的小摊，挂自己的国旗。只要不影响别人，你想做什么都可以。

　　晚上，我翻阅了一些关于美国荒野的书籍，对荒野在美国文化中扮演的奇怪而矛盾的角色有了一定了解。荒野不仅是自由国家的象征，值得被人珍惜，也是对拓荒精神的挑战。人们热爱荒野，渴望荒野，同时也为之苦恼。我们是从英国来的。在英国，已经没有多少地方可以称之为荒野了。对于我们而言，最困惑的问题是关于荒野定义的争论。荒野是什么？是未曾被人类改造的地方，还是人迹未至的地方？又或者，荒野是我们无法定义的更微妙的东西？当然，从最纯粹的角度看，地球上，如今已经没有什么地方不受人类活动的影响了：全球变暖，海洋和大气中无处不在的有毒化学物质的不断扩散，都证明了这一点。也有些人出于政治和文化原因，抵制荒野这一概念，认为它与社会格格不入，是殖民主义一种新的形式。荒野，为远方的富人侵占弱势群体的生活和工作用地提供了机会。它也是一种带有歧视色彩的分类，贬损了更多其他地方的价值。从某些深层次的生态角度考虑，"荒野"这个词甚至本身就是自相矛盾的。当一片荒野被人

210

类造访、命名并绘制地图时，这些行为本身就代表着它已经受到
驯化了。罗德里克·纳什（Roderick Nash）在《荒野与美国思
想》（*Wilderness and the American Mind*）中认为，"荒野是一种
精神状态，是人类感知的环境条件，而非真实的环境条件"。当
他和一个孩子聊天时，孩子告诉他，荒野是"我床底下的黑暗空
间"。对于威廉·华兹华斯（William Wordsworth）而言，荒野既
是精神层面的，也是土地层面的。他写的"荒野充满自由"的诗
句经常被人引用，他在诗中讲述了两条金鱼被放生到湖区池塘中
的故事。

211   梭罗也认为荒野是一个模糊的概念，而不是一片真正的土
地。他在攀登卡塔丁山时，体验到了非比寻常的经历。在外人看
来，这种近乎宗教的修行，他一定再也不愿意体验。在他的日记
中，尤其是在《瓦尔登湖》中，"荒野"要么是城市周边的普通
野地，比如马萨诸塞州的沼泽；要么是一个梦想中的地方，但其
实并不"存在"。在某种程度上，这与科莱特的观点不谋而合。
梭罗认为，如果不能从周边的普通荒野中不断获得"补给"，"乡
村生活势必陷入停滞"；弄明白这些荒地能否靠近，能否"探索、
勘测和探究"是有必要的，但弄明白了，也就够了。"我们需要
见证的是，人类自身的极限被其他物种所超越，其他生命能够在
人类无法企及的地方自由生活。"在梭罗晚年的作品《野果》（*Wild
Fruits*）中，他调侃了一种只能称之为"城市荒野"的概念："我
认为，每个城镇都应该有一个森林公园，或者更确切地说，一片

占地三千到六千亩的原始森林。它们可以是一整片森林，也可以由几个小森林共同组成。这里的树木不会被人类砍伐，用来生产燃料，不会做成军舰的甲板或马车；每一棵树都高高耸立在大地上，直至腐烂化作春泥，成为大家获得教育和娱乐的共同财产。"

谢南多厄国家森林公园（Shenandoah National Park）位于蓝岭山脉（Blue Ridge Mountains），占地725平方公里，与梭罗的构想颇为接近。它是展示美国东部各州"教育与娱乐"的一大窗口。在游客中心，我向一位导游打听安妮·迪拉德笔下的听客溪在哪儿，他指了指西南方的一个偏僻角落。那里看上去就像纽约一样遥远，却让人多了一丝向往。我们照着路标，沿着小道走过去，心想要是带个帐篷或找一艘独木舟就好了。那样，我们就可以卸下所有的文化包袱，徒步深入美国西部。不过，这次林中漫步十分惬意和愉快。与过去我们在农场上漫步一样，我们看到了不少新鲜事物：尾巴像旗杆似的花栗鼠，网球般大的桑橙，还有山核桃树、枫树和美国山毛榉，一同上演着秋季缤纷大秀。

212

我们就这样，循着荒野的边界，一路开回纽约。一只鲜艳的主红雀飞到了挡风玻璃前面。一路上还遇到了好多浣熊的尸体，大概有20只，其中有1只还活着。它们的尸体看上去很完整，像是被人从车里扔出来的，而不是被车撞死的。我们沿着另一片野生动物保护区的木板步道前行，无奈的是被华盛顿周边的国家野生动物保护区的工作人员赶了出来，因为我们抵达那里时，保护区已经下班了。我们明知道荒野就在里面，却依然求而不得。这都怪我们考虑不周，没有提前做好准备。我们的时间太紧张了，地图也不全，还没有带任何旅行装备。

　　我开始怀疑，荒野是否真的是我想要的，或是我该要的。我希望，我不是在为自己的天真找借口。真正的荒野，首先就应该是为生活在其中的野生生物准备的，其次才是让人类体验、为人类带来灵感的。如果我们走进荒野，那是人类在行使特权，我们就应该像生活在荒野里的动物那样，不带任何武器，也不使用任何交通工具。人类不应该将荒野视为现成的栖息地，从这个意义上看，美国的做法是正确的。而我所怀念的，是荒野和完全驯化之间的共同之处，是步道之外、一墙之隔的荒野与森林公寓以及狩猎保护区的共同之处，无论这里的荒野究竟是真正意义上的荒野，还是隐喻意义上的荒野。我意识到，最打动我的，并不是一个被人类定义的、当作一个特殊地点的荒野，而是荒野的气质；也就是诗人狄兰·托马斯（Dylan Thomas）笔下的"穿过绿色茎管催动花朵的力"，那种不拘一格、充满活力的生态系统的锋芒。人类必须不惜一切代价去保护真正的荒野，因为我们必须保护居住在其中的合法居民。但我觉得，我们可以像梭罗和科莱特一样，知道荒野在那儿已经足矣，不必亲自去体验，不妨将一切留给想象。作为一个物种，人类所面临的最大挑战，就是如何与大自然建立一个共同的舞台，打造彼此接受、相互陪伴的一方天地，实现一种和谐的共生关系，一种介乎为期十天的荒野体验与围栏之外悠闲漫步之间的关系。我想到了纽瓦克铁路旁的天然沼泽，想到了民宿窗外的红头美洲鹫。我在想，与我们可能在大迪斯默尔沼泽发现的新奇事物相比，荒野的野性程度，会不会其实并没有那么激动人心。

　　有一件事情令人费解，却又振奋人心。那就是美国的许多自然保护区，其实并不是古代的原始荒野，而是经过后天重建的。1936 年，谢南多厄森林公园在落成之时几乎没有林地，只是一片人烟稀少的田地。而今，这片公园有五分之二的区域，都属于美国的官方荒野。在东部各州，废弃的田地上逐渐长出了新的树林，随之而来的是各种动物。佛蒙特州的林地面积从 1850 年的 35% 增长到现在的 80%。当年的橡树林，又在马萨葡萄园岛（Martha's Vineyard）上重现了。郊狼回到了科德角（Cape Cod），驼鹿又开始在美国号称"计算机高速"的 128 号公路上玩起了俄罗斯轮盘游戏。沿着新的疆土边界，荒野正在恢复昔日的模样。

*　　　　　*　　　　　*

　　我们回到了英国，与故乡多彩的秋天相比，弗吉尼亚的景色就相形见绌了。野外的枫树和鹅耳枥如火焰一般，在树丛中分外耀眼。公路管理局栽种的一排排山茱萸上挂满了果实，像一串串亮晶晶的石榴石。午后蜂蜜色浓稠的阳光，将整片风景化作一枚金黄莹亮的琥珀。洛伦·艾斯利（Loren Eiseley）曾写道："我们眼看着自己燃烧，如金秋的枫叶般灿烂。我们可以像落叶一样，在秋天凋零腐烂，任青春一去不返；我们面对死亡的态度，难道不也是这样吗？"

沼泽接受了艾斯利基于变化的宇宙观，不愿被琥珀封印，也不愿以其他任何方式保存千年。它们冷眼旁观着永恒的信徒，拿我对东安格利亚潮湿环境的固有印象开玩笑。沼泽的风光逐渐暗淡，越来越干燥。小池塘的水蒸发干了，仅有的几只鹬也逃到了海边。水涯狡蛛生活的池塘逐渐干涸，徒留一堆孤零零的小窝。没有人确切知道，水涯狡蛛都去了哪里。空气中弥漫着一种奇怪的调调，有点像看到良好秩序被打破之后的幸灾乐祸。我们都想知道，这一切何时才能恢复正常？我们难道将再次陷入阴郁的生活？

我定期去巡查河谷。我清楚地意识到，这里正发生着变化。夏天改变了英格兰，而美国之行，也让我的想法发生了微妙的变化。作为游客，我们在美国领略了寻常的荒野，而当我回头再看被人类驯化的家乡故土时，一种前所未有的尊重油然而生，使我不急于对这种驯化做出草率的评判。

于是，有一次去河谷巡查时，我特地换了一条路线。我从小屋出发，一路向北，远离沼泽河谷，来到了诺福克郡高地农田的边缘。人们夸这里是"英格兰的面包篮"。这里的风景，是按照将当地的经济效益发挥到最大化来布局的。田野从车道边缘延伸至地平线，一望无际。相比之下，树丛和灌木丛变成了渺小的涂鸦，无足轻重。这里的谷仓比教堂还高。甜菜很早就开始收割了，巨大的收割机穿过田野，像帆船过海，惊起了一群海鸥。在接下来的几个星期里，田野里只剩下杂草和麦茬。尖锐的麦茬似乎具有某种吸附能力，使这里聚集着各种幻影和热腾腾的雾气。田野看似一片虚无，却不断有鸟儿现身。一群金翅雀突然出现在我眼前20米的地方，亮晶晶的一大片。天边飞来了一只雀鹰，起初只是空气中的一团阴影。那是一只灰褐色的雌鸟，在犁沟上方仅1米的高度滑行，速度慢到不可思议。她的翅膀微微向上倾斜，好似一只鹞。她低着头，怒目圆睁，势不可当，像一把锋利的手术刀划过田野的皮肤，露出底下微微颤动的生命。诗人凯瑟琳·詹米（Kathleen Jamie）为一对站在巢边、相隔一段距离的游隼写过诗篇，并将它们的关系比喻成一对弗拉明戈舞者之间的"来电"。弗拉明戈舞者是人们心目中的精灵舞者。而在这只雀鹰和田野之间，同样存在着这种神奇的吸引力。她让田野绷紧神经，时刻戒备。而神经最先崩溃的，却是鹡鸰。不知从哪里冒出来了六只鹡鸰，开始追逐这只雀鹰。它们你追我赶，就像舞动尾巴的飞龙。一群云雀挡住了它们的去路。这时，雀鹰似乎也厌倦了追逐，一气之下，她似乎要动真格的了。她改变了身体的姿态，变得庞大而狂躁，朝着东边全速飞行。

　　我今天的这趟巡游，像是在凝视一颗水晶球。古老平原的

215

风光尽收眼底，像是鸟儿从空中俯瞰。我开车一路经过诺德角
（Nordle Corner），愚人巷（Folly Lane），以及诸多方向不明的
急转弯，还有先前的政策在田野中留下的难以捉摸的遗存。快到
黄昏的时候，我在霍尔巷（Hall Lane）看到了六只鸟，正在老公
园的河堤上低空飞翔。是欧金鸻回来了，它们是诺福克郡候鸟中
的"吹哨者"。欧金鸻总共大概有五十多只，和凤头麦鸡一起吃
着地里的冬小麦。透过车窗，它们像鸽子一样安静。但只要飞起
来，它们就变得狂野而激动。它们在黑压压的鸟群中穿梭，一副
鲁莽的样子。它们是从苔原一路飞到此地的，老老实实地觅食对
于它们而言，似乎过于单调了。

有了这次的发现，我开始尽可能地在傍晚时分去田野漫步。
刚开始的几周，冬小麦还没来得及长高，田野里到处都是鸟。麦
茬地里觅食的雀鹰更多了，有时候能同时看见两只；还有一群群
数量庞大的田鸫，每一只都朝着同一个方向飞翔，昂首挺胸，一
路向前。鸻鸟则显得更加神秘一些，它们要么在远处活动，要么
在我头顶的高空飞翔，双翼低垂凌空划过，像一阵弓箭雨。其
实，我内心也有点希望它们别来这里，免得糟蹋了地里的粮食。
但那是荒野的馈赠，是从最窄的窗户缝中乍泄出来的机会。未
来，田野里将会长满茂密的经济作物。而此刻，就任由鸟儿在这
里自在飞舞吧。

　　　　　　　　＊　　　　＊　　　　＊

　　听到仓鸮的消息时，我来河谷已经快一年了。是一个朋友
向我透露了这个消息，而她是从到家里擦玻璃的清洁工口中得
知，这位目击者认为此事很正常，没什么大不了的：没错，晚
上他出门遛狗时，曾多次看到一只白色猫头鹰，在博茨代尔村
（Botesdale）后面一个偏僻的小河谷里出没。

　　第二天傍晚，我就奔赴那里。我找到仓鸮可能现身的地方，
在一旁蛰伏着。这里有一条小溪，还零星种着几棵树苗。我猜，
我当时一定是一动不动。一只狍子从树丛的另一边注视着我。一
只丘鹬溜进了离我几米之外的小溪里，一边整理着羽毛，一边试
探我。在昏黄的光线下，它背上的两道白纹像水里的鳗鱼一样摇
摆不定。太阳下山大概四十分钟之后，仓鸮出现了。它从草丛中
飞了出来。我猜，它之前肯定一直藏在草丛后面，在地上弓着身
子享受老鼠大餐。它振翅起飞，冠毛像蓟草一样轻盈柔软。它的
头似乎是一个独立的生物，在身体的前端保持警惕。仓鸮穿过了
这片小树苗，拍打着翅膀，加速穿梭其间。它从草地上呼啸而过，
带起一阵疾风，正好将谷物脱粒，它便可以从中觅食。我可以看
到，西边夕阳的最后一缕光线穿过它的翅膀和几乎半透明的尾巴，
照在下面浓密的初级飞羽上。在那一刻，它似乎生了两对翅膀，
一对白天用，一对晚上用，在夜幕时分进行交接。然后，它停了
下来，原地盘旋了一会儿，接着再次消失在茫茫夜色之中。

217

　　我徒步走回家，沿途的树枝似乎笼罩着一层薄薄的金色光晕。空中到处是鸟儿飞舞的身影。我做梦都没想到，会在这里看到它们。夜晚是外出行动的好时机。当鸱鸟飞走之后，鸟儿精彩的生活大戏正式拉开了帷幕。每到傍晚，秃鼻乌鸦和寒鸦都会照例涌向一片我当时还没有发现的栖息地。一路上，它们这里歇歇，那里停停，把田野染成了一片黑色。西行大约二十公里，我看见野鸭在飞来飞去。一群群赤颈鸭和琶嘴鸭在尽情飞翔，时而拍打水面，时而径直飞向周围的农舍与田野。那画面让人觉得欢欣鼓舞，深受感染。有几只别的鸟儿也阑入其中。我看见一只椋鸟飞进了赤颈鸭的队伍，不一会儿，十几只绿翅鸭和绿头鸭一同前行，每次拍打翅膀和转弯的动作都保持着一致。

　　一天晚上，我和波莉故地重游，去了一年前初次见到鹤的地方。天气温暖宜人，我们沿着老路穿过灌木丛，经过船屋，绕到了沼泽的后方。潮湿的草地上，散落着几只灰雀和鹬鸟。在我们右侧几百米处，五只巨大的灰色的鹤从芦苇荡中飞了起来。它们飞得很低，从岸边平房的窗前飞过，排成一列纵队，像海浪一样起伏。我们与它们离得很近，可以看到其红色的头顶和黑色的脖颈。鹤群向沙丘边缘飞去，渐渐飞出了我们的视线。我们跟着它们，一路跟到了一个废弃的磨坊，风车的扇叶在夕阳的余晖下显得格外孤单。鹤群早已不见踪影。我们等了一会儿，可此处似乎再无鸟儿的踪迹。

　　我们准备动身回家。然而就在转身的一刹那，两只仓鸮突然从磨坊里一跃而出，翅膀夹紧，一动不动，像是被人扔出来似的。它们开始在沼泽上漫无目的地飞翔，两只仓鸮样貌迥异，一只是淡蜂蜜色，一只是深栗色，身上还有格子花纹，犹如一件精美的镶嵌艺术品。这或许就是黄昏仪式开始的信号，天空中出现了各种各样的鸟。沼泽鹞照例乘着风，滑翔到栖息的沼泽灌木丛中。十几只鹤掠过芦苇荡，朝着偏僻的潟湖飞去。在一个奇妙的瞬间，我放眼望去，两只鹤同时向我飞来，还有三只长着尖翅长尾的白尾鹞；远处，成千上万只粉脚雁降落到田野上。

多么梦幻的景象啊。这是东安格利亚风光的精髓所在。芦苇荡后面，风车塔依稀可见，向着广阔的天空和渐暗的夜色中延伸；要不是为了这么多的鸟儿，我和波莉恐怕已经到非洲平原了。从某种角度来看，这也是一次世界性的聚会，是根深蒂固的本土特色与全球迁徙的生命洪流的结合。按理说，早在1979年时，这些鹤就不该留在这里，而是应当飞到温暖的西班牙去过冬才对。沼泽鹞也在这里生活了一整年，并没有向南迁徙。来自冰岛和格陵兰岛的粉脚雁仍将在春天时飞回北方，来自北欧和荷兰的白尾鹞也将按时北归。但这里是最后一对鹤选择在诺福克郡繁衍生息的地方。我梦想着，有朝一日，所有的候鸟都会像鹤一样，选择留在这里生活。

鸟儿的晚祷仪式有什么意义呢？传统理论从"数量安全"和食物来源信息分享的角度，解释了鸟类的群居现象。但是，倘若仅从功利角度去分析自然界中真实发生的情况，往往会得出过

分和过度的结论。晚祷仪式聚众规模之大，时间之久，气氛之欢
乐，聚集鸟类品种之多，都暗示着，一定还有其他的事情正在发
生。如果认为别的鸟儿也和赤鸢一样，喜欢在此时相聚，在暗夜
中表演，寻求安慰，会不会太过拟人化了？这条归家之路充满了
未知，前途未卜，能在途中瞥见另一个熟悉的身影，就是值得彼
此分享的时刻。

219

　　我作为一个重生的暮年之人，也在经历着人生的黄昏。记
得春天时，我还陷在长期抑郁中难以自拔，不知道自己的根在哪
儿，将黄昏作为媒介，去直面我所处之地的暗无天日。我甚至有
点期待自己的希望幻灭，受人冷落。于是，我的眼睛只看到了这
片风景嶙峋的骨架。而今，画风突变，一切都好了起来。我清楚
这里的土地贫瘠，但是，在忽明忽暗之间，眼前的荒芜仿佛依稀
退化为画面的背景，让我反而看清了事物耀眼的轮廓：阳光从交
错的枝杈间穿过，洒下斑驳的光线；光秃秃的土地在短短五个月
里就长出了茂盛的植被；雀鹰没有消失，仓鸮也未曾像我以为的
那样，弃我们而去。我猜，心理治疗师一定会说，我重新设定了
黑暗的模样。

　　　　　　　　*　　　　　　*　　　　　　*

　　梭罗的名句"荒野蕴藏着这个世界的救赎"，是否就是在传

达这个意思呢？也就是说，不受人类控制的自然能量，才是宇宙更迭、万物更新的源泉？并在隐喻的层面上，是古老林地和万变湿地的源泉？在《行走与荒野》这本特立独行的小书中，梭罗的这句格言几乎是脱口而出。正是在这本书中，他提出了自己关于生命的"西行冲动"的观点。

> 我的家乡四周都是沼泽。我从沼泽中找到的口粮，比从村里菜地里得到的还要多……每当我想重塑自己时，就会去找最幽暗的树林，去人们认为最茂密、最深邃的林地深处，去最阴郁的沼泽。进入沼泽，我就觉得好像来到了一个神圣的地方，一处圣地。这里蕴藏着生命的力量，汇聚着大自然的精华。

220

不过，梭罗的这段话多少有些不够坦诚。在瓦尔登湖隐居时，他完全就是一个普通人，一个文学农民。他测量池塘有多深，给来自己书房的老鼠喂粮食。他在一篇经典而惬意的田园散文中，讲述了自己种豆的故事，赤着脚，陶醉在周围的鸟语花香之中。瓦尔登湖本身并不属于荒野。人们平时在湖里捕鱼，冬天在湖里采集冰块，在附近的森林和农场中，也都有人在干活。不过，梭罗却看到了其本质上的野性与"复杂的边界"。

在《瓦尔登湖》的另一篇散文中，梭罗描写了村庄里铁路沿线冻沙土融化的样子，这篇开创性的文章，在文化生态学上产生了深远影响。在冻土融化后形成的流沙图案中，他看出了植物的形状，于是便写了这篇大胆的文章，运用大量的视觉双关和大胆的类比，将沙土的流动与植物的生长联系了起来，并最终将语言文字本身的演变也联系了起来。"当沙土随水流动时，其形态就像汁水饱满的叶子或藤蔓，堆叠成许多一英尺[1]或一英尺多厚的浆状物；低头看时，流沙呈现出苔藓叶片上的锯齿纹路，产生覆瓦状的视觉效果。"梭罗还联想到了蹼足的起伏、大脑的沟纹，甚至粪便的堆积。古代的青铜器模仿了这种纹样，"有一种建筑艺术感，比老鼠籭还要更古老、更典型"。整个沙土流动的过程就像溶洞的内部，坡度渐缓渐平，直到形成堤岸，"河流入海口"似的堤岸。梭罗觉得，自己仿佛置身于"造物主的艺术实验室中，造物主创造了世界，也创造了我。此刻，我来到了造物主仍在工作的现场，看见他正在流沙形成的堤岸边活动，精力旺盛地展示着他的种种设计"。他从流沙中看到了：

221

> 植物叶片的形状……在地球（globe）的内部和动物体内，都有着湿润而厚重的叶片（*lobe*），比如肝叶、肺叶以及脂肪叶（从字源上来讲，*labor*和*lapsus*，即向下流或滑动、衰退；拉丁语中的globus与lobe，演变成英语中的globe；lap和flap等许多词也是同理），外表

1　1英尺约为30.48厘米。——编者注

的样子则是又干又薄的叶片（*leaf*），*f* 或 *v* 的发音可理解为被压缩变得干瘪后的 *b* 音。叶片（lobe）的辅音是 *lb*，柔和的 *b* 音（b 是单叶的形状，B 是双叶的形状）被液体（liquid）中的 *l* 不断往前推。同样，在地球（globe）中，*glb* 三个字母，喉音 *g* 增强了喉部力量感。鸟类的羽毛和翅膀都是更干更薄的叶片。所以，你也可以从地上笨拙爬行的毛毛虫，看到空中轻盈飞舞的花蝴蝶。

次日清晨，当冻土融化时，梭罗神奇而精彩的视觉想象仍在继续。他想到了冰水晶、血管、叶子形状的手掌和耳朵。"所以，看起来，一座小山坡就足以阐明大自然运行的所有原理了。地球的造物主获得了这片叶子的专利。"商博良[1] 要从这些象形文字中破译出什么信息，人类才能彻底了解这枚叶片，进而转向下一枚新的叶片呢？梭罗发明了自己喜剧版的创世神话。他对外部世界的描述，对文字发展的分析，对柳叶优美弧线的隐喻，都做到了同样的"真实"，让任何一个现代文学评论家都挑不出毛病。（假如拉斯金有足够的幽默感能读懂这个玩笑，一定会爱上这篇散文的。）这一观点，将大自然既定的模式与狂野的自发性视作和谐共存之物，不失为一种合理的尝试。而喜剧最终的反转在于，这

1　让-弗朗索瓦·商博良（Jean-François Champollion，1790—1832），法国著名历史学家、语言学家、埃及学家，是第一位破解古埃及象形文字结构并破译罗塞塔石碑的学者。——译者注

222　里最具野性的居然是梭罗自己的想象力，而在他的笔下，人"不
　　过是一团解冻的黏土"。

　　　　　　　　　*　　　　　*　　　　　*

　　这会儿，天又下起了雨。我能看见，河谷形成的流沙，正顺
着被清理过的沟渠流淌下来，同去年秋天时一样。可我更加关注
的是水本身，而非冲刷下来的沙土。水再次遵循了古老的模式，
填满了夏天时躲在草坪里的坑洼，还有那些可能在冰河时期就已
经存在的更深的坑洞。水没有固定的形状，无拘无束。水朝着哪
个方向漫延，同样是不可预测的。水由看不见的、喜怒无常的泉
水驱动着，凭借自己的运气，冲过了去年秋天暴雨形成的滩头，
也冲走了夏天的滚滚热浪。

　　爱德华·威尔逊提出了"生物亲和力"的概念，他希望有朝
一日，所有的过程都能够从科学的角度去理解和解释。他在著作
《知识大融通》（Consilience）中，希望有一门学科，能够揭示、阐
释和预测世间的万事万物，从水的运动到艺术家的想象，无所不
包。四百年以前，弗朗西斯·培根也提出了同样令人费解的课题，
下定决心要"扩大人类帝国的疆土"，对于一个如此标榜和推崇
"生物多样性"的人而言，这个愿望令人感到困惑，因为所谓的
"多样性"，指的是生态系统中所有丰富的有机体及其相互关系的
总和。希望去控制和了解这种野性的边界，就是希望去阻止生态

系统的自然发展，将其规划到文化保护区中。这怎么可能实现多样性的目的？从事物的本质出发，生活总是会比衡量者和管理者领先一步。持续的、无偿的、创造性的修补，才是世界前进的动力。安妮·迪拉德问上帝，"将森林简单地做成一块厚厚的化合物，绿色的一大坨，岂不是更容易一些？第一个氢原子的诞生如此不可思议，分裂得如此之彻底，显然已经够用了，而且远远大于所需。然而看看随后发生的事情。当你打开了一扇门，放进来的不只有天堂，还有地狱。"

223

刘易斯·托马斯将"DNA出乎意料的突然变异"称作"绝妙的错误"。可见，所有生物都有一个共同的特点，那就是不愿意只盯住一个点。不论是红醋栗花的复杂特征，沼泽兰花品种之间的分分合合，雨燕的狂欢与鹤群的舞蹈，欧夜鹰无处不在的歌声，还是屋檐下岩燕的即兴表演，都不乏安妮·迪拉德所说的，世界上随处可见的"自由的相互纠缠。自由是世间的水和天气，是地球无偿赐予我们的营养、土壤和湖泊"。当然，自由也是世间的一切痛苦，是摧毁一切的大风，是崩溃的细胞膜，也是对死亡的认知。所有这一切，都会促使我们迫不及待地在地球上留下自己的印记。

"自然疗法"的概念可以一直追溯到人类有文字记载之时。从理论上讲，如果你将自己暴露在大自然中，接受水疗刺激，你身上的疾病就可以被冲走。罗马人有一句谚语，叫"走路治百病"

(*solvitur ambulando*)，意思是说"你可以通过行走来治愈疾病"，这里的疾病也包括情绪上的纠结和抑郁。中世纪时，人们就对乡野圣地进行过大规模的朝拜。约翰·济慈（John Keats）身患肺结核，在病危之时，他逃离了那个"让青春变得苍白、枯瘦和死去"的地方，选择去地中海寻找"洋溢着温暖的南方"。米歇尔·福柯（Michel Foucault）曾写道："乡村以其温柔而富于变化的自然风光，帮助抑郁症患者摆脱和远离痛苦的记忆，因此，抑郁症患者皆为之痴迷。"我的朋友罗纳德·布莱斯（Ronald Blythe）是东安格利亚生活的伟大记录者，他曾带我参观了当地疗养院的遗址。20 世纪时，贫穷的结核病人都会被送到这里。他见过病人们躺在户外的护理床上，不论是刮风还是下雨；有时候，搭在病人毛毯外面的防水布上还有积雪（这是当然的，大自然怎么会永远对人类温柔有加）。

这种理念的关键在于，人类应该臣服于自然，让大自然"带你摆脱自己"，瓦解你与健康世界之间的隔膜。但是，这在我身上却并未奏效。我尝试过很多次，将自己暴露于大自然中，以驱散心里的郁闷。只可惜，当时的我太与世隔绝了，我所能感受到的，只有责难和一个清晰的声音，说我已不再属于健康世界。我感到羞愧，自然疗法于我而言，是一种浪费。从某种程度上讲，由于我太缺乏参与感，自然疗法对我起不了作用。

我认为，真正治愈我的，恰好是完全相反的过程。我没有利用大自然让自己抽离，而是用大自然来充实自己，从而迸发出狂野的想象力。如果说存在"被治愈"的那一刻，我想应该是波莉给了我爱的那道光，让我坐在老家的山毛榉树下，重新提笔写作。让我重新与世界发生联系的，并非穿林而过的秋风，而是当初牵绊和困扰我的胡思乱想。随之而来的是身体上的回归，我从幽暗的林地深处，来到了明亮多变的沼泽，这种转换带给了我诸多启迪与巨大的支撑。我真的需要走出去，多听多看。不知不觉中，我不断地走进自然，终于找到了新的自信，不再胆怯恐惧。我似乎变得喜欢说话了，也开始好奇别人的事情，变成了一个排队买东西时会主动找人聊天、在欣赏沼泽风光时会打断别人沉思的人。

不过说老实话，我并没有信心宣布，自己已经"痊愈"了。我不确定将来是否还会陷入情绪的低谷，我还是有点像风弦琴，容易过度紧张，容易被情感风暴裹挟。波莉好心劝我说，这只不过是一种正常的敏感，就像我会为雨燕的归期而担心一样。但我还是怕这会让所有的治疗脱离正轨。我试着（虽然不太成功）不去埋怨自己有这些怪癖，珍惜生活在"万物呼吸的尘世间"的机会，尽管有时候，它的确会让我遭受一点打击。

225

我开始对"植物性"出奇地感兴趣，并尝试调整到地球上其他生物的频道上。它们没有自我意识这种特权，但它们同样是万物的一分子。我感兴趣的当然不是"植物撤退"；就算对一棵植物而言，撤退也属于消极反应。我更想了解的是"植物前进"，努力将自古以来万物的共同感受与人类的行为紧密结合起来。对于充满肾上腺素的当代文化而言，这未尝不是一个不错的愿望。我们迫切需要找到方法，促进人类社会与大自然的和谐共生。

而对于这种身份互换，猫咪小黑早已驾轻就熟。我来到后院的尽头喊她回家。最近，她总是喜欢待在远处，或许她是想在帚石南坡地上和野猫们一起玩耍吧。我离她大概 200 米远，看她朝小屋这边跑过来。她绕过树篱，跳过草丛，径直向我奔来。然而，在离我大概 30 米时，她突然变了姿态，踱着小碎步，忽左忽右，漫不经心地嗅着旁边的植物，也不看我。她到底在想什么呢？是她吃定了我会等她，不会丢下她不管？还是想证明自己依然是独立"女性"，拥有自己的自由意志，顺服从来不是她的习惯？我被小黑拿捏得死死的，满脑子都是她。她和她的同类都不算野生动物，在人类与自然的交涉中，也起不了什么作用。但在我的眼中，猫是信使，它们在野性自然与人类世界之间来去自如，游刃有余，行走在自然与文化之中，尽显作为一个物种应该具备的优雅。这让我想起了克里斯托弗·斯马特（Christopher Smart）写过的一首绝妙的自然赞美诗，名叫《羔羊的欢乐》（*Jubilate Agno*）。其中有一段是他写给猫咪杰弗里（Jeoffry）的，或许，这也是人类的梦想：

> 他能踩出乐曲的每一个音符
>
> 他能靠游泳救自己一命

他能匍匐前进。

而小黑不知道的是，我其实是来向她道别的。就算她知道了，八成也不会在意。波莉和我找到了新房，我又要搬家了。

*　　　　　*　　　　　*

不过，这次要搬的地方并不远，离河的北岸不到 1 公里。新房位于 45 米等高线上，按照东安格利亚的标准，这算是爬山了。与上次搬到东安格利亚不同，这次搬家我是提前想好的，但这似乎依然是命运和缘分的安排。只不过这次，我不再是无忧无虑的租客，而是房子的共同所有人。单凭在帚石南坡地木屋的基本生存技能是不够用的，我必须还要学会，在自己的生活中探索自然和文化的边界。似乎是为了刻意强调这一点，新房周围的土地，看起来竟然像一个竞技场。这也使我关于野性和驯化的理论思考，变得更像是一场真正的辩论。

辩论双方似乎都已经明确了自己的立场。此处的新居是一个小农场，建于 17 世纪初期，建房子的木材多处还留着斑驳的树皮。几乎所有的木头上，都有一些莫名其妙的蛇形记号。屋子的墙壁是用黏土、燧石和砖石砌成的（多半是房东自己砌的）。屋顶上，一些板条还用了柳条捆扎加以固定。

这块土地有两三面都被诺福克郡的可耕种高地所环绕。不

227

过，更古老的农耕制度在这里也留下了印记。新房旁边有个池塘，大概是当初为了挖泥建房而形成的，后来就成了"沤麻池"，用于浸泡麻的纤维，以便清除其外壳。原来，我新家的后院里种植的，也是150年前韦弗尼河谷的传统作物。1839年的什一税地图显示，这片农场曾种植着60亩麻，前面还种着两排果树。当时住在这里的农场主是两个单身汉。在圈地运动爆发的20年前，他俩也曾享受过农场周边小范围公地的权利；而今，两人早已魂归种植园。

面对一片曾经有过如此多故事的土地，你们会怎样做呢？尝试再现它往日的风采？回归圈地之前的状态？还是回归还未大兴土木时的状态？这片池塘就像一条缄默的神谕，连接着人类与非人类世界，深不可测又不露声色。田野上的雀鹰把池塘当作一个路标。顺着池塘过来，就能对果园发起突袭。池塘里，有一股神秘而冰冷的泉水自下而上冒着泡泡。水永远都是野生动物走向驯化动物的一道门，池塘也是一样。我已经看到，有六种不同的蜻蜓在水面上盘旋。树上垂下的气根交织成藤蔓，倒挂在池塘的一侧，啄木鸟穿过其中，喝着下方的池水。不过，人为修建的陡峭池壁，意味着其本质是一个被明确定义的花园池塘。我们该不该还它一些自由，将较浅处改造成扇形，为大自然多留一点机会，用21世纪的文化与17世纪的文化进行交换呢？

池塘之外的区域，可能比较容易做出决定。我们有大约3亩草场，打算让它变回草地。我们请人来割草，于是一个萨兰德斯顿村（Thrandeston）的农民带着一台巨大的割草机来了。一想到如此庞大的机器要进入我家割草，我就吓得脸色发白。然而，这位割草工娴熟地将草地割了四五遍，院子里有棵布雷姆利青苹果树，他割草时甚至连一颗苹果都没碰掉。现在，我们有了一片修剪整齐的草地，上面点缀着惹眼的轮胎印和鼹鼠打的洞。我心中盼望着，这一小块土地能顺利长成一片荒野，成为草原自然进化模式的一个缩影。我们从本地植物中搜集了一些种子，想帮助这片土地快点走上正轨。倘若随着时间的推移，土地能还原成曾经位于此处、而今不复存在的公地的样子，自然是好的；但是，如果土地选择变成其他样子，也无所谓。

正值年底，波莉却已经张罗着种菜了。她是天生的创造者，我从未见过像她这样的园丁。她手脚并用，用手指在田垄上挖洞播种，用石子做标记，在树上悬挂百里香防虫，采摘旋花藤缠在树桩上，她一边锄地还一边移植自己喜欢的杂草。她在菜园里挂上了CD光碟驱赶鸟儿；等电脑需要用CD时，再将它们取回来。到了晚上，屋内的灯光映照在光碟上，好似一群闪亮的萤火虫。

在我看来，这似乎有些玄妙。不过我知道，这些做法源自直觉，妙趣横生，又洋溢着学识与智慧，与其说是开荒种菜，不如说是更接近远古洞穴壁画的艺术创作。这是花园的文明与教化的一面，然而，其自然野性的一面，于我而言，更像是约瑟夫·米克的喜剧理念，跳出其固有的边界打造全新的风格。

　　用不了多久，蔬菜就会拥有一道院墙，成为一片独立的英
式菜园。测量员帮我们绘制了一张精确的地图。毫不意外的是，
菜园的边界与古老田野的边缘平行，稍稍向西倾斜。我找出从
前上学时用的量角器，量了一下倾斜的角度，不多不少，刚好
是 4 度。

致谢

　　我要向我所有的朋友和帮助过我的人们致以衷心的感谢，他们的耐心、幽默和善良让我得以快速康复。在这里，我要特别感谢：迪·布赖尔利（Di Brierley）、麦克和普·柯蒂斯两兄妹（Mike and Pooh Curtis）、罗杰·迪金（Roger Deakin）、迈克·格拉瑟（Mike Glasser）、弗朗西斯卡·格林诺克（Francesca Greenoak）、蒂姆·基德（Tim Kidger）、约翰·基尔帕特里克（John Kilpatrick）、皇家文学基金会（Royal Literary Fund）、卡罗琳·索珀（Caroline Soper）、贾斯汀·沃德（Justin Ward）和伊恩·伍德（Ian Wood）。感谢我的姐姐吉尔（Gill），感谢她一直以来对我的包容和忍让，以及在我的生活回归正轨之后对我的重新接纳。

　　我还要感谢我的经纪人维维安·格林（Vivien Green）和我的出版商彭妮·霍尔（Penny Hoare）给予我一如既往的信任与支持，即使在最艰难的时刻也未曾动摇，感谢她们帮我润色终稿。感谢罗杰·卡扎勒特（Roger Cazalet）和马克·科克尔（Mark Cocker）通读全书，并给我提出了宝贵的意见和建议。

　　书中的部分短篇曾以不同形式发表于《泰晤士报》、《卫报》和《BBC野生动物》杂志。非常感谢相关刊物的编辑简·惠特利（Jane Wheatley）、安娜琳娜·麦卡菲（Annaleena Macafee）和罗莎蒙德·基德曼·考克斯（Rosamund Kidman Cox），感谢她们对我的鼓励，甚至对我最任性的想法也予以支持。

　　最后，我对波莉（Polly）的感激无以言表。是她把握机会拯救了我，以爱和耐心让我振作，以智慧和幽默化解了我在写作时的喜怒无常。这本书是我的，也是她的。

注释

（条目前的页码为原书页码，见本书边码）

第 6 页—— 托尼·埃文斯（Tony Evans）和我一起合作的书是《英国开花植物》（*The Flowering of Britain*），于 1980 年首次出版。

第 7 页—— 布雷克兰（Breckland）：W. G. Clarke 的作品《布雷克兰的野生世界》（*In Breckland Wilds*）是第一本描写当地野生环境的书，此后一直无人超越。

第 16 页—— James Lovelock, *Gaia: A new look at life on Earth,* 1979. Aldo Leopold, *A Sand County Almanac,* 1949. 这是一本在美国具有里程碑意义的书，在构建环境伦理方面，进行了开创性的探索。

第 17 页—— 摘自威廉·费因斯（William Fiennes）的《雪雁》（*The Snow Geese,* 2002）。

第 18 页—— 这段影片是德雷克·布罗姆哈尔（Derek Bromhall）的《魔鬼鸟》（*Devil Birds*），同名书籍于 1980 年正式出版。

第 19 页—— Ted Hughes, "Swifts", *Collected Poems,* 2003. 自然的隐喻参见：Stephen Potter and Laurens Sargent, *Pedigree: Words from Nature,* 1973; Lewis Thomas, 关于语言的多篇文章收录在 *The Lives of Cell: Notes of a Biology Watcher,* 1974 和 *The Fragile Species,* 1992。

第 20 页—— Edward O. Wilson, *Biophilia,* 1984; 亦可参见：Stephen R. Kellert and Edward O. Wilson (eds.), *The Biophilia Hypothesis,* 1993; George Ewart Evans and David Thomson, *The Leaping Hare,*

1972。

第 22 页—— Iain Sinclair, 出自他沿着M25 公路进行了一场心理地理学旅行的
著作*London Orbital*, 2002。"Muntjac"(麂)本身是一个亚洲词汇,
后引入到英语中。

第 23 页—— 克莱尔(Clare)的作品, 标准版是 1984 年至 2003 年牛津大学
出版社出版的 9 卷本, 由Eric Robinson, David Powell 和 PMS
Dawson编。精简版选集参见: Geoffrey Summerfield (ed.), *John
Clare. Selected Poetry,* 1990; John Clare, *The Midsummer Cushion*,
ed. Anne Tibbles, 1978。

第 28 页—— John Ruskin, *The Eagles Nest*, 1887.

第 29 页—— Edward O. Wilson, *The Diversity of Life*, 1992.

第 31 页—— 这本内容深刻、文笔优美、讲述猫的思想和行为的书是心理学
家杰弗里·马森(Jeffrey Masson)的*The Nine Emotional Lives of
Cats*, 2002。

第 33 页—— Annie Dillard, *Pilgrim at Tinker Creek*, 1974. 她对写作的阐述参见:
The Writing Life, 1989。

第 35 页—— Roy Leverton, *Enjoying Moths,* 2001. Henry David Thoreau, *The
Maine Woods*, 1864.

第 36 页—— Gary Snyder, *The Gary Snyder Reader*, 1999.

第 37 页—— Jonathan Bate, *The Song of the Earth*, 2000. 亦可参见他的作品:
Romantic Ecology: Wordsworth and the Environmental Tradition,
1991。

"深生态"(deep ecology)的概念尽管在其他发达国家属于主流
生态研究方向, 但在英国仍然相对陌生。这是一场广泛的运动,
其两种极端分别是: 不讲情面的直接行动和佛教神秘主义。但
从根本上说, 它追求的是改变人们对自然的心态, 从以管理为主
导、以监管者自居, 转向人与自然相互平等的关系, 我们的文化

属性也是这种关系中的一部分。*Deep Ecology: Living as if Nature Mattered*, edited by Bill Devall and George Sessions, 1985.是一部介绍"深生态"的实用、严肃的入门作品。此领域颇具影响力的人物有: Arne Naess (该名词的发明者)、Theodore Roszak、Fritjof Capra、Carolyn Merchant、Paul Shepard、Richard Nelson、Susan Griffin。Gary Snyder、John Livingstone和Edward Abbey在各自的作品中对不同观点进行了深入浅出的介绍。

"生态批评"(Eco-criticism), 贝特(Bate)的《地球之歌》(*The Song of the Earth*) 是一个典型的例子, 呈现了"深生态"文学性的一面。更多例子参见: Cheryll Glotfelty and Harold Fromm (eds.), *The Ecocritism Reader*, 1996; Karl Kroeber, *Ecological Literary Criticism: Romantic Imagining and the Biology of Mind*, 1994; Robert Pogue Harrison, *Forests: the Shadow of Civilisation*, 1992。

克莱尔(Clare): Eric Robinson and David Powell (eds.), *John Clare by Himself*, 1996; Hugh Haughton, Adam Phillips and Geoffrey Summerfield (eds.), *John Clare in Context*, 1994; Jonathan Bate, "The Rights of Nature", *The Journal of the John Clare Society*, 1995。

第44页—— Ted Ellis, *The Broads*, 1965. Brian Moss, *The Broads. The People's Wetland*, 2001. William Dutt, *The Norfolk Broads*, 1923. J.M. Lambert, et al, *The Making of the Broads: a Reconsideration of their Origin in the Light of New Evidence*, 1960.

第45页—— 鹤的生态学和神话学信息参见: Peter Matthiesen, *The Birds of Heaven*, 2001。

第55页—— Oliver Sacks, *Migraine: The Evolution of a Common Disorder*, 1970.

Alexander and French, *Studies in Psychosomatic Medicine: An Approach to the Causes and Treatment of Vegetative Disturbances*, 1948.

第 56 页—— 克莱尔的病情参见: Jonathan Bate, *John Clare: A Biography*, 2003. A. Foss and K. Trick, *St. Andrew's Hospital*, 1989。更多文章参见: *John Clare in Context*, op. cit.。

第 59 页—— Richard Mabey, *Home Country*, 1990.

第 66 页—— Bernd Heinrich, *Ravens in Winter*, 1990.

第 73 页—— 摘自"荒地计划"（The Wildlands Project）宣言。"荒地计划"的官方联络地址是 PO Box 455, Richmond, VT 05477, USA.。一些实际情况表明，建立大型湿地保护区的理念逐渐深入到英国，尤其是在东安格利亚。

第 75 页—— Gary Snyder, *The Practice of the Wild*, 1990.

第 76 页—— *The Journals of Henry David Thoreau*, 1836–61 (14 vols) edited by Bradford Torrey and Francis H. Allen, 1984. Henry David Thoreau, *Walking and the Wild*, 1851.

第 79 页—— David Abram, "Out of the Map, into the Territory: The Earthly Topology of Time" in David Rothenberg (ed.), *Wild Ideas*, 1995. 亦可参见他的作品: *The Spell of the Sensuous: Perception and Language in a More-than-human World*, 1996。

第 81 页—— David Dymond, *The Norfolk Landscape*, 1985.

第 87 页—— 石器时代的艺术参见: Paul G. Bahn, *Journey Through the Ice Age*, 1997. Jean Clottes, *Return to Chauvet Cave*, 2003. Nancy K. Sandars, *Prehistoric Art in Europe*, 1968. Geoffrey Grigson, *Painted Caves*, 1958. 最前卫大胆的新解释参见: David Lewis-Williams, *The Mind in the Cave*, 2002。

第 91 页—— Martyn Barber, David Field and Peter Topping, *The Neolithic*

Flint Mines of England, 1999. Norman Nicholson, "Ten-yard Panorama" in Richard Mabey (ed.), *Second Nature*, 1984.

第 94 页—— Virginia Woolf, *A Passionate Apprentice*, 1990. Margaret Gelling, *Place-names in the Landscape*, 1984.

第 95 页—— 韦弗尼河谷的制麻工业参见：Eric Pursehouse, *Waveney Valley Studies*, 1966; Michael Friend Serpell, *A History of the Lophams*, 1980。

第 96 页—— *Faden's Map of Norfolk*, 1797. 新版重印：The Larks Press, Dereham, Norfolk, 1989。

第 98 页—— Roger Deakin, *Waterlog*, 1999.

第 105 页—— Colette, *Earthly Paradise*, ed. Robert Phelps, 1966.

第 106 页—— Francis Bacon, *Works*, ed. James Spedding et al, 1870. Carolyn Merchant, *The Death of Nature: Women, Ecology and the Scientific Revolution*, 1980.

第 108 页—— Lewis Thomas, "Natural Man", in *The Lives of a Cell*, op. cit. Bill McKibben, *The End of Nature*, 1990.

第 114 页—— Ian Carter and Gerry Whitlow, *Red Kites in the Chilterns*, 2004.

第 115 页—— 哈丁斯林地的全部故事参见：Richard Mabey, *Home Country*, 1990。

第 122 页—— Edward H. Whybrow, *The History of Berkhamsted Common*, n.d.

第 123 页—— Pierre Bourdieu, *Outline of a Theory of Practice*, 1977.

第 126 页—— Garrett Hardin, "The Tragedy of the Commons" in Garrett Hardin and John Baden, (eds.) *Managing the Commons*, 1977.

第 127 页—— E.P. Thompson, "Custom, Law and Common Right" in *Customs in Common*, 1990. 这是迄今为止对公地法律和习俗的最有力的分析。亦可参见：J. M. Neeson, *Commoners: common right, enclosure and social change in England, 1700–1820*, 1993; Lord Eversley,

      Commons, Forests and Footpaths, 1910.

第 132 页—— Henry Reed, "The Naming of Parts", *A Map of Verona*, 1945.

第 143 页—— 威兰德林地（Wayland Wood），位于沃顿村（Watton）以南，现在是林地基金会（Woodland Trust）的一处自然保护区。

第 148 页—— John Fowles, "The Blinded Eye" (1971), in *Wormholes: Essays and Occasional Writings*, 1988. Maria Benjamin, "To have and to hold" in Kate Selway, *Collectors' Items*, 1996.

第 150 页—— Margaret Grainger, (ed.) *The Natural History Prose Writings of John Clare*, 1983.

第 151 页—— Geoffrey Grigson, *The Englishman's Flora*, 1958.

第 152 页—— William Hazlitt, "On the Love of the Country", 1814.

第 157 页—— 听力宝（Auric）：科幻电视节目*Blake's Seven*的忠实观众能明白这个典故。

第 160 页—— Edward Armstrong, *Bird Display and Behaviour*, 1947.

第 162 页—— Anne Stevenson, "Swifts", *Collected Poems*, 1996.

第 166 页—— Richard Mabey, *Gilbert White*, 1986.

第 175 页—— Edward Armstrong, *The Folklore of Birds*, 1958. Francesca Greenoak, *British Birds. Their Folklore, Names and Literature*, 1999.

第 176 页—— Claude Levi-Strauss, *The Savage Mind*, 1966, and *Totemism*, 1969. 关于他的思想很好的介绍参见: *From Honey to Ashes*, 1973。亦可参见: Paul Feyerabend, *Farewell to Reason*, 1987, and Mary Midgley, *Science and Poetry*, 2002。

第 180 页—— Joyce Carol Oates, "Against Nature" in Daniel Halpern (ed.), *Antaeus on Nature*, 1986.

第 192 页—— Gilbert White, *Journals*, ed Francesca Greenoak, 1986–89.

第 197 页—— Lewis Thomas, "The Music of *This* Sphere", in *The Lives of a Cell*, op.cit. G. Christopher Davies, *The Handbook to the Rivers and*

Broads of Norfolk and Suffolk, 1882. Henry Doughty, *Summer in Broadland, or Gipsying in East Anglian Waters*, 1889.

第 199 页——约瑟夫·米克（Joseph Meeker）开创性的作品: *The Comedy of Survival, evolved through three sub-title changes: Studies in Literary Ecology* (1974), *In Search of an Environmental Ethic* (1980) and *Literary Ecology and a Play Ethic* (1997)。

第 205 页—— John Evelyn, *Acetaria: A Discourse on Salletts*, 1699, and *Compleat Gard'ner*, 1693.

第 210 页——Roderick Nash, *Wilderness and the American Mind*, 1967. Max Oelschlaeger, *The Idea of Wilderness*, 1991. David Rothenberg (ed.), *Wild Ideas*, op.cit.

第 211 页——Henry David Thoreau, *Walden*, 1854. *Wild Fruits*, ed. Bradley P. Dean, 2000.

第 213 页——关于美国东部林地再生的描述参见: Bill McKibben, *Hope, Human and Wild*, 1995; Kenneth Heuer, *The Lost Notebooks of Loren Eiseley*, 1987。

第 222 页——Edward O. Wilson, *Consilience. The Unity of Knowledge*, 1998.

第 223 页—— Annie Dillard, *Pilgrim at Tinker Creek*, op.cit.

第 226 页——Christopher Smart, "Jubilate Agno" in Karina Williamson and Marcus Walsh, *Christopher Smart: Selected Poems*, 1990.